DAS HERZ VON KAMP-CORNELL

SUSAN KRELLER

CARLSEN

Courage, dear heart.

(C. S. Lewis, The Voyage of the Dawn Treader)

~

1

Die Briefmarke war nicht abgestempelt und hatte den Tod zwischen den Zähnen. Man hatte sie in der genau richtigen Umschlagecke und kerzengerade aufgeklebt, aber deutlich verkehrt herum, um hundertachtzig Grad gedreht, Kopfstand für Fortgeschrittene. Die Kornelkirsche, die zu Ehren der Kornelkirsche auf der Marke abgebildet war, und zwar linkerhand gelb blühend und rechts daneben als kleine rote Frucht, bekam dadurch etwas Unheimliches, fast Bedrohliches.

Dabei sahen Frucht und Blüte eigentlich harmlos aus. Aber die Frucht war ja auch nicht das Problem, genauso wenig wie der Blütenzweig, gelb wie Besenginster. Das Problem, das war der helle Raum dazwischen. Und man sah es vielleicht nicht sofort. Aber wenn man den Umschlag etwas weiter von den Augen weghielt und den Blick zwischen die gefräßigen Ränder der Briefmarke zwängte, dann konnte man erkennen, was sich auf den wenigen Millimetern zwischen Blütenzweig und Kirsche abspielte und welche Form sich da präzise in den mittleren Bereich der umgedrehten Marke schnitt, unterhalb des kopfstehenden Wörtchens *Kornelkirsche*. Um es kurz zu machen: Es war einfach nur ein Totenschädel.

Edin Melitzky, der gerade von der Schule nach Hause gekommen war, vor dem geöffneten Briefkasten stand und den Briefumschlag weit von sich weghielt, kniff die Augen zusammen, öffnete sie wieder, aber der Schädel verschwand nicht. Im Gegenteil, er blieb.

Jetzt erst recht nämlich!

Er bekam sogar noch Augenhöhlen, zwei starrende, nussgeformte Schatten, dazu ein schiefes Stück Nasenkluft und eine Andeutung von Problemgebiss im unteren Schädelabschnitt. Das alles, wie gesagt, auf wenigen Millimetern.

Zum Glück hatte Edin Melitzky mit alledem nichts zu tun, das wurde ihm nach einer kurzen lodernden Bauchangst schlagartig klar. Außerdem war der Brief nicht an ihn, sondern an seine Mutter adressiert, Ann Melitzky.

An Ann Melitzky.

An Ann.

Die Anschrift war mit Bleistift auf den Umschlag gekritzelt, in sehr kleinen, sehr grauen und etwas windschiefen Buchstaben. Allein beim Absender hatte man sich ein bisschen mehr Mühe gegeben und einen Füller, schwarze Tinte und eine andere Schrift benutzt, was trotzdem vergebens war, weil der obere Bereich der Adresse von einem großen Wasserfleck unkenntlich gespült worden war. Nur die Postleitzahl war noch zu erkennen und der lange, mit einem Bindestrich liebevoll zusammengeschraubte Ort dahinter, *Kamp-Cornell.*

Edin Melitzky knallte den Brief auf den Flurschrank und hätte ihn in aller Ruhe vergessen können, wenn er, ja, wenn er nicht zwei Stunden später einen Schrei gehört hätte. Es war der persönliche Flurschrei von Ann Melitzky, *An Ann Melitzky*, die gerade nach Hause gekommen sein musste und ihre Stimme energisch in Betrieb genommen hatte, nichts Besonderes, alles wie gehabt.

Aber irgendwas war anders als sonst.

Die Flurschreie von Edins Mutter waren für gewöhnlich

sehr hoch und wurden nach hinten hin tiefer, dunkler, erkälteter. Und immer, wirklich jedes einzelne Mal, hatten diese Schreie mit den Briefen auf dem Schränkchen zu tun, Rechnungen, Mahnungen, Anwaltsschreiben. Doch nie, dachte Edin, hatten die Schreie so entsetzt geklungen. Noch nie so verzweifelt. Und es gefiel ihm nicht, was er da hörte, es fühlte sich an, als hätte er schlagartig kein Zuhause mehr. Als wäre es ihm geradewegs unterm Hintern weggeschrien worden. Und es *war* ihm auch unterm Hintern weggeschrien worden. Das wusste nur noch keiner.

Edin Melitzky wartete, bis sich auch das letzte nachhallende Stäubchen Schrei in Luft aufgelöst hatte, dann rannte er in Socken die Treppe runter und sah seine Mutter auf den ungemütlichen Bodenfliesen sitzen. Dabei saß sie gar nicht. Sie kauerte. Hatte sich zu etwas Rundem, schlecht Verstecktem geknüllt und presste den Briefumschlag mit beiden Händen zu einer kantig weißen Kugel zusammen.

Annahme verweigert!

Unentwegt flüsterte sie: »Verflucht sei die Kornelkirsche«, fünf-, sieben-, siebzehnmal wisperte sie diese Worte wie einen mühsam erinnerten Zauberspruch, über dessen Wirkung sie sich nicht mehr ganz sicher war.

»Seit wann verfluchst ausgerechnet du Obst?«, fragte Edin nach einer Weile, um die Endlosschleife anzuhalten und weil sich das Bauchlodern von vorhin wieder meldete. »Sieht dir irgendwie gar nicht ähnlich.«

»Die Kornelkirsche ist überhaupt kein Obst«, antwortete Ann Melitzky schwach und trotzig, während sie ihren Oberkörper ganz leicht wieder aufrichtete. »Glaub mir, die Kornelkirsche ist das blanke Grauen. Und hat noch nicht mal Vitamine. Mit der Kornelkirsche bin ich fertig. Ein für alle Mal. Die hat hier nichts zu suchen!«

Edin hielt seine Mutter an den Schultern fest und sagte leise: »Es ist bloß ein Brief. Altmodisches Zeug. Vergiss ihn. So was braucht kein Mensch. Es ist bloß ein Brief mit einer kleinen, beschissenen Obstbriefmarke, die irgend so ein Betrunkener verkehrt herum draufgeklebt hat.«

Ann Melitzky antwortete nicht darauf. Sie sah jetzt selbst wie betrunken aus, machte die Augen zu und hielt sie unter ihren leicht wogenden Lidern versteckt, saß da, kauerte und hielt sich geheim. Lange, maßlos lange blieb sie so, und Edin hätte schwören können, dass sie längst eingeschlafen und in düsteren Kirschträumen versunken war. Aber als er sie irgendwann wecken wollte, sagte sie mit erstaunlich kräftiger, den Eingangsbereich des Hauses sauber ausfüllender Stimme ein einziges, ein winziges Wort: »Und.«

»Und?«, flüsterte Edin. »Und was?«

»Und anrufen müssen wir. Wir müssen ... alle anrufen. Jeden Einzelnen. Alle müssen sie herkommen. Schleunigst. Es ist Gefahr im Verzug.«

Die Stimme von Ann Melitzky war, als sie das sagte, anfangs immer noch kräftig gewesen, aber ungefähr ab »Gefahr« wieder leicht ins Wanken geraten, um nach »Verzug« mit einem kleinen, dramatischen Seufzer zum Halten zu kommen.

»Alle? Wie viele *alle* kennen wir? Wie viele kennst du? Seit Papa weg ist, sind nicht mehr viele übrig.«

»Ich ... ach. Na, ich weiß ja. Ich hätte es dir längst sagen sollen. Und jetzt sag ich's dir, ich weiß nicht, ich weiß nicht recht, aber jetzt sage ich es ja, siehst du, du kannst nicht behaupten, dass ich es *nicht* sage, und bestimmt gewittert es gleich da draußen, im Grunde denk ich das schon den ganzen Tag, stell dir mal vor, ein Gewitter im Februar, und eine Cousine hast du. Es würde mir noch nicht mal was ausmachen, wenn ein Gewitter käme. Freuen würde ich mich!«

»Stopp!«, rief Edin ein bisschen zu laut für seine Verhältnisse. »Hast du gerade Cousine gesagt? Ich hab doch gar keine Verwandtschaft. Nur Oma und Opa. Von Papa. Und die habe ich seit Ewigkeiten nicht gesehen. Ich glaube, du verwechselst da was.«

Ann Melitzky, die die Augen die ganze Zeit fest geschlossen gehalten hatte, öffnete sie jetzt einen unerheblichen Spaltbreit und nickte leicht. »Lu, sie heißt irgendwas mit Lu, Lucy, Luisa, such dir was aus. Ich hab das mal gewusst, vor vielen Jahren hab ich das wirklich mal gewusst. Eine Mutter gibt es selbstverständlich auch, die wäre dann deine Tante. Und gleichzeitig meine ... Schwester. Bernadette. So. Da hast du's.«

Edin stöhnte. Vierzehn Jahre hätte seine Mutter Zeit gehabt, ihm von seiner Cousine und seiner Tante zu erzählen, in gemütlichen Zimmern auf bequemen Stühlen, und nun tat sie es ausgerechnet hier, zwischen Tür und schwedischem Flurschränkchen, zusammengekauert auf den alten Turnschuhspuren des Fliesenbodens. »Irgendwas mit Lu, ja?«, fragte Edin. »Und irgendwas mit Tante? Was kommt da noch? Hab ich vielleicht auch einen Cousin?«

»Johnny«, sagte Ann Melitzky und öffnete die Augen jetzt ganz, sie sahen aber trüb genug aus, um immer noch als geschlossen durchzugehen. »Ja, Johnny. Glaube ich jedenfalls. Oder lass es Jimmy sein. Oder Ricky. Die Mutter dazu ist ganz klar Rosalie. Meine Schwester, deine Tante, du weißt schon. Und alle müssen wir anrufen. Wieso redest du eigentlich so viel? So viel hast du noch nie gesagt. Und so laut warst du auch noch nie. Du bist ein leiser Sohn!«

»Stopp jetzt mal und halt!

Edin, der die ganze Zeit in ungesunder Haltung vor seiner Mutter gestanden und nach unten gesprochen und zugehört hatte, hockte sich hin und wurde wieder leiser. Das bedeutete aber nicht, dass er weniger redete. »Versteh ich das richtig?«, fragte er. »Ist das dein Ernst? Nur fürs Protokoll: Ich habe jetzt also zwei Tanten und eine Cousine und einen Cousin? Einfach so? Ohne Vorwarnung?«

»Ja«, sagte seine Mutter, ihre Stimme war jetzt wieder ein flirrendes Stück Meer, sie flirrte in trauriger Entschlossenheit. »Ja, Edin. Du hast zwei Tanten und eine Cousine und einen Cousin und zwei Cousinen und eine Tante und einen angeheirateten Onkel.«

Edin ließ sich auf den Boden sinken, die Fliesen waren kalt und hart, wie konnte es seine Mutter hier so lange aushalten? »Du hast dich verzählt«, sagte er. »Das waren jetzt drei Tanten. Und drei Cousinen. Plus ein Cousin und ein angeheirateter Onkel. Zähl am besten noch mal nach.«

»Meine Schwester Kalinka und ihren Mann hatte ich vorhin vergessen, dazu die zwei Töchter, frag mich nicht, wie die heißen oder ob es sogar noch eine dritte gibt, und wenn du schon mal dabei bist, dann frag mich bitte auch nicht, ob du so was wie einen Opa in Kamp-Cornell hast, einen, der neuerdings Briefe verschickt, frag mich am besten überhaupt nichts, ich würde ja doch nicht antworten.«

Und da, auf einmal, sprang Ann Melitzky mit drei energischen Bewegungen aus ihrer zusammengekauerten Trübseligkeit auf, schnappte sich das Telefon und atmete noch einmal laut durch. Dann ging sie mit großen Schritten davon und war kurz darauf in der Küche verschwunden.

Edin folgte ihr nicht.

Er blieb auf dem kalten Boden sitzen, schloss jetzt selbst die Augen, wusste von nichts und hatte keine weiteren Fragen.

Seine Mutter würde ja doch nicht antworten.

Der Abendhimmel ächzte so leise, dass man schon sehr gut hinhören musste, um es später polizeilich bezeugen zu können. Der Himmel hatte zu tun, er fuhr eine alte Fracht, schüttelte sie ab und ab, vergebens. Das Gewitter, das sich irgendwo in ihm versteckt hatte, wurde er doch nicht los. Ganz unten, im Erdgeschoss dieses rätselhaften Abends, wühlten Igel in den Halmen. Alle paar Minuten rauschte ein Auto vorbei, und zart roch es nach Erde und nach kalten Zwiebeln, die in Bratpfannen vergessen worden waren.

Aus den meisten Fenstern der Straße leuchtete es großzügig heraus, im allerletzten Reihenhaus brannte aber nur wenig Licht. Streng genommen gab es bloß zwei helle Fenster, und die waren mit nachdenklichen Orangetönen gefüllt, besonders viel Fröhlichkeit war da nicht zu vermuten.

Seit zwei Stunden war im Haus kein anderes Licht angegangen, und es war auch keines gelöscht worden, nicht rechts unten und auch nicht im ersten Stock links, wo ein seitlich hängendes Stück Vorhang in Schwarz das orangefarbene Licht noch nachdenklicher wirken ließ und wo fünf abgezählte Personen unter fünfzehn Jahren versuchten, *nicht* nachzudenken.

Verbissen.

Ohne Erfolg.

Und hier in diesem Zimmer konnte Lu Winnefeld sehen, dass dessen Bewohner Edin auf ihren Hut und auf ihre Lederjacke starrte, dass er mit seinem Blick die Ärmelfransen einzeln glatt strich und immer wieder auf dem Kunstleder ausrutschte, er starrte, obwohl sein Blick bewegt war. Nein, dieser Edin war keiner, der so etwas tragen würde, obwohl er nicht viel älter war als sie, und wer weiß, vielleicht waren sie sogar gleich alt. Dieser Edin war ganz klar ein anderes Kaliber.

Er war aus der Abteilung Wollpullover mit Muster.

Er war einer, der sich *lautlos* kleidete.

Bis vor Kurzem hatte Lu Winnefeld noch nicht einmal gewusst, dass es so etwas wie lautlose Kleidung überhaupt gab. Sie hatte auch nicht gewusst, dass es so jemanden wie Edin überhaupt gab. Dass sie einen Cousin hatte, sogar zwei davon, einer so merkwürdig wie der andere, und dann noch zwei Cousinen, die sie noch nicht recht einschätzen konnte.

Es war ihr auch neu gewesen, dass ihre Mutter drei Schwestern hatte, die alle Melitzky hießen, anders als Lus Mutter, die weit von Melitzky entfernt hieß, früher aber ebenfalls diesen Namen getragen hatte. Alles in allem bedeutete das, dass Lu Winnefeld seit ungefähr vier Stunden die rechtmäßige Besitzerin von drei Tanten, zwei merkwürdigen Cousins und zwei unbegreiflichen Cousinen war. Für Lu, die ihr Leben lang keinerlei Verwandtschaft gehabt hatte, war das ein beachtlicher Erfolg.

Die Frage war nur, was man mit so einer Verwandtschaft anfangen sollte. Vermutlich nichts. Und nichts war nicht viel.

Die neu erworbenen Tanten kannte Lu nur der Nase nach, die von ihnen in den letzten Minuten immer wieder in Edins Zimmer gesteckt worden war, nämlich eine Nase pro Person, um anschließend schnell wieder mitgenommen und unten im Wohnzimmer in Sicherheit gebracht zu werden.

Es handelte sich um die Nasen von Ann und Kalinka und Rosalie Melitzky, Tanten!, dachte Lu, lauter Tanten. *Ihre* Tanten. Fremd, nie da gewesen, verschollen und mühsam wieder ausgegraben, alle irgendwie besorgt, durcheinander, mit Nasen, die so gepudert oder so ungepudert waren, wie Gott sie vor Ewigkeiten geschaffen hatte. Und dann waren da ja auch noch die jüngeren Exemplare: durch die Bank ungepudert, alle hier im Zimmer. Keiner von ihnen kam ihr bekannt vor, geschweige denn verwandt.

Und jetzt saßen sie also im milden Schweißgeruch des Jungenzimmers und hatten sich nichts zu sagen. Lu, deren Hut an einem ihrer Füße wie an einem Haken hing, hatte trotzdem ein paar Worte in die Runde geworfen, hatte »Na dann« gesagt und »Irgendwie auch ein starkes Stück, oder?« und später »Ihr könnt mich Lu nennen, seit heute sind wir ja eh alle verwandt« und »Alles in Ordnung bei euch?« und sehr viel später »Weiß hier einer, wo das Klo ist?«, aber eine Reaktion bekam sie einzig auf ihre Klofrage, auf die ihr neuer Cousin Edin kaum hörbar, und ohne sie anzusehen, antwortete: »Wäre irgendwie komisch, wenn ich das nicht wüsste, oder?« Auf Cousins wie Edin, hatte Lu nach dieser Bemerkung gedacht, konnte sie getrost verzichten. Sie war die letzten vierzehn Jahre auch ohne sie klargekommen.

Dieser Edin saß als Einziger auf einem Stuhl, während sie

selbst und die anderen in unterschiedlichen Sitzhaltungen den Teppich eingenommen hatten, wobei *Haltung* im Falle von Johnny Melitzky natürlich maßlos übertrieben war. In seinem Fall war es eher eine sorgfältig ausgeführte Ganzkörpererstarrung.

Wie er so dasaß, erinnerte er Lu an eine altmodische Puppe, bei der Arme und Beine nur im Ganzen zu bewegen waren und die auch ansonsten nicht unnötig viele Gelenke aufwies, und auf keinen Fall saß er da wie der Dreizehnjährige, als der er Lu verkauft worden war. Sein Rumpf war schnurgerade nach oben ausgerichtet und seine Beine hatte er im exakt bemessenen rechten Winkel dazu ausgestreckt, während seine Arme starr nach unten hingen und senkrecht in den Teppich flossen, Lus neuer Verwandter saß in geometrischer Vollkommenheit da und schaute sie unverwandt an.

Bevor er sich vorhin auf den Teppich gesetzt hatte, war er durchs Zimmer gegangen und hatte alles Mögliche mehrmals hintereinander berührt: einzelne Zettel und Turnschuhe und jeden Fensterrahmen, ein Bettlaken, einen Lichtschalter, einen Abreißkalender, ein Regal, ein paar Kartons, drei Marshmallows, eine Glühbirne, ein Mauspad, einen kleinen Teppich und sogar eine zusammengeknüllte Socke mit ungeahntem Geruch, und mehr, ahnte Lu Winnefeld, brauchte man über diesen Jungen nicht zu wissen.

Gegen Johnny waren Gabriella und Penelope, Lus fremde Cousinen, eine Wohltat, und das nicht nur weil sie im lockeren Schneidersitz auf dem Teppich saßen, einen Großteil ihrer Gelenke in Benutzung hatten und trotz der zarten Finsternis in ihren Augen lächelten. Aber richtig schlau wurde Lu Winnefeld aus den beiden Mädchen trotzdem nicht, die ein, zwei Jahre jünger als sie waren, eine menschbreite Lücke zwischen sich sitzen hatten, fast gleich aussahen und sich auch gleich gekleidet hatten; einzig an der Farbe ihrer Haare konnte man die beiden unterscheiden.

Gabriellas Haar war schwarz, das von Penelope leuchtete künstlich türkis und war das Einzige an ihr, das über die Stränge schlug. Und auch wenn man es nicht auf den ersten Blick sah: Gabriella und Penelope waren Drillinge. Wenigstens hatte ihre Mutter, Lus Tante Kalinka, das behauptet und sich gar nicht erst auf Einwände, Diskussionen oder Nachzählungen eingelassen. Aber behaupten konnte man bekanntlich viel, wenn der Tag lang war und selbst am Abend nicht enden wollte, und glauben musste man zum Glück wenig.

Insgesamt waren sie also alle ein eher sonderbarer Haufen, wenn man natürlich von ihr selbst absah, Lu Winnefeld, Lu wie Ludovica, aber das ging hier niemanden etwas an. Es reichte ja schon, dass sie selbst mit diesem Namen leben musste, vielleicht für lang, möglicherweise für immer. Inständig hoffte sie, dass nicht nur ihre Tanten, sondern auch ihre Mutter die Nase in Edins Zimmer stecken würde, Bernadette Winnefeld, *Senior Consultant*, Fachfrau für Situationsanalysen, immer auf dem Sprung.

Lu wartete darauf, dass ihre Mutter sie von ihrer doppelt verschwiegenen Verwandtschaft befreien und dann mit ihr nach Hause fahren würde, um am nächsten Morgen bei diesem Meeting zu sein, denn *dieses Meeting* gab es immer, das ganze Leben von Lus Mutter war *dieses Meeting*, man konnte sich darauf verlassen. Man hatte etwas, das immer wiederkehrte, und das war besser als nichts. Dabei konnte sich Lu

Winnefeld nur auf eines verlassen: dass das Leben ihrer Mutter in Wahrheit etwas vollkommen anderes war.

Und nicht nur dieses Leben.

Ann Melitzky stand draußen vor der Haustür und hielt das Gesicht in die gewellte Luft. Die Zukunft ruhen lassen, hatte ihr alter Vater in Kamp-Cornell immer gesagt. Mittlerweile musste er *ur*alt sein. Sie lächelte. Es machte sie sanft, wenn sie daran dachte, trotz allem. Lass sie ruhen, die Zukunft, hatte der Vater gesagt. Sie kommt noch früh genug. Aber jetzt, wo sie direkt vor ihr lag, ausgebreitet wie ein schläfriges, aber unerbittliches Raubtier, da kam es Ann so vor, als wäre diese Zukunft spät dran, als wäre sie Jahre und Jahrtausende im Verzug und mittlerweile längst aus der Mode gekommen.

Hier draußen war alles still. Ruhig war es nicht. Das Gewitter hatte Ann versetzt und war trotzdem nicht vorbeigezogen, die Luft hatte immer noch etwas blütenzart Elektrisches. Am Himmel rangen zwei Sorten Dunkelheit miteinander, die Dunkelheit der Nacht und die des ausbleibenden Gewitters.

Keine ließ die andere gewinnen.

In ihren Händen hielt Ann Melitzky die dritte Sorte Dunkelheit, ein wollweißes, liniertes Blatt, das heftig zerknüllt und dann wieder, ebenfalls heftig, glatt gestrichen worden war. Es war der wortkarge Brief ihres Vaters. In vielen flachen Wogen lag das Papier da und wusste etwas, das die Kinder im Haus noch nicht wussten: dass sie alle so schnell wie möglich nach Kamp-Cornell ziehen würden, koste es, was es wolle. Koste es ihr ganzes vorheriges Leben, koste es all die Jahre, in denen Ann und ihre Schwestern allmählich wieder auf die Beine gekommen waren. Manchmal, da fanden alle Niederlagen des Monats an einem einzigen Tag statt.

Sie waren sich lange nicht einig gewesen, hatten hin und her überlegt und her und hin und doch die ganze Zeit gewusst, dass ein flüchtiger Besuch in Kamp-Cornell gar nichts gebracht hätte: einmal kurz nach dem Rechten gesehen, einmal kurz das Unheil betreten, vor dem sie damals alle geflohen waren, dann Abmarsch. Rückfahrt. Wieder rein in die gute Stube. Lächerlich! Nichts hätten sie auf diese Weise ausrichten können, nur noch mehr *an*richten, das ja, und zwar mit Leichtigkeit.

Kamp-Cornell war das blanke Grauen.

Der Ort, an dem Ann Melitzky ihre Angst gelassen hatte.

Ihre alten, scheppernden Geister.

Sie sah auf das vergebens glatt gestrichene Papier und fuhr mit dem Blick die Linien entlang nach rechts und links und wieder nach rechts und immer so weiter und mit rastlosem Herzen, lange, so lange, bis sie rechts unten angekommen war, bei den zwei kleinen Vaterworten, aus denen dieser ganze vermaledeite Brief bestand und die sie gut hundertmal gelesen hatte, und immer waren sie neu und von Mal zu Mal noch ein wenig vergeblicher gewesen, ganz unten, in der rechten Ecke des Papierbogens, stand in zittriger und trotzdem vornehmer Altherrenschrift:

Zu spät.

2

Schwacher Wind, meist von Nord. März am ganzen Himmel. Das war es dann aber auch an Blau. Wenn man ins Dorf kam, ob nun freiwillig, gezwungenermaßen oder aus Versehen, waren die Schilder gelb, erst das triste Stück Blech, das einem verriet, welcher Ort hier vorlag, dann, ein paar Meter weiter, das noch tristere, dafür aber auch größere Stück Blech, auf dem zwei Sträucher abgebildet waren und außerdem ein paar Worte standen, *Im Zweifel schnell/nach Kamp-Cornell*, ein Motto, in dem einzig der Zweifel seine Richtigkeit hatte und höchstens noch die äußerst präzise Ortsangabe.

Denn von *schnell* konnte hier keine Rede sein, es sei denn, man meinte damit den Wunsch, dieses Dorf schnellstens wieder zu verlassen, wenn man erst einmal begriffen hatte, wo man hier gelandet war.

Im Zweifel schnell wieder weg!

Viel mehr Schnelligkeiten hatte Kamp-Cornell aber nicht zu bieten. Schon der von dürftigen Randbäumen gestützte Kilometer unmittelbar vor Ortsbeginn war eine Tempo-20-Zone, und das änderte sich auch im Örtchen nicht. Ganz Kamp-Cornell war ein verkehrsberuhigter Geschäftsbereich, was bei den wenigen Läden, die das kleine Dorf vorzuweisen hatte, zugegeben etwas größenwahnsinnig war.

Es gab weiter nichts als eine respektable Landfleischerei, eine Apotheke, eine Bäckerei mit selten besetztem Postschalter, einen Zeitungsladen, in dem man auch Eis kaufen konnte, einen kleinen Supermarkt und schließlich noch *Inge's Nagelstudio* mit halb abgekratztem Apostroph. Wenn man Glück hatte, bekam man in der Dorfwirtschaft *Holzhofklause* eine Bockwurst auf die Hand, eine Bockwurst, die so verschrumpelt war wie ein Finger nach übermäßigem Badewassergebrauch und die mit Senf und antiquarischem Toastbrot gereicht wurde, mehr Mehrkorn als normaler Toast, und das war dann auch wirklich die allerletzte Einkaufsmöglichkeit in der kleinen Ortschaft.

Aber es kam ja sowieso kein Mensch nach Kamp-Cornell, um dort einzukaufen, vor allem jetzt im März nicht. Denn da wurde das Dorf vom leuchtenden Gelb der Kornelkirsche überblüht, und das war ein tausendmal besserer Besuchsgrund. Wohin man auch blickte, wuchsen gelb blühende Kornelkirschsträucher: am Straßenrand und in den Vorgärten, an den Parkplätzen und vorm Supermarkt, am kleinen Bach Esta und im Dorfpark und um die alte Backsteinkirche und beinahe auch um jeden einzelnen Einwohner herum. Letzteres war zwar gelogen, hätte aber einigen Leuten im Ort sicherlich nicht geschadet.

Die Sträucher waren alle zu Ehren von Cornell Cornell gepflanzt worden, der vor Hunderten von Jahren in einem Sumpfgebiet das Dorf gegründet hatte, bloß warum, das wusste keiner mehr, und einen Sumpf hatte hier auch noch niemand zu Gesicht bekommen. Vielleicht war er aber auch längst ausgetrocknet oder woandershin gezogen oder hatte mit dem Bach Esta gemeinsame Sache gemacht, wer konnte das wissen?

Nämlich keiner.

Für das, was es zu erzählen gibt, spielt der Sumpf aber ohnehin keine Rolle, ganz anders als der Dorfgründer, auch wenn dieser gleichermaßen längst ausgetrocknet oder bekannt verzogen, zweifellos aber verstorben war. Der Dorfgründer hieß mit Vor- und mit Nachnamen Cornell, deshalb war man sich bis heute nicht einig, nach welchem Namen der Ort eigentlich benannt worden war, nach Cornell vorne oder Cornell hinten. Sicher war man sich nur darüber, dass zuerst Cornell Cornell und dann die Kornelkirsche dagewesen war, und die Kornelkirsche auch nur, weil sie namentlich so gut zum Dorfgründer passte. Denn in dieser Gegend sprach man sie Kor*nell*-Kirsche aus und nicht *Koor*nel oder Kor*neel* wie in gewissen anderen Breiten. In dieser Gegend sprach man sie so aus, wie ihre Früchte waren: säuerlich, etwas schroff und am Ende erstaunlich lieblich.

Durch die Sträucher hatte man sich das Geld für ein ordentliches Marmordenkmal sparen können, und erst später, sehr viel später, als die Marmorpreise womöglich gerade im Keller waren, baute man dem verblichenen Gründer im Dorfpark sicherheitshalber trotzdem noch ein Ehrenmal: eine stattliche Skulptur mit Faltenwurf und sympathisch geschwungener Nase. Diese war mittlerweile aber zur Hälfte abgebrochen und, ähnlich wie der restliche Dorfgründer, nicht mehr ganz marmorfarben.

Die Kornelkirschsträucher wurden dann immer weiter gepflanzt, unermüdlich und wirklich jedes einzelne Mal für Cornell Cornell, der davon aber nicht mehr viel mitbekam oder höchstens in Form des Strauchschattens, der ab und zu auf seine verwitterte Ehrengruft auf dem Waldfriedhof schwappte. Sogar die übliche Dorflinde war in Kamp-Cornell eine Dorfkornelkirsche, in der Bäckerei wurden saure Marmeladen aus den winzigen roten Früchten verkauft und in der Weihnachtszeit hängte jeder, der etwas auf sich hielt, Lichterketten in die kahlen Zweige und brachte sie dadurch elektrisch zum Blühen.

Zwischen die Sträucher hatte irgendein Witzbold vor langer Zeit Berberitzen gesetzt, die jetzt, im März, ebenfalls zitronengelb blühten, und an manchen Stellen wuchs ortsfremd der Weißdorn. Aber schön sah es trotzdem aus, wunderschön. Gelb und lind und verheißungsvoll. Mit weißen Sprenkeln. Paradiesisch eben. Das Dorf leuchtete, als wäre es das absolut Gute, und zwar in Person. Wer dachte da noch ans Einkaufen, wenn er etwas so Zauberhaftes zu Gesicht bekommen konnte? Wer wollte sich da noch über verschrumpelte Bockwürste mit ungetoastetem Mehrkorntoastbrot aufregen? Und wer dachte da noch an all das, was sich *hinter* diesen gelben Sträuchern abspielen mochte?

Johnny Melitzky dachte an das, was sich vorn auf dem Armaturenbrett des Umzugswagens abspielte, während dieser im Schritttempo in Kamp-Cornell einfuhr. Auf dem dunklen Armaturenbrett spielte sich ein weißes Papiertaschentuch ab, eines, das zwar weitgehend unbenutzt schien, aber schwer zu erreichen war und zu allem Unglück auch noch dem ungezählten Exfreund von Johnnys Mutter Rosalie gehörte, der den Umzugswagen fuhr.

Dass er das tat, war eine handfeste Win-win-Situation, wie er vorhin selbst behauptet hatte. Durch eine einzige Autofahrt wurde er Johnnys Mutter und den Sohn von Johnnys Mutter los, und sie wurden *ihn* endlich los und konnten außerdem noch umziehen, und was wollte man mehr?

Aber der Sohn von Johnnys Mutter wollte noch mehr, er wollte das Papiertaschentuch. Denn wenn er es siebenmal angefasst hatte, waren alle weißen Dinge in der Fahrerkabine von ihm berührt worden, und dann konnte ihm und seiner Mutter nichts Schlimmes passieren. Krankheit, Tod, Katastrophe. Wenn er alles Weiße angefasst hatte, wenn er jedes weiße Teil siebenmal berührt hatte, waren sie in Sicherheit, wenn alles Weiße hier endgültig und oft genug berührt worden war, würden sie die nächsten Minuten überleben, den ganzen Tag vielleicht.

Und nur dann.

Dann.

Johnny Melitzky schnappte nach Luft und reckte seinen Arm immer wieder nach links in Richtung Taschentuch, wurde von seiner Mutter aber jedes Mal aufs Neue darauf hingewiesen, dass er dem Fahrer die Sicht versperrte oder ihm womöglich noch ins Lenkrad greifen könnte, nur: Johnny musste zum Donnerwetter endlich das Taschentuch berühren!, er *musste*, und draußen zog mit zwanzig Stundenkilometern das ganze prächtige Gelb vorbei, Häuser zogen vorbei und ein Laden mit einem Mann davor, der nach Ansicht von Johnny Melitzky Marco Hebestedt heißen musste, denn er stand unter dem Schild *Landfleischerei Marco Hebestedt*.

Der Mann, der wirklich und wahrhaftig Marco Hebestedt war, hatte ein nicht ganz blutfreies Beil in der einen und den noch gefiederten Kopf eines überrascht wirkenden Landhühnchens in der anderen Hand, der Rest vom Huhn hatte anderswo zu tun.

Der Fleischer guckte sonderbar freundlich, vor allem für jemanden mit Beil und abgetrenntem Hühnerkopf, und es schien, als hätte er beides nur rein zufällig in den blutigen Händen. Es sah sogar so aus, als würde er Johnny in den zwei, drei Sekunden, in denen er stehend an ihnen vorbeizog, kurz zunicken, so als wäre dieser ein alter Bekannter aus dem Schützenverein oder sogar der Kunde des Monats.

Doch was draußen war, hatte nichts zu bedeuten. Was gingen ihn freundliche, blutige Landfleischer an? Johnny Melitzky musste *sofort* das Taschentuch berühren, damit hier niemandem etwas passierte. Aber Johnny kam nicht weiter, weil seine Mutter immer wieder genervt schnaufend seinen ausgestreckten Arm zurückschob, und draußen war der Tag immer noch gelb, drinnen war das Taschentuch immer noch weiß und in Johnny atmete es schneller und schneller, sogar in seinen Armen atmete, zitterte, flehte es.

Johnny sah durch die schmutzige Heckscheibe und wurde lange nicht ruhig. Unerträglich lange. Er beruhigte sich erst, als der Umzugswagen an seinem Ziel angekommen war und seine Mutter, die zwischen ihm und dem jetzt schon vergangenen Fahrer saß, endlich Johnnys Hand nahm und er in der Hand seiner Mutter das Taschentuch spüren konnte.

Er fühlte, wie weiß es war.

Fühlte, wie sie es *zusammen* festhielten.

Fühlte die schöne, lauwarme Erleichterung.

Und er wusste, dass die Welt für die nächsten Minuten gut bleiben würde, wenigstens gut genug, und dass er die Schuld an rein gar nichts tragen würde und dass ihnen das Ziel, an dem sie nun angekommen waren, dieses riesige, uralte, ungewaschene Haus, schon bald nicht mehr wehtun konnte, wenigstens für kurz – jetzt, da er das letzte weiße Ding in der Fahrerkabine erreicht hatte und nur noch sechsmal berühren musste.

»Die sind die Einzigen mit Umzugswagen«, sagte Penelope Melitzky zu den anderen, die mit ihr vor dem alten Haus warteten. Ihr Türkis war schon einen schwarzen Zentimeter aus den Haaren herausgewachsen, und sie hatte, so wie ihre Schwester übrigens auch, eine etwas piepsige Stimme, die die beiden noch jünger klingen ließ, als sie eigentlich waren, und gleichzeitig älter, so wie kleine, schimpfende Waschweiber.

»Die Einzigen, die ihre ganzen Möbel mitgenommen haben«, piepste Gabriella Melitzky, deren ganze Möbel, genau wie ihr ganzer Vater, zu Hause geblieben und nicht mit umgezogen waren. Ihr Vater war schon erwachsen und deshalb alt genug, um zurückzubleiben für wer weiß wie lang und aus wer weiß wie vielen Gründen. Gabriella und Penelope waren das nicht, weder erwachsen genug noch alt genug.

Nicht mal für Drillinge waren sie genug Leute.

»Ich glaube, die wollten sowieso gerade umziehen, das hab ich jedenfalls gehört«, sagte Edin Melitzky so leise, dass sich nur seine Mutter nach ihm umdrehte, weil sie ein Geräusch gehört hatte, das ihr von irgendwoher bekannt vorkam.

Edin war keiner von hier, keiner aus der leuchtend gelben Welt von Kamp-Cornell. Er gehörte zu denen, die *nicht* umziehen wollten. Aber anders als die beiden Schwestern konnte er nicht zurück, denn seine Mutter hatte das Haus untervermietet an wildfremde Leute, die vielleicht auch irgendwann einen Totenschädel im untergemieteten Briefkasten finden und dann wieder weiterziehen würden, in einen Ort mit Bindestrich.

Doch auch Lu Winnefeld hatte etwas zu sagen an diesem fremden und etwas bedrohlichen Nachmittag. »Kann mir mal bitte jemand verraten, wo hier das Klo ist?«, wollte sie wissen und zog dabei nervös an den Fransen ihrer Lederjacke. Sie trat auf der Stelle, trug ihre Haare und Schnürsenkel offen und hatte sich längst einen mehrteiligen Fluchtplan überlegt. Und falls tatsächlich jemand wusste, wo hier das Klo war, dann wollte er sein kostbares Wissen in diesem Moment mit niemandem teilen.

Überhaupt waren die, die es hätten wissen können, jetzt auffallend still: Ann, Bernadette, Kalinka und dann noch Rosalie, die sich soeben, mit Johnny an der Hand, zu ihren Schwestern gesellt hatte.

Sie standen vorm Haus und strahlten etwas ähnlich Unschlüssiges aus wie die Möbel, zerkratzte Stücke, die jetzt nach und nach aus dem Umzugswagen geholt wurden, viel zu neumodisch für das graugelbe Haus, für das sie gedacht waren, aber wenigstens ähnlich schäbig.

In der Ferne bellten Hunde, gurrten Tauben, ratterte ein Motorrad. In der Nähe, direkt vor den vier erwachsenen Schwestern, wuchs ihre große, schmutzig gelbe Vergangenheit. Alte rote Dachschindeln, abgeblätterte Fensterrahmen in immer noch blendend weißem Weiß, ein halbrunder Erker mit Sprossenfenstern, darauf ein Balkon mit kunstvoll geschwungener Eisenbrüstung. Eine eckige Säule mit Ornamenten, die das kleine Dach über der Eingangstür trug, ganz rechts am Haus.

Und es wäre eine stattliche Vergangenheit gewesen, die eine Menge hergemacht hätte, wenn sie, ja, wenn sie nicht so entsetzlich baufällig gewesen wäre.

So entsetzlich vergangen.

Vier Frauen standen davor und waren am Ziel. Vier Tanten. Vier Schwestern. Unter ihren Sohlen wisperte die Erde, das war die Angst, die aus den Frauen in die Erde oder aus der Erde in die Frauen rieselte. Und sie hätten noch flüchten können, genau jetzt. Sie hätten in ihre Autos steigen und auf direktem Wege zurück in ihre Gegenwart fahren können. Sie war immer noch gültig. Es war genug von ihr übrig.

Aber es war zu spät.

In dem alten Gebäude hatte etwas begonnen. Sie, die vier Schwestern, hatten es all die Jahre kommen sehen, obwohl sie weit weg waren, in vier verstreuten Leben. Anderswo. Das alte Gebäude hatte sie wieder zusammengeführt, hatte sie wieder miteinander bekannt gemacht nach langer, einzelner Zeit. Und ob sie wollten oder nicht: Sie mussten das, was begonnen hatte, mit ihrer ganzen wenigen Kraft am Weitermachen hindern.

Dann war auch Edin Melitzky endlich im Haus.

Und das Erste, was ihm im muffigen Eingangsbereich des alten Gemäuers auffiel, was ihm trotz des Geflüsters seines Cousins und seiner Tanten und Cousinen in die Ohren schoss, war die tiefe, glasklare Stille. Es war die Stille, nach der sich

Edin als Kind oft gesehnt hatte, weil er frühmorgens endlich und ein einziges Mal hören wollte, wie die Insekten in seinem Zimmer erwachten. Aber jedes Mal waren Autos durch die Stille gefahren, hatten Amseln das kleine Erwachen der Fliegen und der Spinnen zersungen, und nun?

Nun wusste er immer noch nicht, wie das klang.

Aber hier, in der Eingangshalle des gewaltigen alten Hauses, hätte er es hören können. Und es wäre sogar zu *sehen* gewesen. Denn obwohl es hier bloß ein einziges großes Fenster und ansonsten ausschließlich Türen, nämlich exakt vier, und eine hölzerne Treppe nach oben gab, war es so hell wie auf einer streng empfohlenen Sonnenterasse.

Beruhigend hell.

Das Licht hatte sich seinen Weg gesucht, und es hatte ihn gefunden. Es war ein lauwarmes Licht, in dem der Samstagnachmittag seine leichten Bahnen schwamm. Staubkörner wirbelten umher, Wellen von Gold zogen über die holzvertäfelten Wände und erklärten mit ihrem Glanz die Baufälligkeit des Gemäuers und den Geruch nach Kirche und feuchten Gartensitzkissen für null und nichtig.

Ein *gutes* Licht war das, dachte Edin Melitzky und merkte, wie sein Herz jetzt angenehmer zu tragen war, leichter beinahe. Freundlich war dieses Licht, bestens erzogen, überhaupt nicht hinterhältig. Nirgends war etwas von dem Grauen zu erkennen, von dem Edins Mutter erzählt hatte, und auch das geheimnisvolle Zuspät, von dem in dem Brief aus Kamp-Cornell die Rede gewesen war und das an dem überstürzten Umzug mehrerer Melitzkys und weniger Winnefelds die Hauptschuld trug, suchte Edin hier vergebens.

Der geheimnisvolle Brief war damals achtlos im Wohnzimmer liegen gelassen worden, nachdem er zuvor für so viel Aufregung gesorgt hatte, und Edin hatte nicht verstanden, wieso jemand ein so großes Blatt Papier für so wenige Worte gebraucht hatte.

Aber Edin hatte vieles nicht verstanden.

Im Grunde war ihm alles an dieser ganzen elenden Aktion, die sein Leben wie eine Obstbriefmarke auf den Kopf gestellt hatte, bis heute ein Rätsel geblieben, und seinen Cousinen und seinem sonderbaren Cousin, so kam es Edin vor, schien es nicht viel anders zu gehen.

Aber ganz gleich wie es ihnen gehen mochte, sie wurden jetzt auf alle Fälle lauter. Einige von ihnen. Eine von ihnen. Das Licht blieb, nur die Stille erlosch. Edins Cousine Lu drückte eine der Türklinken herunter und sagte, nachdem alle Mütter ein angsterfülltes Stöhnen angefangen und schnell wieder beendet hatten: »So, Freunde, also ich finde, wir könnten uns jetzt endlich mal das Haus anschauen. Wenn wir schon mal hier sind. Was haltet ihr zum Beispiel von dieser Tür hier? Ich bin gespannt, was da dahinter ... wie es da drin ... also, das ist doch, äh, Moment mal, also, Leute, das ...« Dann verstummte sie, und als auch Edin nach einer etwas unhöflichen Überholung seines zögerlichen Cousins Johnny im Zimmer stand, da wusste er auch, warum.

Der Raum war gewaltig.

Er sah wie ein Festsaal aus, nahezu majestätisch, mit einer hohen Decke und strumpfhosenfeinen Spinnweben in den Ecken. Eine der Wände war nach außen gewölbt und hatte drei große Fenster, die in viele Vierecke unterteilt waren. Man hätte hier, dachte Edin, einen amtierenden König empfangen können oder eine halbwegs berühmte Opernsängerin. Wenn es sein musste, sogar einen vollständigen Kinderchor.

Aber genau das konnte man eben nicht.

Obwohl es sich bei dem Raum um das Wohnzimmer handelte, war er nicht auf Besucher eingerichtet. Weiß Gott nicht! Keine halbwegs berühmte Opernsängerin hätte sich und ihre Stimme hier ausruhen wollen. Von amtierenden Königen ganz zu schweigen. Und für den vollständigen Kinderchor hätte es gar nicht genügend Sitzmöglichkeiten gegeben. Für alle anderen aber auch nicht.

Denn das Zimmer, nun ja.

Das Zimmer war so gut wie leer.

Da, wo einmal Möbel gestanden und Bilder gehangen haben mussten, zeigte die alte moosgrüne Tapete nur noch deren ungefähre verblasste Form. Sonst nichts. Man hatte das meiste, das hier mal zu Hause gewesen war, aus dem Raum verbannt. Und obwohl sich das Samstagslicht auch hier breitgemacht hatte, sah das große Zimmer traurig aus, so traurig wie jemand, der sich im Bad einschließt, um die anderen nicht mit seinen Tränen zu stören. Falsch sah es aus, so falsch, wie sich Edin oft fühlte. Der helle Raum hatte wirklich etwas spürbar Finsteres an sich.

Er war nichts Gutes.

Nichts, was man um sich haben wollte.

Edin konnte jede einzelne seiner fremdartigen Tanten und seine einzelne einzige Mutter mit unterschiedlichen Tönen schlucken hören, er konnte hören, wie seine türkisfarbene Cousine Penelope Melitzky vom Fenster aus rief: »Guckt doch mal, da vor dem Haus, eine echte Hühnergans, eine *Cereopsis novaehollandiae*, falls es irgendwen interessiert, die hat sich bestimmt verflogen!«, er konnte hören, wie der schlecht gelaunte Möbelwagenfahrer von draußen ins Haus brüllte: »Das war's, alles geschafft, wurde aber auch Zeit, na, ich hau jetzt ab, also dann, Waidmannsheil«, er konnte den Lederjackenmagen seiner Cousine Lu Winnefeld knurren hören und er konnte hören, wie stark jedes einzelne Geräusch in dem leeren Zimmer hallte.

Aber noch mehr, als er das alles hören konnte, konnte Edin sehen, wie sich sein Cousin Johnny Melitzky mit schweren Schritten auf die einzige Zimmerecke zubewegte, die nicht leer geräumt war, und dort alles Mögliche mehrmals berührte: Bettstangen und ein Laken, Bettwäsche, einen metallenen Nachttisch und eine Nachttischlampe, eine Wasserkanne aus Plastik und ein Handtuch und dann noch – so als wäre es ein simpler Gegenstand unter vielen, der keine besondere Aufmerksamkeit verdient hatte –, und dann noch das bleiche, das weiße, das sehr weiße Haar eines sehr alten Mannes.

Wenn man sich zum Beispiel in einer Bankfiliale befand und dort ein Gespräch über künftige Geldanlagen mit sich führen ließ, so konnte es passieren, dass die Bankangestellte ordentlich gekleidet und ohne eine Spur von Verschmitztheit sagte: *Und sobald Sie dann Ihr Ableben in Anspruch genommen haben, dann*, und wenn man schlau war, rannte man in der Mitte des Satzes nach Hause und beschäftigte sich lieber mit seinem Weiterleben.

Etwas Besseres konnte man ohnehin nicht tun.

Aber so, genau so, sah der alte Viktor Melitzky in seinem Krankenbett aus. Er lag da wie einer, der sein Ableben in Anspruch genommen hatte und nur noch nicht wusste, was als Nächstes zu tun war und wie das ungefähr gehen sollte: abzuleben. Viktor Melitzky lag in seinem Bett in der Ecke des großen Zimmers wie ein kleines Zuspät auf einem ansonsten leeren Blatt Papier, und er hatte die leicht schwitzige Hand von Johnny Melitzky auf seinem Kopf liegen, nicht ahnend, dass diese Hand in Zukunft häufiger auf seinem milchigen Haupt anzutreffen sein würde.

Das ahnte aber auch sonst keiner.

Und wie sollte es auch jemand vorhersehen, wenn mehr als die Hälfte der Anwesenden noch nicht einmal wusste, wer der weißhaarige Zimmereckenbewohner war und ob man in ihm einen versehentlich zurückgelassenen Geist vermuten sollte oder eher einen erschöpften Hausmeister? Außerdem waren Penelope und Gabriella Melitzky ohnehin mit etwas anderem beschäftigt, nämlich mit der Besichtigung der grauen, etwas vorwurfsvoll blickenden Hühnergans, die einen hellgelb leuchtenden Fleck auf dem Schnabel hatte und draußen auf und ab ging, so als müsste sie Wache halten.

Lu Winnefeld war, nachdem sie die Leere des Raumes und das winzige Bett in der Ecke des großen Zimmers gesehen hatte, schnell das Interesse daran abhandengekommen, dafür hatte sie aber jenes an ihrem Handy und an den Fransen ihrer Lederjacke wiedergefunden, und das war ja auch schon etwas.

Und Edin?

Der hatte den alten Mann schon nach einer einzigen Sekunde nicht mehr ansehen können, weil er bei ihm einen neuen Anflug von Bauchlodern auslöste, und es war mehr als fraglich, ob es zwischen den beiden zu einer Freundschaft oder wenigstens zu einer Verwandtschaft fürs Leben kommen würde. Johnny Melitzky hinwiederum war zu dicht dran, um sich Gedanken zu machen oder um etwas zu ahnen.

Aber vier Schwestern, vier Tanten wussten es doch.

Wussten, wen sie vor sich hatten.

Vater! oder etwas Liebevolleres rief aber keine von ihnen, und erst nach einer Weile flüsterte Ann Melitzky überhaupt mal irgendetwas, nämlich: »Viktor, wir hatten ja ... keine Ahnung«, wobei Flüstern natürlich nicht ganz stimmte, denn es war vielmehr ein feines Zittern aus Worten, ein Erschrecken in Kinderportionen. Rosalie Melitzky, die jetzt zu ihrem Sohn Johnny und ihrem alten Vater ans Bett trat und sich eine graublonde Haarsträhne um den Zeigefinger wickelte, zitterte hinzu: »Wenn man uns früher Bescheid gesagt hätte«, worauf Kalinka Melitzky zweimal abgehackt hüstelte und Bernadette Winnefeld in der gegenüberliegenden Zimmerecke in ihrem Senior-Consultant-Kalender las und als Einzige wusste, dass sie auf eine noch völlig leere Dezemberseite starrte.

Viktor Melitzky sagte nichts zu alledem.

Sein Blick war leer wie ein ausgepumpter Magen, stumm starrte der alte Mann an die Decke. Johnny Melitzky hatte seine Hand, nachdem er sie ein paarmal angehoben und wieder abgesetzt hatte, jetzt etwas länger auf dem Weiß des fremden Großvaters liegen, als wäre sie auf dessen Haaren endlich zur Ruhe gekommen. Es war, als würden sich die beiden gegenseitig dauersegnen, Johnny mithilfe seiner Hand und Viktor Melitzky mit seiner liebenswürdigen Geste, nichts gegen diese Hand zu unternehmen.

Vorerst.

Und als hätte der Alte darauf gewartet, dass alle, die sich bis dato noch nicht für ihn interessiert hatten, von ihren Handys, Kalendern und Hühnergänsen aufsahen, zeigte er nach bedrückend langer Zeit, dass da doch noch eine Spur Leben in ihm war und nicht nur Ableben. Auf einmal bewegte er seinen Kopf ganz leicht hin und her, und als er merkte, dass er die Hand seines Enkels Johnny Melitzky dadurch nicht entfernen konnte, schob er sie sich mit seiner eigenen Hand, die fleckig und wie mit feinstem Papier bezogen war, vom Kopf.

Sein ausgepumpter Blick füllte sich jetzt mit etwas.

Er hob den Kopf um wenige Zentimeter und bewegte seinen Mund so, dass es Johnny gleich verstand. Er beugte sich zu dem alten Mann herunter, hielt sein Ohr an dessen Lippen und hörte ihm zu, hörte ihm lange zu und sah dabei immer befremdeter aus.

Dann hörte der Alte zu reden auf.

Schloss die Augen, legte seinen Kopf ins Kissen.

Und als alle Personen über vierzehn aufgeregt fragten: »Was hat er gesagt? Johnny, was hat er dir bloß so lange ins Ohr geflüstert?«, da richtete sich der Angesprochene auf und berührte im Schnelldurchlauf mehrere weiße Bettstangen und ein weißes Laken, die weiße Bettwäsche und einen metallenen weißen Nachttisch und eine weiße Nachttischlampe, eine weiße Wasserkanne aus Plastik und ein weißes, leicht angegrautes Handtuch und dann noch, für den Flügelschlag einer Kriebelmücke, die Haare seines neuen Großvaters. Erst dann fing er endlich zu sprechen an: »Äh, na ja, er hat ... also ... wisst ihr ... gesagt hat er einfach nur ... fünfeinhalbmal: *Sie ist eine Wildobstsorte mit hohem Zierwert.* Das letzte Mal hat ... hat er ... also ... bloß *Sie ist eine Wildobstsorte* gesagt. Fünfmal. Und noch ein halbes Mal.«

Dann sagte Johnny diesen Satz selbst so oft, mit der gewöhnlichen Stimme eines Jugendlichen, aber exakt fünfeinhalbmal, als müsste er die anderen am eigenen Leibe spüren lassen, wie sich das anfühlte, oder als müsste hier eben alles seine Richtigkeit haben und penibel nachgezählt werden. Und sehr viel schlimmer konnte es eigentlich gar nicht mehr kommen. Ein alter Mann, den man entweder noch nie oder ein halbes Leben lang nicht gesehen hatte, hatte offensichtlich den Verstand verloren und sich den Kopf stattdessen mit Wildobst vollgestopft, und zu allem Unglück hatte ihm einer seiner Enkel das auch noch nachgemacht, in einem großen, leeren Raum, in dem kein Frieden und auch immer weniger Licht herrschten, denn das Licht hatte bereits angefangen, wieder weiterzuwandern, nur –

Was da gerade behauptet wurde, stimmte leider nicht.

Es war schlicht und einfach nicht wahr, Vorahnung falscher Tatsachen. Es *kam* nämlich noch schlimmer, genau hier, genau jetzt. Denn im Zimmer stand auf einmal, luftig im vorderen Raumbereich verteilt und auf etlichen wippenden Beinpaaren, eine besorgniserregende Zahl von Nachbarn mit Aufläufen.

Mit den Fremden, dachte Lu Winnefeld, waren nicht nur die Aufläufe in dem alten Haus erschienen. Mit den Fremden war auch das Lachen eingezogen. Und man hätte sich natürlich fragen können, wie viel so ein Lachen eigentlich wert war, wenn der Benutzer damit nur seine Begeisterung für die eigenen Witze zum Ausdruck brachte. Oder wenn er damit eine asthmatische Filmantilope hätte synchronisieren können. Oder wenn dieses Lachen immer ein Quäntchen gemein war, einen Hauch bösartig. Was war dieses Lachen dann wert?

Aber Lu Winnefeld fragte sich das nicht.

Lu Winnefeld war heilfroh darüber, dass die düstere Stimmung im Haus so schnell umgeschlagen war in schallende Leichtigkeit und dass es hier nicht mehr nur Melitzkys und Winnefelds gab. Die hingen ihr nämlich, abzüglich ihrer selbst, schon jetzt zum Hals raus.

Die Küche, in der Lu jetzt mit den meisten anderen saß, war groß wie eine kleinere Hotelküche oder klein wie eine größere Frühstückspensionsküche. Man könnte aber auch sagen: Die Küche, in der sie mit den meisten anderen saß, war nicht gerade winzig, genau wie der alte Elektroherd. Es gab auch noch eine einzelne Spüle mit zwei schwarzen Becken, groß wie Babybadewannen, außerdem mehrere alte Küchenschränke, eine große, schwer durchschaubare Glasvitrine und einen brummigen alten Kühlschrank sowie eine betagte Kaffeemaschine und schließlich etliche Küchengeräte, die an unterschiedlich großen Haken hingen und die Einführung des elektrischen Stroms möglicherweise verschlafen hatten.

Aber der Tisch!

Der alte Holztisch, an dem Lu saß, war so lang, dass er mit ihr, ihrer Mutter, ihren Tanten Kalinka und Ann, ihrem Cousin Edin und den beiden Drillingscousinen nicht einmal annähernd umzingelt war. Auf den restlichen Stühlen saßen Fremde, die jetzt auch Namen hatten, aber Lu hatte sich die meisten nicht merken können. Sie wusste nur, dass der Mann, der drüben vor dem heißen Backofen hockte und besorgt »Du glühst ja!« zu ihm sagte und dann ein röchelndes Lachen lachte, der Dorffleischer war und Hebebühne hieß.

Oder so ähnlich.

Neben Lu saß eine Frau, die, wie mindestens die Hälfte der Fremden hier, ein älteres, silbriges Kaliber war und die sich im Dorf angeblich um irgendein Denkmal kümmerte und zweimal hintereinander *Cornell* sagte. Überhaupt redete sie die ganze Zeit, *alle* redeten auf Lu und ihre Mutter und die anderen ein, eine Apothekerin und ein Arzt und der ehemalige Ortsvorsteher und lauter Leute mit Berufen oder Hobbys, die sich kein Mensch merken konnte.

Sogar eine Dorfbewohnerin in Lus Alter war da, die aber nichts sagte und stattdessen in Edin Melitzky vertieft war. Sein Wollpullover schien ihr nicht viel auszumachen, nicht sein rot angelaufenes, schüchternes Gesicht, nicht sein Blick, der ausschließlich auf die auf dem Tisch verteilten Auflaufformen gerichtet war.

Sie sah ihn trotzdem an.

Von draußen konnte man Männer hören, die ein paar Möbel von Rosalie und Johnny Melitzky in das leere große Wohnzimmer trugen, das jetzt ein Krankenzimmer war. Lu hatte vorhin gesehen, dass ihr Cousin am Bett des Großvaters geblieben war, und mit Sicherheit war das eine gute Entscheidung gewesen, denn auf diese Weise fiel er am wenigsten auf. Und während seine Mutter die möbeltragenden Dorffremden dirigiert und sich der hohe Raum mit viel zu niedrigen Möbeln gefüllt hatte, waren ein Mann und eine Frau damit beschäftigt gewesen, sich um den Großvater zu kümmern und ihn um Johnny Melitzkys Ränder herum zu pflegen.

Aber die Stimmung hier in der Küche, dachte Lu Winnefeld, war um Längen besser. Um eine Tischlänge, mindestens fünfzehn Aufläufe und sogar noch um einen großen Suppentopf, der aber drüben auf dem Herd stand und bis jetzt von niemandem angerührt worden war. Am Tisch saßen Leute, mit denen sie im echten Leben nichts zu tun gehabt hätte und von denen die meisten laut und fröhlich waren und die falschen Fragen stellten, »Wer trägt denn heute noch solche Lederjacken?« zum Beispiel oder »Ist Lu eine Abkürzung, und sag doch mal: wofür eigentlich, für Luisa, Luna, Lucille?«

Sag doch mal.

Lu konnte sehen, dass auch Gabriella und Penelope Melitzky erleichtert waren und mit den Fremden aus Kamp-Cornell mitlachten, mitaßen, ein schwarztürkiser Teil von ihnen waren, auch wenn sie einen kleinen Klecks in jedem Auge trugen, der *nicht* vergnügt war. Besteck schlug gegen Teller, Gläser klirrten, immer wieder schmatzte jemand, stieß jemand leise auf, sagte jemand »Entschuldigung«, eine Frau rief: »Reicht mal einer den Nudelauflauf rüber?«, und reichte das ganze Essen hier? Ja, dachte Lu, das Essen reichte für heute und für die nächsten hundertsieben Tage. »Noch ein Löffelchen Gratin?«, kam es jetzt von schräg rechts irgendwo, jemand sagte: »Wir werden uns ja jetzt öfters sehen«, und irgendwer behauptete sogar, dass sein Nachbar der einzige

Klempner von Kamp-Cornell sei. Gläserklirren, Fremde auf knarrenden Stühlen.

Lachen, das aus Dorfbewohnermündern kam.

Taxifarbene Zähne.

Und wenn sie jetzt hierblieben, dachte Lu, wenn alle Melitzkys und Winnefelds auf ewig hierblieben, dann wäre immer was los und immer würde Fröhlichkeit herrschen und keiner hätte mehr Zeit, über das neue Leben nachzudenken, das hier und heute auf Befehl von drei Tanten und einer Mutter begonnen hatte.

Eine von diesen vier Frauen war immer noch drüben in dem großen, leeren, nicht mehr leeren Raum, das konnte Lu hören. Tante Rosalie. Die anderen drei saßen am Tisch, mit abgestürzten Schultern und erstaunlich feindseligen Blicken. Lu kam es so vor, als wären sie vorhin vor ihrem alten, Wildobst liebenden Vater regelrecht geflüchtet, eine Flucht, die sie wahrscheinlich längst bereuten. Denn sie waren die Einzigen in dieser fröhlichen Küche, die nicht lachten.

Nicht mal ganz leise.

Sie sagten auch nichts. Aßen nichts. Lobten nicht die gelungene Shepherd's Pie. Erwähnten den griechischen Hackfleischauflauf mit keiner Silbe, obwohl beachtliche sieben Silben zur Verfügung standen. Sie fragten auch nicht: »Wie habt ihr die Kruste so gut hingekriegt?«, oder: »Schmecke ich da etwa eine Prise Muskat heraus?« Sie interessierten sich noch nicht einmal dafür, ob der zuckersüße Milchreisauflauf laktosefrei war und ob das rote Gelee, das es dazu gab, aus dörflichen Kornelkirschen gekocht worden war.

Nichts von alledem.

Aber als sich gegen Abend die silbergelockte Denkmalpflegerin zu Gabriella und Penelope herüberbeugte und mit einem triumphierend mitleidigen Blick sagte: »Eure Oma habt ihr ja gar nicht mehr kennengelernt«, da konnte Lu sehen, wie Leben in ihre Mutter und die beiden Tanten kam, wie dieses Leben kirschrot in ihre bleichen Gesichter floss und wie dieses Leben die drei Frauen dazu brachte, sehr heftig und in bemerkenswerter Gleichzeitigkeit mit je einer Hand auf den Tisch zu schlagen und dann gemeinsam »Sofort und auf der Stelle Ruhe jetzt!« zu brüllen.

Und gut wurde es nicht mehr.

Nicht an diesem Abend. Die Stimmung war dahin. Die meisten Nachbarn taten zwar, als hätten sie von dem Lärm der aufgebrachten Frauen rein gar nichts mitbekommen und als wären ihnen auch das Angstklirren der Gläser und das feine Wackeln der Aufläufe und sogar ihre eigenen erschrockenen Laute aufgrund einer kleinen Unachtsamkeit nicht aufgefallen; sie gingen zur Tagesordnung über, die schon fast eine Abendordnung war. Ein paar von ihnen kümmerten sich sogar um den Abwasch, andere bedeckten die halb vollen Auflaufformen mit Folie und stellten sie in den alten Kühlschrank.

Aber dann verließen sie allmählich die Küche, mal allein, mal in kleineren Grüppchen, immer ohne Abschied, die Blicke schon längst anderswo. Allmählich wurde es ruhiger im Haus, dunkler wurde es, bedrohlicher irgendwann.

Eine Spur gespenstisch.

Wenigstens der Strom funktionierte, sogar das Internet,

alle neuen Hausbewohner hatten Empfang und manche Hunger, weil sie vorhin nicht mitgegessen hatten. Alles in allem schien das Haus keine Probleme zu machen. Aber bis jetzt wusste niemand außer Rosalie Melitzky, wie oben die Zimmer aussahen und wie viele Räume es gab und ob da immer noch Möbel standen, so wie früher, und ob die Betten schon bezogen waren, und nein, sie waren natürlich nicht bezogen, wo kämen wir denn hin? Denn es war nun mal nichts als ein hartnäckiges Gerücht, dass Familien, die mit wenig Gepäck in uralte Häuser zogen, dort immer schon frisch bezogene Betten vorfanden.

Viel später am Abend wusste auch der Letzte über die oberen Stockwerke Bescheid. Alle hatten begriffen, wie sie die Nacht würden verbringen müssen. Auf alten Matratzen, auf ihren mitgebrachten Isomatten, in Schlafsäcken und mit schmerzenden Rückenwirbeln – außer Rosalie und Johnny, die einen der kleineren Räume mit ihren Möbeln gefüllt hatten. Alle anderen hatten erkannt, dass es eine staubige Nacht werden würde, kalt und ungemütlich. Dass es eine Nacht werden würde, die kein Zuhause war, in einem großen, leeren Raum. Sie hatten gesehen, dass ihre alten Kinderzimmer ohne Möbel waren, ausgeräumt, ohne Kindheit.

Dafür hatten sie etwas anderes nicht gesehen.

Und schätzungsweise, sehr gewiss sogar, war das auch besser so. Wenigstens für den Moment. Denn wenn sich jemand die Mühe gemacht hätte und noch einmal in die Küche gegangen wäre und den Deckel des großen, zurückgelassenen Suppentopfes auch nur um sechzehn Zentimeter angehoben hätte, dann hätten ihn vier hübsch gefiederte Hühnerköpfe auf blutig gereckten Hälsen angestarrt. Und auch wenn ihm der Deckel gleich wieder aus der Hand gefallen und das grausame Bild sofort verschwunden wäre, hätte der Anblick noch lange in ihm nachgescheppert und ihn möglicherweise an vier erwachsene Schwestern erinnert, die just an diesem Tag an einen Ort zurückgekehrt waren, an dem sie nichts, wirklich gar nichts mehr zu suchen hatten.

3

In der Nacht waren zwei Wege zu hören, die sich mit kleinen Bissen durch die Dunkelheit des Hauses fraßen, zwei schlaflose Wege, die einander beinahe verpasst hätten wie zwei Lächeln auf dem Bürgersteig, Wege, die sich lange nicht trafen und dann aber doch.

Dann aber doch.

Zwei schlecht beleuchtete Gestalten kamen an dem großen Fenster im Treppenhaus zum Halten, die eine groß, die andere zwei Köpfe kleiner. Beide stützten sie sich auf dem Fensterbrett ab, wobei die kleinere Gestalt bei geradem Rücken ihre verschränkten Arme auf dem Holz ablegen konnte, während die Arme der größeren Gestalt bei ebenfalls geradem Rücken ausgestreckt waren und ihre Handflächen zu beiden Seiten auf dem Fensterbrett ruhten.

Wenn man etwas genauer hinsah und zufällig zu den Gesegneten gehörte, die nicht unter Nachtblindheit, Angst vor Dunkelheit oder einer getönten Brille litten, konnte man auf dem Kopf der kleineren Gestalt einen scheuen türkisen Schimmer erkennen und auf dem Oberkörper der größeren Gestalt das ebenfalls scheue Muster eines Wollpullovers, den sie über ihren Schlafanzug gezogen hatte. Und man konnte auch sehen, wie sich die kleinere der beiden Gestalten millimeterweise von der größeren wegbewegte, bis eine vollständige dritte Gestalt zwischen den beiden Platz gehabt hätte.

»Na ja, sieht so aus, als hätten wir mal eine echte zweite Oma gehabt«, sagte die kleinere Gestalt mit einer leicht piepsigen Stimme, und Edin Melitzky antwortete so leise darauf, dass Penelope Melitzky gleich weitermachte und ergänzte: »Und dann haben wir noch einen zweiten Opa«, woraufhin Edin flüsterte: »Das hab ich doch gerade gesagt.«

»Obwohl er eher wie *hatten* aussah.«

»Was?«, fragte Edin von links oben nach rechts unten.

»Na ja. Kommt mir nicht so vor, als würden wir den noch haben.«

Edin Melitzky schaffte es nicht mehr, seiner Cousine zuzustimmen, denn beide, er und Penelope, hörten jetzt ein Geräusch. Mindestens eines, eigentlich waren es gleich mehrere: jede Menge Geräusche, die hier nicht hergehörten, Töne wie in einem sehr modernen Konzert, in das man nur geht, weil man die Karte geschenkt bekommen oder weil man schon wieder vergessen hat, das Konzertabo zu kündigen.

Und beide Herzen, das von Edin und das von Penelope, setzten für anderthalb Schläge aus, was zusammen drei Schläge machte, aber immer noch viel zu wenig war für das, was sich auf einmal in die Nacht geschlichen hatte, viel zu wenig für die grauenhaft scheppernden, quietschenden, schneidenden, kratzenden und hämmernden Töne, die in unregelmäßigen Abständen von unten nach oben drangen.

Dann, nach ungezählten Minuten – und wer hätte sie zu so vorgerückter Stunde auch zählen mögen, eigentlich keiner außer Johnny Melitzky, und der war gerade nicht da –, dann, nach wer weiß wie vielen Minuten, und es waren *viele* Minuten, mindestens vier, dann, nach aufgerundet fünf Minuten, herrschte wieder Stille. Und natürlich durfte man, um damit einverstanden zu sein, den Ruf einer weit entfernten Feuerwehr und eines sehr nahen Käuzchens nicht beachten, und man musste auch das heimliche Schlottern von Edins und Penelopes Beinen großzügig überhören und obendrein noch dieses unerträgliche Geräusch, wenn der Lärm schon aufgehört hat, aber im Kopf noch weitermacht.

Draußen unter der Laterne war jetzt wieder die Hühnergans zu sehen: grau meliert, deutlich zerzaust und mit gekrümmter Körperhaltung, ein Albtraum für jeden Orthopäden. Die Gans stand in einem zarten, dünnflüssigen Licht, obwohl die Laterne über ihr gar nicht angeschaltet war. Aber das war oft so bei Lampen, die nicht leuchteten, sondern nur von Decken hingen oder auf Laternenpfählen ruhten: Man dachte sich ihr Licht dazu und konnte dadurch Dinge sehen, die die Dunkelheit normalerweise verschluckt hätte.

Oder Dinge, die gar nicht da waren.

Die Gans war aber da. Mit elegant gebogenem Hals stakste sie unter der nicht leuchtenden Laterne hin und her, ließ sich bewundern und warf nicht den kleinsten Schatten. Dafür warf Penelope jetzt aber ihren Kopf türkis in den Nacken und fing wieder zu reden an, sie sagte: »Typisch *Cereopsis undsoweiter.* Ich versteh trotzdem nicht, was die hier zu suchen hat. Die gibt es doch nur noch auf australischen Inseln.«

»Wieso kennst du dich so gut aus mit diesen ... Gänsehühnern?«

»Was?«, fragte Penelope. »Ach so. Hühnergänse. Und alle Vögel. Die hab ich von meiner Schwester.«

»Gabriella?«

»Lydia.«

»Aber ...«, warf Edin ein, und zwar laut genug, um Penelope dazu zu bringen, noch ein paar zusätzliche Millimeter von ihm wegzurücken und dann etwas schroff zu sagen: »Wenn du fragen wolltest, ob wir sie zu Hause vergessen haben, nein, wir haben sie nicht vergessen. Keiner vergisst Lydia. Sie kann gar nicht mehr vergessen werden. Lydia ist tot.«

Edin rückte jetzt selbst von Penelope weg, so weit, dass noch eine halbe Extraperson Platz gehabt hätte. Er dachte daran, wie die Schwestern ihm und den anderen damals vorgestellt worden waren, als Drillinge nämlich, obwohl sie selbst darauf bestanden hatten, einfach nur Schwestern zu sein.

»Der ... dritte Drilling«, sagte Edin. »Ist Lydia ... na ja, ist sie bei der Geburt gestorben?«

Penelope stampfte angedeutet auf. »Beim Sterben ist sie gestorben«, rief sie. »Bei ihrem Tod, wenn du's genau wissen willst. Vor drei Jahren.«

Die Geräusche, die irgendwann aufgehört hatten, waren wieder da, möglicherweise durch Penelopes feines Stampfen ausgelöst. Man konnte Schritte hören, vielleicht ein Möbelrücken, Metall, das gegen Metall schlug. Töne wie von Scheren. Eine sehr laute Heimwerkerarbeit. Gerüstbau.

Aber die Geräusche waren so verschwommen, so wenig definierbar, dass sie ebenso gut etwas anderes hätten sein können, Geräusche eines fremden Lebens, die sich lediglich im Haus geirrt hatten. Und doch hatte ihr Klang etwas Beunruhigendes und Besorgniserregendes und passte zu beim Sterben gestorbenen dritten Drillingen.

»Das tut mir ... leid«, sagte Edin, und diesmal war es gut,

dass ihm *diese* Worte so leise über die Lippen kamen, denn so konnten sie nicht zu Staub zerfallen, wie sie es sonst immer taten, wenn sie erst einmal ausgesprochen waren.

Penelope antwortete ihm nicht. Bedankte sich nicht. Nickte nicht wie eine, die sich diesen Spruch pünktlich alle zwei Monate anhören musste. Tut mir leid. Tut mir leid. Tut mir leid. Penelope Melitzky schniefte nicht, schluchzte nicht, verdrehte nicht die Augen. Sie starrte nur nach draußen und ihr Blick folgte der Gans, lief ein Stück mit ihr mit, wechselte mit ihr die Richtung, das war alles.

»Gabriella«, erklärte Penelope jetzt ihrem Spiegelbild in der dunklen Fensterscheibe, »hat von Lydia die Chemie übernommen. Formeln, Experimente, Stichflammen. Also Sachen, die kein Mensch versteht. Ich zeichne für Lydia. Und ich hab mir auch die Vögel geschnappt. Und dass ich keine Angst habe. Vor absolut gar nichts übrigens.«

Als sie das gesagt hatte, zuckte Penelope zusammen und griff nach Edins Hand, die sie, weil er so weit von ihr entfernt stand, nur mit ausgestrecktem Arm erreichen konnte. Sie zitterte. Die Hand, Penelope. Sie zitterte, weil sich ein neues Geräusch in die Nacht geschlichen hatte, ein einzelnes nur, das aber sehr laut war und an einen übertrieben großen Löffel erinnerte, der in einen übertrieben großen Suppenteller fiel.

Edin drückte die schaudernde Hand seiner Cousine und sagte: »Okay. Klar. Ich versteh schon. Ihr habt die Hobbys eurer Schwester übernommen.«

Penelope sah ihn nur an.

Schwieg.

»Okay. Klar. Ich versteh schon. Ihr habt die Hobbys Eurer Schwester übernommen.«

»Hab ich schon beim ersten Mal gehört«, sagte Penelope und zog ihre Hand mit einem unhöflichen Ruck aus der von Edin. »Musst du eigentlich alles doppelt sagen? Und Hobbys, so ein Quatsch. Wir haben doch nicht ihre Hobbys übernommen. Wir haben Lydia übernommen. So. Los jetzt. Die Geräusche kommen von unten. Mir reicht es, ich geh jetzt runter. Ich schau mir das jetzt an.«

»Du willst da wirklich runtergehen? Sag doch mal! Du willst da im Ernst ...«

Aber Penelope war schon losgegangen.

Sie drehte sich nicht um.

Ihr Zittern war vorbei, noch ehe es richtig in Schwung gekommen war.

Etwas hatte sie wach gemacht. Sie hatte ihre Rückenwirbel im Verdacht, aber die verhielten sich unauffällig. Trotz der dünnen Isomatte lag Ann Melitzky beinahe bequem auf dem Boden des großen, dunklen Raumes. Sie hatte sofort gewusst, wo sie war, keine einzige Sekunde lang hatte sie um Orientierung gerungen. Sie war in Kamp-Cornell. Sie war dort, wo sie nicht sein wollte. Nie wieder. Denn das Haus, in dem sie ausgestreckt lag, war kein gutes Haus, keins, in dem Frieden herrschte.

Immerhin hatte sie den gestrigen Tag, vor dem sie sich so lange gefürchtet hatte, augenscheinlich überstanden. Sie hatte die freundlichen Bewohner von Kamp-Cornell, die sie schon als Kind still verwünscht und mit laut schlagendem Herzen gefürchtet hatte, fürs Erste überlebt. Und sie hatte auch das Haus, das ihr so lange Angst gemacht hatte, überlebt, jedenfalls seit einem Dutzend Stunden, und sie lebte sogar *immer noch*, etwas schläfrig zwar, etwas fremd, aber hier.

Hier.

Und etwas hatte sie wach gemacht, war bis in ihren Schlaf vorgedrungen, wurde ihrem Traum vorsichtig untergehoben wie geschlagenes Eiweiß in einer alten französischen Kochsendung. Der große Raum, in dem sie und die meisten anderen ihr vorläufiges Schlaflager aufgeschlagen hatten, befand sich über dem fast leeren Wohnzimmer, in dem ihr Vater lag. Hier oben war früher das Näh- und Musikzimmer gewesen, wobei die Musik durch nichts als eine mickrige Blockflöte und die Handarbeit durch zwei rostige Nähmaschinen vertreten war, und von denen hatte nur eine funktioniert.

Jetzt war alles weg: die Musik und die Nähmaschinen und der Mensch, der früher an einer davon gesessen hatte. Stattdessen lagen hier überall nur Matratzen und Isomatten, ein paar helle Mondflecken, Menschen bei Nacht. Verwandtschaft bei Nacht. Fremde. Der Raum erinnerte Ann an den Schlafsaal eines Waisenhauses irgendwo weit weg, in Maine vielleicht, Saint-Cloud's. Ein Dach überm Kopf, aber keins überm Herzen, so konnte es gehen.

Es war so dunkel hier, dass sie nicht sehen konnte, ob jeder der Schlafsäcke mit einem echten Menschen gefüllt oder nur aufgebauscht war. Ann wusste aber, dass zwei Melitzkys fehlten: ihre Schwester Rosalie und deren bedauernswerter Sohn Johnny, die sich auf dieser Etage schon ein Zimmer eingerichtet hatten.

Da!

Sie konnte etwas hören zwischen dem leisen Schnarchen ihrer Schwestern und der schnaufenden Stille der Kinder, sie wusste jetzt, warum sie aufgewacht war. Nie hatte sie vergessen können, warum sie früher in jeder Nacht, die sie in diesem Haus verbracht hatte, aus dem Schlaf geschreckt war. In Kindertagen. Kindernächten. Die Kindernächte waren die schlimmsten. Schon vorher, wenn sie ins Bett gegangen war, hatte sie sich jedes Mal mit Angst zugedeckt, und diese Decke war keine von der schützenden Sorte gewesen. Immer waren irgendwann die Geräusche gekommen, Nacht für Nacht für Nacht, und immer hatten ihre Eltern die Geräusche in etwas Erwachsenes, Begreifbares überführt oder, was viel häufiger vorkam, für reine Einbildung erklärt.

Geglaubt hatten sie ihr diese Angst nicht.

Hatten sie nicht aufgeschüttelt, damit sie leichter auf ihr lag.

Stopp!

Da war es wieder. Gleich mehrere Geräusche waren da, alle auf einmal, und keines von ihnen gehörte in dieses Haus, schon gar nicht zu so nächtlich schwarzer Stunde. Die Töne passten auch nicht zu den Bewohnern von Kamp-Cornell, die sich um Viktor Melitzky kümmerten, die sich sogar nachts um ihn kümmerten, *noch*. Denn ab morgen würden Ann und ihre Schwestern selbst für den alten Vater sorgen, ob die Nachbarn das nun wollten oder nicht.

Ann Melitzky erhob sich von ihrem Schlaflager. Sie spürte jetzt doch etwas Ältliches, Zorniges in ihrem Rücken und tastete sich durch die Dunkelheit des Zimmers bis zur Tür. Sie würde schon noch rausfinden, woher die Geräusche kamen.

Jetzt würde sie es rausfinden.

Spätestens in ein paar Minuten.

Jahrzehnte zu spät.

Lu Winnefeld war kein Nachtmensch, war nie einer gewesen. Man konnte aber auch nicht alles sein. Lu mochte es eben nicht, nachts wie ein aufgescheuchtes Gespenst herumzulaufen, wenn alle anderen schliefen, auch wenn diese anderen früher immer nur aus exakt einer Person bestanden hatten, nämlich aus ihrer Mutter. In manchen Zeiten noch nicht einmal aus ihr. Die Nacht und Lu, so viel stand fest, konnten nur wenig miteinander anfangen.

Dabei war es noch nicht einmal so, dass sich Lu im Dunkeln fürchtete oder ohne Tageslicht die Fassung oder ihren reservierten Platz im Leben verlor. Die Nacht war eben nur nicht ihre Zeit. Sie war höchstens etwas Zusätzliches, das man extra buchen musste, und sie buchte sie nie mit. Erst wenn die Nacht vorbei war, fing für Lu die Welt wieder an, jeden Morgen aufs Neue.

Warum also stand sie trotzdem in dem düsteren Zimmer, in dem ein Großteil ihrer Verwandtschaft schlief? Lu stand hier, weil das Zimmer nicht mehr düster war, sondern von ihrer Handytaschenlampe schwach beleuchtet wurde, und weil sie im Handytaschenlampenlicht erkannt hatte, dass nur noch ein kleiner Großteil ihrer Verwandtschaft auf den Matratzen und Isomatten lag: ihre Mutter, ihre Tante Kalinka und ihre Cousine Gabriella. Alle anderen waren verschwunden. Tante Ann. Edin. Penelope. Anscheinend konnten sie nicht schlafen, was nicht abwegig wäre, denn auch Lu war, nach sonderbaren Träumen, immer wieder erschrocken aufgewacht, mit Tränen in den Augen. Sie hatte sich nicht erinnern können, diese auch wirklich geweint zu haben, und wann auch?

Die Träume waren nicht das gewesen, was Lu unter Albträumen verstand. Jedes Mal waren ihr die überfreundlichen Bewohner von Kamp-Cornell erschienen, immer in einer anderen Situation, mit wechselnden Kulissen, unterschiedlichen Kostümen und bis zum Anschlag gezogenen Lächeln. Aber obwohl diese Bewohner auch in geträumter Form ausgesprochen nett zu Lu waren und die Träume alle etwas Fröhliches und Leichtfüßiges hatten, war das Erste, das sie nach dem Aufwachen gefühlt hatte, immer Angst gewesen, zumindest aber etwas Unbehagliches, kaum Benennbares, das ihr die Nacht schwerer gemacht hatte.

Und jetzt fror Lu Winnefeld entsetzlich. Im Zimmer war es eisig, und es roch nach Bauernhofmuseum. Muffig, veraltet, mit einer leichten Schlafnote im Abgang. Lu merkte erst jetzt, dass das Haus Töne von sich gab. Sie konnte sie deutlich hören. Es war, als würde das alte Haus mit seinen Knochen knacken, so wie es die Jungen in ihrer Klasse gern getan hatten, am liebsten mitten im Unterricht. Immer wieder hatte einer von ihnen die Arme nach oben gereckt und in der Luft verschränkt, den Kopf dann in Zeitlupe hin und her bewegt und dabei so laute knackende Geräusche gemacht, dass sie auch noch zwei Klassen weiter zu hören gewesen waren und der Hausmeister jedes Mal seine Arbeit hatte unterbrechen müssen, um sich vollständig auf sein Erschrecken zu konzentrieren. Jedenfalls hatte man sich das erzählt. Und wenn Lu richtig informiert war, hatten alle Jungen in ihrer Klasse überlebt.

Sie bückte sich jetzt, schlüpfte ohne Socken in ihre Turnschuhe, richtete sich wieder auf und war bereit. Wenn sie sowieso immer wieder aufwachte, dann lohnte sich auch das Schlafen nicht. Sie konnte also ebenso gut ihre abtrünnige Verwandtschaft suchen. Behutsam, sacht, auf Zehenspitzen. Die alten Dielen im Zimmer knarrten trotzdem bei jedem Schritt, aber niemand von den Liegenden ließ sich davon beeindrucken und um seinen Schlaf bringen. Von Lus Mutter war zwar ein kurzes schmatzendes Geräusch zu hören, sie machte sich aber gar nicht erst die Mühe, dafür extra aufzuwachen.

Im Treppenhaus war es sogar noch kälter, noch knarrender als im Zimmer. Zum Glück gab es hier nichts, das schlief oder auf andere Weise empfindlich war, und Lu musste keine Rücksicht mehr nehmen. Von unten konnte sie Stimmen hören, ein Flüstern nur, lauter kleine Aufgeregtheiten, außerdem hatte das Knochenknacken des Hauses immer noch nicht aufgehört. Stufe für Stufe ging Lu nach unten und auf die Geräusche zu, hielt sich am hölzernen Geländer fest und schob den Lichtkegel ihres Handys vor sich her.

Hatte sie Angst?

Nein.

Lu Winnefeld hatte keine Angst.

Und da standen sie. Vor der Tür des riesigen Zimmers, in dem rechts hinten ganz klein Lus nagelneuer Großvater lag, sah sie eine kümmerliche Wachmannschaft, die nicht so wirkte, als wäre sie ernsthaft in der Lage, jemanden zu bewachen, geschweige denn zu beschützen. Lus Cousine Penelope krallte sich mit Sicherheitsabstand in den Arm ihres Cousins Edin,

Edin hatte eine Hand auf den Rücken seiner Mutter gelegt, und diese, Lus Tante Ann, trug ein seniorengerecht wallendes Nachthemd und hielt eines ihrer Ohren an das alte Türholz.

Die drei Lauschenden waren verbunden, aber schienen sich dabei nicht wohlzufühlen, waren falsch verbunden und drehten sich sichtlich erleichtert um, als Lu fragte: »Freunde, was ist denn jetzt? Kommt der Krach von da drinnen?«

»Vielleicht«, sagte Edin.

»Vielleicht«, antwortete ihre Tante Ann.

»Woher denn sonst?«, fragte Penelope. »Das ist das einzige Zimmer, in dem wir noch nicht nachgesehen haben. Außerdem kann ich hören, dass das von da drin kommt. Alle können das hören.«

»Und was ist«, fragte Lu, »mit dem Zimmer da drüben? Wart ihr da wirklich schon drin?«

»Das ist kein Zimmer«, antwortete ihre Tante Ann, »das ist eine Abstellkammer. Und frag nicht, was hinter der anderen Tür ist. Der Tür links daneben.«

»Und was ist hinter der anderen Tür?«, fragte Lu. »Der Tür links daneben?«

Ann Melitzky seufzte, schüttelte den Kopf, schüttelte ihn sicherheitshalber ein zweites Mal. Dann sagte sie: »Das ist, also ... das ist das ... *ungenutzte Zimmer.* Niemand von euch darf da reingehen. Haben wir uns verstanden? Das durften wir früher auch nicht. Und tun es auch weiterhin nicht. Diskussion beendet!«

Die Diskussion hatte noch gar nicht angefangen, wenigstens hatte Lu nichts davon mitbekommen, aber so oder so, *eine* Frage hatte sie noch.

»Aber nachgesehen habt ihr trotzdem, oder?«

»Ja«, sagte Ann Melitzky leise. »Wir haben die Tür aufgemacht und reingesehen. Das *ungenutzte Zimmer* war ziemlich ... ungenutzt.«

Es war kaum zu überhören, dass es nicht das Lieblingsthema ihrer Tante war, also beeilte sich Lu zu sagen: »Na ja, ihr habt schon recht. Die Geräusche müssen vom Wohnzimmer kommen. Ja, ich glaube, ich kann auch was hören. Was soll's, dann schauen wir eben mal nach.«

Sie löste Penelopes Hand von Edins Arm, um zur Tür zu kommen. Und als sie ihre Hand auf die verschnörkelte Klinke legte, drehte sich Penelope schlagartig um, stampfte mit einem merkwürdigen Zorn in Richtung Küche und sagte dann betont nebenbei: »Ich hab jetzt Hunger. Bestimmt finde ich in der Küche noch was zu essen.«

Es dauerte dann aber doch noch eine Weile, bis Lu Winnefeld genügend Kraft in ihrer Hand hatte, um die Türklinke des Großvaterzimmers auch wirklich runterzudrücken. Und als sie mit Edin und ihrer Tante Ann endlich in dem großen Raum stand, da geschah etwas hinter ihrem Rücken, gleich drüben in der Küche. Was sich dort ereignete, das war ein langer, leicht piepsiger Schrei, der vom Scheppern eines metallenen Topfdeckels rhythmisch begleitet wurde und zu Tode erschrocken und türkisfarben klang. Und als der Schrei und das Scheppern verhallt waren, da hörte Lu auch noch das präzise Gegenteil davon, hier, im dunklen Zimmer des Großvaters, der friedlich atmete und fest zu schlafen schien. Der ganz allein war. Ganz ohne nächtliche Begleitung. Dieses Gegenteil, das Lu und auch Ann und Edin bemerkten und das den Raum wie ein mundfaules Heer eingenommen hatte, das war eine reine, gewaltige, absolute Stille.

4

Der Toaster würgte zwei qualmende Schwarzbrotscheiben hoch. In der Küche roch es verbrannt, die Luft hielt kalt vor den Gesichtern der mittelgroßen Frühstücksgesellschaft, und überhaupt war der Morgen so, wie graue Morgen zu sein hatten. Grau. Über der Spüle tropfte, mit der Geduld einer schottischen Weißstickerin, der Wasserhahn, aber das gleichmäßige Geräusch reichte nicht aus, um die Anwesenden gesprächiger zu tropfen. Man schwieg und kaute, kaute und schwieg und hatte schon jetzt genug von diesem Tag, der einer so trostlosen Nacht entsprungen war.

Um die Wahrheit zu sagen: Nicht alle dieser Anwesenden hatten an der fürchterlichen Nacht persönlich teilgenommen. Rosalie und Johnny Melitzky zum Beispiel waren ihr in ihrem einzelnen Zimmer und in ihren ureigenen Betten schlafend entkommen, genau wie Bernadette Winnefeld, mit dem winzigen Unterschied allerdings, dass diese keinen Raum für sich gehabt und außerdem auf einer harten Isomatte geruht hatte, sodass sie jetzt mehr Knochen spüren konnte, als sich eigentlich in ihrem Körper befanden.

Kalinka Melitzky und ihre Drillingstochter Gabriella hatten zwar ebenfalls ein paar Stunden geschlafen, waren aber danach so hellwach gewesen, wie man es eben war, wenn ein dreizehnjähriges Mädchen unentwegt schreit, dass es keine Angst habe und dass jetzt jemand dringend diese Hühnerköpfe aus dem Haus schmeißen müsse.

Alle, die in dieser Nacht nicht geschlafen hatten, waren sich rasch darüber einig gewesen, dass der Topf mit den vier oberen Hühnerabschnitten ein bedauerliches Versehen des Landfleischers gewesen sein musste, eine kleine, ärgerliche Verwechslung, die wahrscheinlich jedem zweiten Landfleischer dieser Welt mindestens einmal im Leben passiert.

Aber wenn man sich die trübsinnige Frühstücksgesellschaft jetzt ansah, konnte man fast denken, dass in Wirklichkeit keiner hier an ein Hühnerkopfversehen glaubte. Und so war es ja auch! Bekümmert waren aber auch die anderen. Diejenigen, die die Nacht verschlafen hatten. Die Küche war voll von bedrückten Melitzkys und Winnefelds. Man konnte ihr lustloses Kauen hören, hörte, wie Verbranntes von schwarzen Brotscheiben gekratzt wurde, hörte die Fingerkuppen von vier erwachsenen Schwestern, die im Takt der Wasserhahntropfen die kleinen, vor Ewigkeiten in den Holztisch eingeritzten Buchstaben entlangfuhren.

Von den Geräuschen der vergangenen Nacht war hingegen nicht mehr viel zu hören. Drüben, im Krankenzimmer von Viktor Melitzky, das mit den Wohnzimmermöbeln von Rosalie und Johnny Melitzky aufgefüllt worden war und dadurch seltsamerweise noch viel leerer aussah, konnte man die Stimmen einiger Dorfbewohner vernehmen, die sich aufopferungsvoll um den Kranken kümmerten. Ann Melitzky schloss die Augen, atmete durch die Nase aus und schlug dann mit der flachen Hand so heftig auf den Tisch, dass sofort klar war: Das hier, das war ein *nachgeholter* Schlag.

Schon wieder.

Ein Schlag, der Jahrzehnte zu spät kam.

Der in eine andere Zeit gehörte.

Und doch war es ein Schlag, den Ann früher, als sie hier noch als Tochter von Ernstina und Viktor Melitzky gelebt hatte, nie gewagt hätte, obwohl es schon damals Millionen Gründe dafür gegeben hätte, mindestens aber so viele, wie aufdringliche Nachbarn anwesend gewesen waren. Damals, heute. Und was genug war, war genug! Ann Melitzky schlug noch einmal auf den Tisch und rief dann: »So. Und nun mal Klartext. Rosa, Berni, Kalli. Und alle anderen. Also: Wie viele halb aufgegessene Aufläufe befinden sich in diesem Augenblick in dieser hornalten Krücke von Kühlschrank?«

Johnny Melitzky fuhr bei der Frage seiner Tante so heftig hoch, dass sein Stuhl laut polternd nach hinten umfiel. Mit großen Schritten bewegte er sich auf just diese Krücke von Kühlschrank zu, kam aber für einen Dreizehnjährigen erst spät dort an, weil er zwischendurch immer wieder Dinge berührte und sogar mehrmals seinen Daumen in die Butter drückte. Am Ziel angelangt, zog er die schwere Kühlschranktür auf, und Lu Winnefeld rief, während sie die Augen verdrehte: »Freunde, könnten wir das Thema bitte überspringen?«

Aber Johnny gehörte nicht zu den Menschen, die Themen oder sonst irgendwas übersprangen. Das war etwas, das ihm nie und nimmer eingefallen wäre, bewahre! Denn Johnny Melitzky führte das Leben korrekt aus. Er wusste, wie man Gefahren abwenden und größeres Unheil verhindern konnte, einfach nur durch Genauigkeit.

Johnny Melitzky zählte nach.

Er zählte das Leben nach.

Und wie er starr und aufrecht am Kühlschrank stand, zu einem längeren Vortrag bereit und eindeutig nicht von dieser

Welt, jedenfalls *nicht ganz*, da konnte sich jeder in der Küche auch ohne viel Fantasie vorstellen, wie es diesem Jungen jahrelang in der Schule ergangen sein musste. Oh Johnny. Man sah es diesem Jungen an, dass er in der Schule keine einzige Gefahr hatte abwenden und kein Unheil hatte verhindern können, nicht mal durch Genauigkeit.

Geschweige denn durch Schnelligkeit.

Und doch knallte Johnny Melitzky jetzt in einem Affentempo die Kühlschranktür wieder zu und sagte dann auf eine so fachmännische und erwachsene Weise, es seien noch exakt siebzehn Aufläufe da, dass man hätte denken können, er wäre in Wirklichkeit *doch* von dieser Welt.

Was er aber verschwieg, war, dass er diese Aufläufe am Abend zuvor, nachdem alle im Haus schlafen gegangen waren, umständlich geordnet und sortiert hatte, nämlich nach dem Grad ihrer Aufgegessenheit. Was er verschwieg, war, dass er schon gestern Abend gewusst hatte, dass es siebzehn abgezählte Aufläufe waren. Und was er verschwieg, war, dass er mit dieser Aktion niemanden hatte retten können, vor allem nicht seine Cousine Penelope, die immer noch bleich und erschrocken aussah.

Der Wasserhahn tropfte in kleinen Tropfen.

Ann Melitzky atmete in kleinen Zügen.

Zu heftig, zu schnell.

»Siebzehn Aufläufe«, wiederholte sie dann leise. »Siebzehn. Verstehe. Und wisst ihr«, fragte sie in die Runde, »was wir mit den siebzehn Aufläufen machen werden?«

»Selbstverständlich wissen wir das. Klar. Wir knallen sie denen ordentlich vor die Füße«, sagte ihre Schwester Kalinka

Melitzky matt. Sie war immer noch wütend über die Hühnerköpfe, konnte aber momentan keine kräftigere Stimme finden. Im Grunde war diese kräftigere Stimme schon seit drei Jahren nicht mehr auffindbar gewesen, obwohl Kalinka sie mehrere Male dringend gebraucht hätte.

»Und dann jagen wir sie endlich aus dem Haus«, ergänzte Rosalie Melitzky, die dritte der Schwestern, während sie auf ihrem angebrannten Stück Schwarzbrot und einem beträchtlichen Stück Wut herumkaute. »Die sind schon viel zu lange hier.«

»Ja, die Aufläufe«, fügte Bernadette Winnefeld eher mäßig interessiert hinzu und tat so, als würde sie die Worte direkt von ihrem Senior-Consultant-Kalender ablesen, den sie als gute Geschäftsfrau immer dabeihatte. Dann blickte sie auf und sagte mit einem plötzlichen Anflug von überschäumendem Herzen: »Und die Nachbarn auch, alle miteinander. Elendes Volk. Verflixte Meute. Lassen uns nicht mal zu unserem eigenen Vater. Sagen uns nicht Bescheid. Hatten wir alles schon. Aber ja, einverstanden. Lasst sie uns endlich aus dem Haus jagen.«

Bei den letzten Worten hatte sie sich von ihrem Stuhl erhoben und nach »jagen« ihr fliederfarbenes Kostüm glatt gezogen. Sie war die Einzige, die stand. Alle anderen saßen weiter am Tisch und starrten sie mit weit geöffneten Mündern an, aus denen hier und da kleine Frühstücksbröckchen herausfielen. Der Wasserhahn tropfte noch immer. Draußen hinterm Fenster leuchteten die Kornelkirschsträucher gelb vor dem müden Himmel. Gegen das Märzgrau, das gestern noch ein verfrühtes sommerliches Blau gewesen war, konnten sie trotzdem nichts ausrichten.

Nach Bernadette Winnefeld standen nun auch die anderen auf. Sogar Johnny Melitzky sah in seiner etwas steifen Körperhaltung merkwürdig bereit aus. Lu Winnefeld setzte ihren Männerhut auf, der an ihrer Stuhllehne gehangen hatte, und machte eine Kaugummiblase in entschlossenem Hellgrün. Gabriella Melitzky wischte sich ein paar Krümel vom Pullover und murmelte etwas, während Edin Melitzky schwieg, aber wenigstens die gemusterten Wollärmel hochkrempelte, was so viel wie zehn Wörter zählte, und Penelope Melitzky fragte leise, ob man nicht wenigstens den Milchreisauflauf mit der roten Soße behalten könnte, am besten auch noch das Kartoffeldings und das griechische Hackfleisch und das Nudelzeug, bitte, das fällt doch keinem auf.

Aber das Frühstück war vorbei. Es hatte sich ausgefrühstückt in der uralten Küche von Viktor Melitzky. Und jetzt? Jetzt war eben etwas anderes an der Reihe. Denn eines stand fest: Es musste dringend etwas getan werden. So, wie die Dinge waren, konnten sie nämlich auf gar keinen Fall bleiben.

Edin Melitzky lehnte an der Wand in der Eingangshalle und starrte schon seit einigen Minuten auf die beiden Buchstaben, die jemand drüben in die Wand geritzt hatte, direkt über der Tür vom *ungenutzten Zimmer.* Es beruhigte ihn, die beiden Halbrunde der Lettern mit dem Blick entlangzufahren und sich auf diese Bewegung zu konzentrieren. Denn so konnte er den Lärm einigermaßen überhören, das Streiten und das Brüllen und das seltene Scheppern zwischendurch. Während er sich mit den beiden Buchstaben beschäftigte, konnte er außerdem noch seinen entsetzt wirkenden Cousin Johnny sehen, der gerade erst in Edins Augenwinkel Platz genommen hatte und sich in einer merkwürdigen Verrenkung die Ohren zuhielt.

Johnny wollte genauso wenig in diesem Haus sein wie Edin, genauso wenig wie Lu und Penelope und Gabriella und wer da sonst noch war. Spätestens beim Frühstück hatte Edin trotz seiner brennend verschlafenen Augen gedacht, dass er, seine Cousinen und sein Cousin gar nicht hier waren, sondern irgendwo da draußen festhingen wie verloren gegangene Gepäckstücke am Flughafen, verbeulte Koffer ohne Adressschilder, Wiederauffinden ungewiss.

Dass sie das alles gar nicht selber waren.

Johnny, der Umzugsprofi war und alle naselang mit seiner Mutter eine neue Bleibe suchen musste, hatte erstaunlicherweise die größten Probleme mit der Eingewöhnung. Dass er vorhin aus dem Krankenzimmer gejagt worden war, in dem er am Bett seines Großvaters gesessen und seine Hand auf dessen weißen Haaren liegen gehabt hatte, machte die Sache keinen Deut besser. Auch nicht, dass es seine eigene Mutter gewesen war, die ihn aus dem Raum geschickt hatte.

Irgendwo brüllte wieder jemand.

Edin hasste Lärm, er hasste es, wenn ihn jemand erschreckte. Er konnte sich nicht erinnern, dass das jemals anders gewesen wäre. Trotzdem fragte er sich, warum so wenig Scheppern zu hören war, immerhin waren seine Tanten ja mit der Absicht in die Schlacht gezogen, den Nachbarn siebzehn halb aufgegessene Aufläufe vor die Füße zu knallen. Aber entweder hatten sie ihre Pläne kurzfristig geändert oder die Bewohner von Kamp-Cornell waren besonders talentierte Auflauffänger. Vorstellen konnte sich Edin mittlerweile vieles.

Er konzentrierte sich weiter auf die Buchstaben an der Wand, ein großes C und darinnen ein mickriges großes G, hauchdünn in die Holzvertäfelung geritzt, für niemanden zu sehen.

Für Edin Melitzky aber schon.

Und dann noch für einen anderen Menschen.

»Vergiss es am besten gleich wieder«, hörte Edin das Mädchen sagen, das vorhin mit ihm aus der Küche geflüchtet war und für eine Weile auf einer Treppenstufe gesessen hatte, jetzt aber neben ihm stand. »Im Ernst«, machte das Mädchen weiter. »Versuch's gar nicht erst. Ich hab schon tausendmal gefragt, was das für Buchstaben sind, und tausendmal haben die nur drum herumgeredet. Ums C und ums G.«

Dann seufzte sie.

Und schwieg.

Direkt nach dem G sagte sie gar nichts mehr und atmete nur noch, das konnte Edin hören. Sie roch nach Minze, hatte dunkle lange Haare und eine Nase, deren Spitze so entschlossen nach oben zeigte, als käme sie direkt von der Vierschanzentournee. Ihren Blick hatte sie, wie auch Edin vor wenigen Sekunden noch, auf die Wand mit den Buchstaben gerichtet, und sie war gut darin, *nichts* zu sagen. Über dem zornigen Lärm dieses Morgens lag ihre Stille weich und faltenfrei, und Edin war so froh darüber, dass er das mit Abstand Klügste sagte, das man in so einer Situation sagen kann: »Also. Ich meine. Kennen wir uns?«

Er merkte selbst, wie leise er sprach, es war, als könnte er sich selbst nicht verstehen. Aber das Mädchen hörte ihn trotzdem. Es lachte ein leicht quietschendes Übergangslachen, drehte sein Gesicht zu ihm und antwortete dann todernst: »Na ja, ich war gestern Abend schon mal hier. Da könntest du mich gesehen haben. Wir saßen uns direkt gegenüber. Ich hab dich aber auch früher schon mal gesehen.«

Das Letzte versteh ich nicht, dachte Edin und sagte: »Das Erste versteh ich. Du gehörst zu diesen ... Aufläufen.«

»Ja, irgendwie schon. Ich bin eine Auflaufenkelin. Milchreis mit saurer Kornelkirschsoße. Die Milch war übrigens laktosefrei.«

»Und was ist mit den Buchstaben an der Wand?«, fragte Edin. »Die erinnern mich an irgendwas. Ich könnte meinen Opa fragen. Dafür müsste ich ihn aber erst mal kennenlernen. Ich weiß nur nicht, ob ich das auch will.«

»Glaub mir«, sagte das Mädchen. »Hier verrät dir keiner was. Dabei gibt es hier im Haus gleich zehn CGs. Zehn! Manche sind so klein, dass du denkst, aha, alles klar, Fleck auf der Tapete. Loch in der Wand. Mutiertes Rieseninsekt macht Mittagspause. Irgendwas in der Art. Hast du eine Idee, was das heißen könnte: CG?«

»Auf gar keinen Fall!«

Es war nicht Edin, der das sagte.

Dafür war es auch viel zu laut.

Außerdem kam es viel zu sehr aus der Küche.

Selbst Johnny, der sich immer noch die Ohren zuhielt, war zusammengezuckt, und das Mädchen runzelte über der Sprungschanzennase die Stirn, ein Runzeln, das noch runzliger wurde, als kurz darauf das Scheppern einer weiteren Auflaufform zu hören war.

Edin Melitzky reagierte sofort und rief etwas in den nachhallenden Lärm hinein. Und um irgendwie dagegen anzukommen und um zu zeigen, dass jeder einzelne gerufene Buchstabe großgeschrieben war, rief er es so laut, wie es jemandem wie ihm eben möglich war: »Cäsar geigt!«

Das Mädchen fragte entgeistert: »Äh, sag mal, wie bitte?«

»Cäsar geigt. Du weißt schon. Das CG.«

»Hmh. Und wieso ist das große G dann immer so winzig?«, fragte das Mädchen und sah schon etwas weniger entgeistert aus.

»Anfängerkurs.«

»Anfängerwitz«, sagte das Mädchen und verdrehte die Augen.

Dann schwiegen sie wieder minutenlang und hätten es sogar noch länger geschafft, ohne sich auch nur für einen Augenblick miteinander zu langweilen. Aber plötzlich gingen die Türen auf und aus den Räumen quollen so viele Menschen, dass sie unmöglich in die beiden Zimmer gepasst haben konnten: Mütter, die gleichzeitig Tanten waren, Tanten, die gleichzeitig Mütter waren, zwei Cousinen, die gleichzeitig Drillinge waren, vor allem aber Einwohner von Kamp-Cornell in allen Größen und Formen.

Eine ältere Frau, die gerade auf der Bildfläche erschienen war und Kirschflecken auf der Bluse, dem Rock und sogar in der silbrigen Frisur trug, schnappte die Hand der Auflaufenkelin und zischte: »Soscha, komm jetzt!« Und bevor das Mädchen vollständig aus dem Haus gezogen war, rief es Edin noch über die linke Schulter hinweg zu: »Deinen Cäsar kannst du dir gleich wieder abschminken. Das hier, das ist kein Spaß!«

Da, in diesem Moment, konnte Edin es sehen. Er begriff, woran ihn das große C, das sich ein harmloses kleines großes G einverleibt hatte, in den letzten Minuten erinnert hatte. Was für ein Bild er da gesehen hatte, drüben an der Wand. Denn die Buchstaben, die wie synchronschlafende Zwillingsembryos aneinandergeschmiegt waren, sahen zusammen wie ein Ohr aus. Nichts Besonderes, nein. Bloß ein herkömmliches menschliches Ohr, ein völlig gewöhnliches *rechtes* Ohr, also: vom Ohrbesitzer aus gesehen, wenn es denn, nun ja, wenn es denn einen gegeben hätte.

Wenn die Zählung des Mädchens richtig war, dann gab es in diesem Haus zehn frei schwebende rechte Menschenohren, zehn CGs, irgendwo in die Wände geritzt, verborgen, aber da. Die Wände hatten Ohren, Ohren, mit denen das Haus auch Edin und seine Familie hören konnte, was nur gerecht wäre, und sicherlich hatte sich dieses Haus letzte Nacht auch darüber gewundert, welche unergründlichen Geräusche mit den neuen Bewohnern eingezogen waren.

Das alles dachte Edin Melitzky, während die Nachbarn aus Kamp-Cornell nach und nach das Haus verließen und sich nach all dem Lärm, den sie gemacht hatten, und trotz der mittleren Tageszeit nun in die Stille einer eisigen Mondnacht hüllten, gewiss: wenn man natürlich vom metallenen Lärm der Schlüsselbunde absah, die sie beleidigt auf den Boden des Eingangsbereiches warfen. Das alles dachte Edin, während seine Mutter heftig und versehentlich mit ihrem Neffen Johnny zusammenstieß, zwei seiner Tanten entschieden ausatmeten und seine Cousine Lu mit der Tröstung der schluchzenden Gabriella beschäftigt war, aber nur wenig Erfolg damit hatte; er dachte es, während seine Tante Bernadette in der Küche gut hörbar die Reste zerbrochener Auflaufformen und benutzter Satzfetzen zusammenfegte und dabei wütend ein altes Kinderlied sang, *Gelb, ja, gelb, ist alles, was ich hab.*

Und dann dachte Edin Melitzky noch etwas anderes.

Soscha.

Aber noch mal zurück.

Zurück in die Küche, wo der ganze Lärm begonnen hatte.

Dort hatten Rosalie, Ann, Bernadette und Kalinka äußerst gute Karten, auf jeden Fall aber äußerst gute Auflaufformen, siebzehn an der Zahl, mit siebzehn verärgerten Geräuschportionen bei Bodenkontakt. Aber es gab Situationen, in denen nützten die besten Auflaufformen und die zornigsten Geräusche nichts.

Oder die entschlossensten Schwestern.

Der griechische Hackfleischauflauf wurde als erster auf den Küchenboden geknallt, nämlich von Ann Melitzky, die von allen Personen im Raum am wütendsten war und sich für einen klassischen Druckwurf mit Anfangshöhe im Hüftbereich entschieden hatte. Die Entscheidung war, dicht gefolgt vom Hackfleischauflauf, gefallen, als mehrere Bewohner von Kamp-Cornell die Küche betreten hatten, allen voran Marco Hebestedt mit seinen alten Landfleischerei-Eltern, danach die ebenfalls betagte Apothekerin Linde Fester und der ehemalige Ortvorsteher Zwillich und kurz darauf der Allgemeinarzt Fedor Ehlentrup mit Verständnis für Naturheilverfahren sowie die ehrenamtliche Denkmalpflegerin Gret

Torrina, die alles über Cornell Cornell und auch alle anderen Einwohner wusste, ob nun aus Marmor oder aus Mensch, ganz egal.

Die Entscheidung war also gefallen, als die gesamte Dorfprominenz plus ein paar andere Ortsansässige in der Küche angekommen waren und Ann Melitzky schlagartig daran erinnert hatten, dass das immer so gewesen war, immer *so*. Nie zuvor hatte sich Ann so sehr daran erinnert, und nie hatte sie es so entsetzlich gefunden wie in diesem Moment.

Die Erinnerung, die jahrzehntelang in ihr geköchelt hatte, war in diesem Augenblick milchig übergekocht, jener unsägliche Gedanke, dass dieses Haus schon in ihrer Kindheit jeden einzelnen Tag belagert gewesen war und dass es so etwas wie eine normale Familie Melitzky mit Spieleabenden, kühn verschlafenen Sonntagen und *Badewanne und dann ab ins Bett* nie gegeben hatte. Wirklich immer war eine Delegation von Wächtern im Haus gewesen, alle freundlich, alle beängstigend verständnisvoll, alle *da*. Oh, und wie sie da gewesen waren! Sogar Marco Hebestedt hatte früher schon mitgemacht, ein Kind wie Ann und ihre Schwestern, aber dumpf verschlagen und kein Freund: kein Freund von ihnen und kein Freund vieler Worte.

Auch Ann Melitzky kam ohne Worte aus, als sie die blaue Auflaufform aus Keramik auf den Boden geworfen hatte. Das Gespräch war aber trotzdem eröffnet. Die kleine Schlacht, die für die Schwestern so erbärmlich ausgehen sollte, hatte begonnen. Rosalie Melitzky war die Wortführerin, wenigstens am Anfang, und verlangte von der aufdringlichen Besucherschaft mehr schreiend als sprechend, schleunigst alle Hausschlüssel und dann auch noch Viktor Melitzky rauszurücken und anschließend nicht wiederzukommen, *nicht* im Sinne von: kein einziges verfluchtes Mal.

Um die Pflege des alten Kranken, brüllte Rosalie Melitzky, würde sich die Familie nämlich ab sofort selbst kümmern, sie wäre schließlich persönlich verwandt mit ihm. Nach »kümmern« warf Lu Winnefeld, die immer noch ihren Hut trug, einen versalzenen Brokkoli-Kartoffel-Auflauf zu Boden, vielleicht um einen Paukenschlag zu setzen am Ende eines sehr ernsten Konzertes, vielleicht weil sie verhindern wollte, dass dieser Auflauf doch noch einmal aufgewärmt wurde.

Die feuer- und streitfeste Glasform landete so leise, dass es kaum jemand in der Küche merkte, und das lag weniger an der Form als an Lu, die im Grunde immer noch nicht wusste, was hier eigentlich los war und was es an den Nachbarn auszusetzen gab. Immerhin reichte der versalzene Kartoffel-Brokkoli-Wurf aus, um zwei Leute gleich mit aus dem Raum zu werfen: ein wortkarges männliches Exemplar der Sorte Melitzky nämlich und ein für viele noch unbekanntes weibliches Wesen mit Stupsnase, zwei Menschen, denen es hier schon nach wenigen Minuten zu viel wurde.

»Nein, so was«, sagte die Denkmalpflegerin freundlich und dreimal hintereinander, aber weil dabei nur ihr Mund lächelte, klang es wie das Gegenteil.

»Du weißt ja noch nicht einmal, welche Krankheiten dein Vater hat. Du weißt nicht, wie schlecht es um ihn bestellt ist, mein Kind«, sagte der Allgemeinarzt Fedor Ehlentrup freundlich und nur ein einziges Mal zur deutlich erwachsenen Rosalie Melitzky, hob dabei aber drohend den knöchrigen Zeigefinger. Dann zählte er sämtliche von Viktor Melitzkys angeblichen Krankheiten in strengstem Latein auf und blickte, je nach Schwere der Krankheit und des Lateins, unterschiedlich besorgt.

»Und glaub mir, auf einen Pflegedienst kannst du hier in der Region bis zum Sankt-Nimmerleins-Tag warten«, fügte die Apothekerin Linde Fester freundlich hinzu und hielt dabei die rechte Hand zur Faust geballt, so dass die Adern an ein afrikanisches Flussdelta bei hohem Wasserstand erinnerten. »Vor allem auf einen Pflegedienst für so komplizierte Aufgaben. Für einen so komplizierten Viktor Melitzky. So was findest du hier nicht. Das ist nicht die Gegend dafür. Den Vater selber pflegen könnt ihr aber auch nicht. Das schafft ihr nicht. Bildet euch das bloß nicht ein.«

»Ich habe selbst als Pflegerin gearbeitet«, sagte Rosalie Melitzky eingeschüchtert und triumphierend.

»Ausgebildete?«, fragte der Arzt.

»Hilfs.«

Es war weit unter der Würde des Allgemeinarztes Fedor Ehlentrup, darauf einzugehen. Und als hätten er und die Apothekerin sich gerade selbst auf eine Idee gebracht, stiefelten sie jetzt ganz ohne Erklärung und zum monotonen Klang des immer noch tropfenden Wasserhahns aus der Küche, um sich drüben im Wohnzimmer um Viktor Melitzky zu kümmern, der ihnen doch eigentlich gerade verboten worden war. Aber da hatten sie die Rechnung nicht mit Rosalie Melitzky gemacht. Denn die schnappte sich die nächstbesten Familienmitglieder, die sie auf die Schnelle finden konnte, und rannte dem Arzt und der Apothekerin hinterher, mit Lu an der einen und Gabriella an der anderen Hand. Am liebsten hätte sie auch noch Penelope mitgenommen, hatte aber nicht genügend Hände dafür, außerdem war Penelope schon seit einer Weile damit beschäftigt, in ihr Skizzenbuch zu zeichnen. Aufläufe nahm Rosalie auch keine mit, noch nicht mal ihren Sohn, wofür es aber eine gute Erklärung gab: Johnny Melitzky saß schon seit einer halben Stunde drüben am Bett von Viktor Melitzky.

Der Tumult hatte sich verteilt.

Die, die in der Küche geblieben waren und erst seit gestern einigermaßen rechtmäßige Bewohner von Kamp-Cornell waren, fühlten sich nach den mehrsprachigen Vorträgen wie erschlagen, vor allem Kalinka Melitzky, die dieses Gefühl aber schon seit drei Jahren kannte. Trotzdem war sie es, die die kurze Küchenstille beendete, indem sie mit einem schnellen Schinken-Nudel-Auflauf in den Händen langsam auf den Landfleischer Marco Hebestedt zusteuerte und diesen dann mit immer noch nicht besonders kräftiger Stimme fragte: »Wissen Sie, was ich so richtig hasse?«

Der Landfleischer wusste nicht, was Kalinka Melitzky so richtig hasste, also sah er den ehemaligen Ortsvorsteher Zwillich halb fragend, halb amüsiert an, aber der wusste es auch nicht.

»Ich hasse es«, machte Kalinka Melitzky weiter, »Spannbettlaken auf zu kleinen Wäscheständern aufzuhängen. Ich hasse es, wenn ich zum Milchshake keinen Löffel bekomme. Ich hasse es, wenn mich jemand einfach vergisst. Und ich finde es fürchterlich, dass dieser elende Wasserhahn so tropft. Aber am meisten, am allermeisten hasse ich es, wenn jemand meinem Kind Angst macht. Ein Topf mit toten

Hühnerköpfen! Seid ihr eigentlich noch ganz bei Trost? Und so was nennt sich Nachbarn! Ich will euch hier nie wieder sehen!«

Der Landfleischer tat, als wüsste er nicht, was gemeint war, und ließ sich erst durch mehrere Erklärungen von Kalinka Melitzky von seiner Zuständigkeit für den Topfinhalt überzeugen. Das bedeutete aber nicht, dass er irgendetwas zugab.

Er behauptete sogar, dass es sich um eine ganz gewöhnliche Verwechslung handeln müsse, weil er in Wirklichkeit einen großen Topf Landhühnersuppe vorbereitet hatte und die übrig gebliebenen Köpfe nur als Futter für die Hunde vorgesehen waren.

»Genauso war's«, sagte der Landfleischer abschließend, sichtlich zufrieden mit sich und seinen Ausführungen, und die Altbewohner Kamp-Cornells pflichteten ihm entschieden bei und riefen »Ja, so war's« oder »Nein, so was!« oder »Das kann doch jedem mal passieren!«, alles durcheinander, und wer weiß: Wenn die Hühnerköpfe, die draußen vor der Haustür geduldig in ihrem Topf ausharrten, noch in Betrieb gewesen wären, hätten sie vielleicht sogar vierstimmig mitgerufen.

Kalinka, die wieder einmal eine Schlacht verloren hatte, wenn auch nur eine kleinere, stellte den schnellen Schinken-Nudel-Auflauf müde auf dem Tisch ab, legte dann beide Hände auf die Schultern ihrer zeichnenden Tochter und hoffte, niemand in der Küche würde bemerken, dass sie Penelope gar nicht tröstete, sondern sich an ihr festhielt.

Ihre Schwester Bernadette Winnefeld merkte es trotzdem. Und obwohl es zwischen den vier Frauen und vor allem zwischen Kalinka und Bernadette nicht mehr viel Schwesterliches oder gar Freundschaftliches gab, tat Bernadette für Kalinka das Schwesterlichste und Freundschaftlichste, das sie tun konnte: Sie legte ihren Senior-Consultant-Kalender zur Seite.

Von drüben konnte man die laute Stimme von Rosalie Melitzky hören, eine Stimme aus Sprache und Geräusch, nur der Wortlaut war von der Küche aus nicht zu verstehen. Das machte aber nichts. Denn hier sprach jetzt Bernadette, und weil sie ihr geschäftliches Kostüm aus fliederfarbenem Rock und passendem Blazer trug, klang alles, was sie zu sagen hatte, nach der Eröffnungsphase eines Kick-off-Meetings.

In mittlerer Lautstärke und vorbildlich beherrscht sagte sie: »Wir ziehen hier jetzt ein, ob euch das passt oder nicht. Und ihr zieht aus, denn *ihr* passt uns nicht. Wir ziehen ein, weil hier etwas nicht stimmt. Und weil wir nicht schon wieder zu spät sein wollen.«

Das Zuspät ließ sie kurz zusammenzucken. Erst nach ein paar Sekunden machte Bernadette weiter, nun aber schon etwas lauter: »Wir können euch nichts nachweisen, aber wir können euch rausschmeißen, so einfach ist das nämlich. Den blöden Wasserhahn müssen wir aushalten, euch nicht. Müssen wir wirklich nicht. Auf gar keinen Fall!«

Bei den letzten vier Wörtern war sie lauter geworden, und die Denkmalpflegerin Gret Torrina, die rechts neben ihr stand, hatte den laktosefreien Milchreisauflauf mit saurer Kornelkirschsoße fallen lassen und sich dabei Bluse, Rock und Haare auf wundersame Weise rot bespritzt. Es war aber nicht Bernadette Winnefeld, die die Denkmalpflegerin so erschreckt hatte.

Es war etwas viel Leiseres.

Gret Torrina starrte fassungslos auf das Bild, das Penelope Melitzky gezeichnet hatte, auf die roten Augen und die schwarzen Füße, den gelben Schnabel und die kleinen Ringe auf dem grauen Gefieder. Mit schlackerndem Zeigefinger und ohne sich um die zersprungene Auflaufform zu kümmern, deutete die Silberhaarige auf das Motiv und fragte die türkishaarige Künstlerin: »Was zum Henker ... was um alles in der Welt ... also ... was *ist* das?«

Penelope zuckte mit den Schultern, auf denen immer noch die hilflos schweren Hände ihrer Mutter lagen, und antwortete: »Eine *Cereopsis novaehollandiae.* Sieht man aber eigentlich. Das war übrigens mein Lieblingsauflauf. Na ja, schade.«

»Eine ... Synopsis? Na hör mal! Das ist das aufdringliche Gänsevieh, das hier seit zwanzig Jahren herumstolziert. Und das weißt du auch!«

»Ich bin ... dreizehn.«

Aber die Denkmalpflegerin Gret Torrina hörte Penelope gar nicht mehr richtig zu, weil sie in der rechten unteren Ecke des Skizzenblattes etwas entdeckte hatte, das sie noch mehr beunruhigte als die gezeichnete Hühnergans. Genau dort hatte Penelope ihr Bild bleistiftgrau signiert, mit zwei Anfangsbuchstaben, die man ihrem Namen nur mit viel Fantasie zuordnen konnte.

»Warum«, keifte Gret Torrina, »steht hier unten CG? Warum hast du mit CG unterschrieben? Du heißt doch anders! Das können doch unmöglich deine Initialen sein. Oder bist du Gabriella und heißt hinten gar nicht Melitzky?«

»Ja«, antwortete Penelope Melitzky, die das CG letzte Nacht irgendwo im Haus entdeckt hatte, kurz nach den Hühnerköpfen, »Nein«, rief Penelope Melitzky und schüttelte dabei den Kopf, »Kann sein«, sagte Penelope Melitzky, dann sagte sie gar nichts mehr und zeichnete stattdessen einen sauberen Schatten unter den Flügel der grauen Gans.

»Aber da stimmt doch was ...«

Weiter kam Gret Torrina nicht. Denn in diesem Moment räusperte sich der Fleischereivater Hebestedt laut und sagte dann mit immer noch brüchiger Stimme: »Den Klempner bestellen wir für den Nachmittag. Er ist der beste hier im Ort und außerdem der einzige und er arbeitet zum Glück auch sonntags. Nun entschuldigt uns bitte.«

Und sehr viel mehr gab es in dieser Küche vorerst nicht zu sagen. Sogar die Denkmalpflegerin hatte ihr Erschrecken spontan eingestellt. Stille war eingekehrt, auch wenn diese von dem Geräusch knirschender Auflaufformscherben und später von runtergeworfenen Schlüsselbunden immer wieder kurz unterbrochen wurde.

Wenig war geklärt.

Nichts war gut.

Es herrschte ein Gehen und Gehen.

Nach und nach verschwanden die alten Bewohner von Kamp-Cornell, so wie sie es auch schon am Abend davor getan hatten, und irgendwann war nur noch Bernadette Winnefeld übrig. Sie kniete in ihrem geschäftlichen Kostüm auf dem alten Fliesenboden und fegte mit Handbesen und Kehrschaufel die Reste der Aufläufe und ihrer Formen zusammen, was insgesamt eine nicht besonders appetitliche Angelegenheit war: eine Angelegenheit aus Milchreis und Hackfleisch, versalzenem Brokkoli und zersplitterter Keramik, zerdrückter Kartoffel und Kornelkirschpfützen, goldbraunen Käsefladen und einer fast nicht zerbrochenen Glasform.

Um sich abzulenken, sang Bernadette laut und schief vor sich hin, sang »Da-ru-hum lieb ich«, sang »alles, was so gelb ist«, sang »weil«. Aber weil sie dabei immer wieder verärgert in Richtung Fenster und nach draußen zu den blühenden Sträuchern blickte, war klar, dass sie die klebrige Farbe Gelb in Wirklichkeit nicht ausstehen konnte. Später, als der Boden halbwegs sauber war, quälte sie sich auf die Beine, spürte immer noch ihre Knochen von der Nacht, klopfte sich das gefliederte Kostüm ab. Dann ging sie zum alten Backofen, der schon in ihrer Kindheit hier gestanden hatte und mehr von den Nachbarn als von ihren Eltern benutzt worden war, warum, das hatten sie und ihre Schwestern nie verstanden.

Sie verstand es immer noch nicht.

Sie verstand so vieles nicht.

Aber so war es eben gewesen: ihr Leben damals. Nun war ihr Leben anders. Bernadette Winnefeld stellte den Backofen an, 200 Grad, Ober- und Unterhitze, schummriges Ofenlicht. Damit konnte man nichts falsch machen. Das Leben ging weiter, der Tag. Der Wasserhahn stotterte weiter sein Wasser ab. Niemand hatte auch nur versucht, ihn fester zuzudrehen. Und fürs Mittagessen waren noch vierzehn halbe Aufläufe da.

5

Der Klempner kam am frühen Nachmittag und tropfte.

Sobald er das Haus betreten hatte, liefen ihm Tränen über die Wangen, rannen übers Kinn zum Hals hinab und mündeten schließlich im Latz seiner blauen Arbeitshose oder tropften auf den Boden. Er hatte es gerade einmal einen halben Meter ins Haus geschafft, da machte er schon wieder kehrt und wäre wahrscheinlich auf Nimmerwiedersehen verschwunden, hätte ihn nicht ein großer schwarzer Hund zurück ins Haus gezogen.

Der Hund sah aus wie ein Teppich vom Möbeldiscounter, nachlässig in Form geschnitten, hier und da etwas aufgebauscht, mit Kuchenkrümeln, die beim Staubsaugen vergessen worden waren. Der Teppich grub die Zähne freundschaftlich in das rechte Hosenbein des Klempners, das an dieser Stelle schon viele kleine Bisslöcher hatte, und zog ihn zurück ins Haus.

Der Klempner ließ es zu, ließ sich ziehen, und er hörte nicht auf zu weinen. Aber es gab zum Glück nur wenige Menschen, die das sehen konnten. Die meisten hatten sich in den oberen Räumen verteilt, sodass der Weinende nur ein überschaubares Publikum hatte, das aus drei Melitzkys bestand: Rosalie, Johnny und Gabriella.

»Ich«, sagte der Klempner. »Also das ist doch ... das passiert mir hier jedes Mal, ich weiß doch auch nicht, wieso. Die Tränen kommen einfach. Ich bitte um Entschuldigung.«

»Keine Sorge«, sagte Gabriella so forsch, als hätte sie sich gerade selbst mit ihrer Schwester Penelope verwechselt. »Ich habe hier auch schon geweint. Vorhin erst. Muss irgendwie am Haus liegen.«

Der preisreduzierte Teppichhund hatte die Hose seines Herrchens immer noch nicht losgelassen. Wieder und wieder versuchte der Klempner ihn abzuschütteln oder energisch wegzustreicheln, aber vergebens, keine Chance. Also sagte er laut: »Stiwa Oblonski, sitz!«

Stiwa Oblonski, der Hund des Klempners, ließ das blaue Hosenbein augenblicklich los und setzte sich tatsächlich, aber innen vor die Eingangstür, die mittlerweile zugefallen war, und dem Klempner blieb nichts anderes übrig, als im Haus zu bleiben. Er war eher klein geraten, hatte schwarze Haare und musste den Gürtel etwas weiter schnallen. Er trug ihn trotz Hosenlatz, und am Gürtel waren mehrere kleine Werkzeugtaschen aus rotem Stoff befestigt.

Der Klempner hatte einige Zangen und Doppelmaulschlüssel im Gepäck, außerdem einen Rollgabelschlüssel und ein paar Schraubendreher und Stiftschlüssel, dazu noch einen Schlosserhammer und zwei Rohrabschneider, einen Schlitzmeißel und eine Minimetallsäge, einen Seitenschneider, eine Saugglocke, eine Dose Multifunktionsöl, ein Nageleisen und ein kleines Päckchen Kaugummi.

»Zweiundzwanzig Werkzeuge und eine Dose«, sagte Johnny Melitzky wie nebenbei.

»Und ein ganz kleines Päckchen Kaugummi, Chef«, murmelte der Klempner, und die Sorgen in Johnny Melitzky hörten kurz auf. Lösten sich für einen Moment in Luft auf, waren sekundenlang *nie da gewesen*. Und ja, gewiss: Es gibt nicht viele Menschen, die gerne Chef genannt werden, wenigstens nicht so, wie der Klempner es sagte: gleichgültig ans Satzende geklebt, kein bisschen ernst gemeint.

Denn meistens war man ja gar kein Chef.

Aber Johnny mochte es. Und er wusste, er würde von nun an immer in Sicherheit sein, wenn der Klempner ihn so nannte. Chef. Wenn Sätze so endeten, dann klang es, als könnte man wenigstens zu einer Seite hin nicht umfallen.

Der Klempner weinte immer noch. Etwas Geheimes lief aus seinen Augen und war nicht aufzuhalten. Er weinte leise und in der Lautstärke, in der sich Kalk über Jahre in einen alten Wasserhahn fraß. Es hätte also insgesamt ein eher trauriger Anblick sein können. Aber das war es nicht. Denn direkt hinter dem Tränenfenster funkelten die Augen des Klempners vergnügt und eine Spur verschmitzt, wirklich jeder hätte das sehen können. Und die drei Melitzkys hier erkannten es ja auch.

Aber Rosalie Melitzky erkannte es am genauesten.

Als der Klempner ins Haus gekommen war, hatte es Johnnys Mutter die Sprache verschlagen. Und nachdem sie ihn eine kurze Weile beim Dastehen und Weinen beobachtet hatte, beim Flüchten und beim Bleiben, da versuchte sie ihn wegzuwischen, indem sie den rechten Daumen in die Luft hielt und zur Seite bewegte, *geh weg*, wischte sie, *komm mir bloß nicht zu nahe*.

Geh weg.

Bleib.

Als er Johnny und Gabriella etwas ungelenk in die Küche folgte und immer wieder hingebungsvoll über unsichtbare Hindernisse stolperte, stolperte Rosalies Herz mit dem

Klempner mit. Nachdem er an der Spüle mit den großen schwarzen Becken und dem tropfenden Wasserhahn angekommen war und fachmännisch geseufzt hatte, drehte er sich abrupt zu ihr um und sagte zu einer Stelle, die sich irgendwo in der Nähe von Rosalies Kopf befinden musste: »Mal bitte den Haupthahn abdrehen. Es wäre gut, jetzt mal den Haupthahn abzudrehen. Drehen Sie bitte mal den Haupthahn ab?«

Rosalie Melitzky antwortete: »Und Sie sind Herr ...?«

»Andasch.«

»Herr Andasch.«

»Überhaupt nicht«, sagte der Klempner. »Nur Andasch.«

»Nur Andasch«, sagte Rosalie Melitzky ergriffen. Ihr Herz stolperte immer noch, obwohl der Klempner, der nur Andasch hieß, schon wieder mit dem Stolpern aufgehört hatte.

Er war gerade dabei, seinen Werkzeuggürtel abzuschnallen. Seit dem Anblick des Wasserhahns war seine Stirn quer gestreift, mit Faltengräben, die wenig Gutes verhießen.

Nicht für den Hahn.

Nicht für dessen Benutzer.

Andasch bewegte sich zum Küchentisch und breitete seinen Werkzeuggürtel zärtlich darauf aus, zupfte die roten Taschen zurecht, richtete die Zangen und Maulschlüssel aus. Es grenzte an ein Wunder, dass der Klempner nicht unter der Last der Werkzeuge zusammengebrochen war, und ein bisschen grenzte auch Andasch selbst an ein Wunder, auf jeden Fall, wenn man der zart glitzernden Schicht auf Rosalie Melitzkys Augen Glauben schenken wollte.

»Den Haupthahn bitte mal«, sagte der, der an das Wunder grenzte. »Bitte mal abdrehen jetzt.«

»Aber wo«, fragte Rosalie, die erstaunlich schnell wieder zu sich gekommen war, »wo zum Teufel soll der sein? Oder gibt es hier mittlerweile einen Keller? Eventuell einen nachträglichen?«

»Keller? Gibt es nicht«, antwortete Andasch. »Den such ich schon seit Ewigkeiten. Haben die hier nicht. Gibt es also nicht. Hat es nie gegeben.«

»Und der ... Haupthahn?«

»Draußen irgendwo, Treppenhaus, Abstellkammer.«

Rosalie Melitzky bewegte sich nach draußen, während Gabriella am Tisch saß und in Band *Cn bis G* des Chemielexikons las, das sie extra mit nach Kamp-Cornell gebracht hatte, während die meisten ihrer anderen Sachen zu Hause von ihrem Vater bewacht wurden.

Johnny war gerade dabei, ein Häufchen Milchreisauflauf vorsichtig mit seinem Zeigefinger zu berühren, noch dreimal, zweimal, einmal, und –

»Den Neunundzwanziger-Schraubenschlüssel, Chef!«

Andasch stand jetzt wieder am Wasserhahn, mit dem Rücken zu Johnny Melitzky, und hielt den ausgestreckten rechten Arm mit der geöffneten Hand wie eine Baggerschaufel nach hinten.

»Äh«, sagte Johnny, berührte ein letztes Mal den Milchreis und stand dann vom Boden auf. »Was für ein ... Ding?«

»Das ist also sozusagen der Doppelmaulschlüssel«, erklärte der Klempner. »Siebenundzwanzig mal neunundzwanzig. Mal zu mir rüberreichen.

»Äh.«

»Der fünfte von links«, rief Andasch endlich, und damit hatte er die perfekte Sprache für Johnny Melitzky und gleich noch einen neuen Mitarbeiter gefunden, wenigstens für die Einsätze hier im Haus, von denen es in den kommenden Monaten noch sehr viele geben sollte.

Man würde sie kaum zählen können.

Es war einfach nur ein Klempnernachmittag.

Als Rosalie Melitzky wieder in die Küche kam, hatte Andasch schon angefangen, die Armaturen abzuschrauben. Er keuchte, murmelte vor sich hin, und immer wieder nannte er dritte oder siebte Werkzeuge von rechts oder links, und jedes Mal wurden sie ihm augenblicklich von Johnny gebracht. Rosalie ließ die Arme hängen, sie ließ sich selbst hängen, beobachtete den Klempner und war auf einmal sagenhaft müde. Langsam ging sie zu ihrer neuen Nichte, von der sie nicht hätte sagen können, ob sie nun Gabriella oder Penelope war, und legte ihr wie automatisch, wie verwandt die Hände auf den Kopf.

Es geschah einfach.

Und die Nichte, die nachweislich Gabriella Melitzky war und nicht einen einzigen Zentimeter Türkis an sich hatte, ließ es geschehen und genoss sie sogar, die feine Schwere der Hände ihrer Tante Rosalie. Die Schwere tröstete sie, legte sich auf eine andere, weitaus schlimmere Last. Denn unter den Händen, unter ihrer Schädeldecke war Gabriella traurig, tief unter der Schädeldecke hatten sich Tränen gestaut, die sie vorhin nicht mehr losgeworden war, Gedanken, die sie nicht mehr hatte aus sich herausweinen können.

Sie konnte den merkwürdigen Klempner verstehen.

Sein Weinen kam ihr bekannt vor.

Als sie vor ein paar Stunden drüben bei ihrem Großvater gewesen war, mit ihrer kaugummikauenden Cousine Lu und mit Tante Rosalie, war Lydia wieder da gewesen, die älteste der Drillingsschwestern, für immer zehn Jahre alt. Lydia war da gewesen, in einem Krankenbett und im Medikamentendunst, mit einem dünnen Schlauch in der Vene, kaum noch zu erreichen.

Gabriella hatte deutlich sehen können, dass da in Wirklichkeit der neue Großvater gelegen hatte, aber Lydia war geblieben und mit ihr die Meningokokken und das Fieber, der Schüttelfrost und die Nackenschmerzen.

Das Weinen.

Die türkisfarbene Bettwäsche.

Die entzündete Hirnhaut.

»Jetzt mal die neuen Ventile, Chef«, rief der Klempner nun, nur um kurz darauf zu sagen: »Ach nein, kleiner Scherz unter Klempnern, Kommando zurück, die hab ich ja in der Hosentasche.« Weiter draußen bellte der gelockte Hund, weiter drinnen, tief in Gabriella, bellte die Traurigkeit, kläffte und winselte und wollte keine Ruhe geben. Ihre Mutter hatte drei Jahre getrauert und war danach vorsichtig in die Welt der etwas weniger Unglücklichen zurückgekehrt. Gabriella und Penelope hatten länger durchgehalten, was aber möglicherweise daran lag, dass sie immer nur zeitweise traurig gewesen waren und nie zusammen, immer nur abwechselnd.

Diese Zeiten.

Sie hatten nicht aufgehört.

Sie waren Gabriella Melitzky bis nach Kamp-Cornell gefolgt.

Aber jetzt, als sie mit Band *Cn bis G* am Küchentisch saß, hatte sie nicht nur Lydia im Kopf, nein, da war noch etwas anderes. In den quietschenden Schraubgeräuschen, den schraubenden Quietschgeräuschen, die der Klempner machte, und im leisen Gewinsel von Stiwa Oblonski konnte Gabriella zwei weitere Fragen fühlen. Es war, als könnte sie vor lauter Nachdenken ihre Hirnhaut spüren und als würde diese straff über ihren Gedanken liegen wie die geblümte Gummibadekappe auf dem Kopf einer alten Frau.

Weiter oben aber war es leichter geworden.

Rosalies Hände lagen nicht mehr auf Gabriellas Haaren.

Ihre Tante hatte angefangen, um den Küchentisch zu schleichen, und ihre Hände mitgenommen. Sie war jetzt, dachte Gabriella, ziemlich nervös, die Reparatur des Wasserhahns schien ihr nicht egal zu sein. Aber vielleicht hing Tante Rosalie ja an diesem uralten Haus und wollte nicht, dass sich irgendetwas veränderte. Und vermutlich hatten sie deshalb auch so wenig gegen die Nachbarn ausrichten können, die vier Tanten, Schwestern, Mütter.

Die vier erwachsenen Töchter.

Die Nachbarn aus Kamp-Cornell hatten ihre Schlüssel dagelassen oder so getan, als hätten sie, und wer könnte es nachprüfen? Ab sofort durften nur noch dreimal am Tag drei Bewohner Gabriellas kranken Großvater besuchen, wobei: Für Leute, die hier eigentlich unerwünscht waren, war das nicht gerade selten. Ins Haus durften sie nur noch, wenn sie an der Eingangstür klingelten, und nach getaner Arbeit hatten sie schleunigst wieder zu verschwinden.

Ob das ein Erfolg war?

Und für wen.

Gabriella wusste es nicht.

Aber da gab es eben noch zwei andere Dinge, die sie ganz entschieden nicht wusste, und eins davon war die Frage, woher dieses Gefühl kam. Das Gefühl hatte sich eingeschlichen, nachdem die Nachbarn vorhin vollzählig das Haus verlassen und wieder diese knisternde, unangenehme Stille hinterlassen hatten, so wie gestern Abend schon.

Und jetzt war das Gefühl immer noch da.

Das Gefühl, dass auch die Nachbarn noch da waren.

Der Klempner Andasch war jetzt fertig mit seiner Arbeit und klopfte sich die Hände aus, auch wenn diese höchstens nass und keineswegs staubig waren. Dafür waren seine Augen trocken. Rot geweint, mit einem müden Schleier, aber gut getrocknet. Rosalie stand neben ihm und Johnny, und sie hatte die Arme fest verschränkt, um nicht auseinanderzufallen, oder erst später, wenn keiner mehr hinsah.

Draußen im Eingangsbereich winselte immer noch Andaschs Hund. Er war zwischendurch kurz still gewesen, schien aber die Aufbruchsstimmung zu bemerken und meldete sich wieder zu Wort.

»Ich versteh das nicht«, sagte der Klempner und schüttelte den Kopf. »Ich versteh nicht, warum Stiwa Oblonski so schlecht drauf ist. Er ist eigentlich kein Hund von Traurigkeit. Es muss wirklich am Haus liegen.«

Andasch sah aus, als würde sich genau jetzt eine neue Träne ankündigen.

»Aber gut, ja«, sagte er schnell. »Das wird es sein. Das Haus wird es sein.«

Dann sah er zu Johnny, nickte ihm zu.

»Chef?«

Was wie eine Frage klang, war nichts anderes als ein Dank für gute Zusammenarbeit. Außerdem war es das beste Geschenk, das man jemandem wie Johnny Melitzky machen konnte: das Geschenk, dass er kurz entspannt sein durfte. Dass seine Sorgen kurz auf Eis lagen. Und dass er Hände haben durfte, die eine Zeit lang nur Hände waren und nur zufällig an den Unterarmen befestigt waren und absolut nichts Weißes berühren mussten.

Der Klempner schnallte sich umständlich seinen Werkzeuggürtel um, verlor dabei einen Doppelmaulschlüssel und einen Schlitzmeißel, hob beides wieder auf, hielt sich den unteren Rücken und sagte: »Wenn der Wasserhahn noch mal tropft, bitte melden. Also dann!«

Rosalie Melitzky ging im Kopf die Rohre und Armaturen des Hauses durch, lauter tropfende oder verstopfte Gründe, aus denen man sich in näherer Zukunft beim Klempner melden durfte. Andasch richtete seinen Körper gerade aus und hätte sehr würdevoll und wichtig ausgesehen, wäre er auf dem Weg nach draußen, wäre er, wäre er nicht, wäre er beim Verlassen des Hauses, wäre er nicht immer wieder, wäre er auf dem Weg nach draußen nicht ständig gestolpert.

»Also ... dann«, rief ihm Rosalie Melitzky mit brüchiger und sehr leiser Stimme hinterher. Gabriella saß immer noch am Tisch und schlug jetzt Band *Cn bis G* des Chemielexikons zu.

Sie war nicht weitergekommen.

Draußen rief der Klempner: »Action, mein Lieber, Action!«, seine Stimme klang viel fröhlicher als gerade eben noch. Er stolperte auch nicht mehr, aber das konnte hier drinnen niemand sehen. Viktor Melitzkys Haus war der einzige Ort auf dieser Welt, der Andasch zum Stolpern brachte.

Gabriella war nicht fröhlich. Seit vorhin, seit der halben Stunde, die Gabriella am Mittag drüben im Wohnzimmer verbracht hatte, hockte diese Frage Nummer zwei unter ihrer eng anliegenden Hirnhaut und wurde immer größer, hatte sich eingenistet und drückte, drückte; was war es, fragte sich Gabriella, was war das für eine hellblaue Flüssigkeit, was war das für eine Flasche, die die Apothekerin vor ihr versteckt hatte?

Die Nacht war in die Stunden gekommen.

Sie war tief und schon alt, als ein gewaltiger Knall das Haus erschütterte. Es war drei Uhr sieben und streng genommen sehr früher Morgen, zumindest wäre das die Antwort Nummer eins gewesen, wenn man einen Zeitungsboten gefragt hätte oder die Mutter eines weinenden Säuglings oder jemanden, der seit Stunden wach lag und sich einredete, das Schlimmste schon überstanden zu haben.

Aber für die, die gerade aus dem Schlaf gerissen wurden, herrschte tiefste Nacht. Keiner hatte den Anfang des lärmenden Geräuschs miterlebt, jenen spektakulären ersten Ton, der ohne Vorwarnung in die Stille geschlagen worden war. Jeder im Haus war unsanft in den Knall hinein erwacht, aus den Träumen und der Traumlosigkeit heraus, aus dem Vergessendürfen und dem Nichtvorhandensein. Und niemand hier – mit einer Ausnahme, aber von dieser Ausnahme war gegenwärtig keine Auskunft zu erwarten, denn die Ausnahme hatte einen sehr festen Schlaf –, niemand hier hätte sagen können, von wo der kurze, plötzliche Lärm gekommen war, von unten oder von oben oder tatsächlich aus dem Nichts, wo auch immer sich das befand.

Nach und nach waren alle Melitzkys und Winnefelds aus den beiden oberen bewohnten Räumen gekommen: die einen aus dem schlafstickigen Musik- und Nähzimmer, die anderen aus Rosalies altem Kinderzimmer. Sie standen jetzt im Flur der ersten Etage, sahen einander mit zusammengekniffenen Augen beim Wachwerden zu, zitterten, raunten und diskutierten in einem nächtlichen Kauderwelsch, ohne zunächst zu einem Ergebnis zu kommen.

Die erwachsenen Schwestern Ann, Rosalie, Bernadette und Kalinka waren der Atmosphäre gemäß gekleidet und sahen wie Gespenster aus, in ihren wehenden Nachthemden aus Baumwolle und Polyester, geblümt, mit farblich abgestimmten Knopfleisten. Es war, als hätten sie sich in Sachen Schlafbekleidung gegenseitig beraten und wären dabei aus Versehen im Jahrhundert verrutscht. Die Jugendlichen sahen da in ihren T-Shirts, Boxershorts und Jogginghosen schon wesentlich modischer aus, bis auf Johnny natürlich, der einen dunkelblauen Einteiler mit Ankermuster trug. Dieser war auf beunruhigende Weise nicht nur aus der Zeit gefallen, sondern gleich aus *allen* Zeiten, und deshalb stand er seinem Träger ausnehmend gut.

Doch egal welche Kleidung die unsanft Erwachten auf der jeweiligen Haut trugen: Mutiger wurde davon keiner. Ann Melitzky sagte schwach und mit Schlafkrümeln in der Stimme: »Es ist ... alles wie früher. Nichts hat sich verändert. Ich habe immer noch Angst hier.« Daraufhin flüsterte ihre

Schwester Kalinka, die sich, möglicherweise im Dunkeln, für ein Nachthemdmodell im Kornblumendesign entschieden hatte: »Ich hab schon gewusst, warum ich nie wieder hierherwollte«, und Bernadette, an der man eher ein Geschäftsnachthemd als eines aus gemusterter Baumwolle vermutet hätte, stimmte ihr kraftlos zu. Nur Rosalie hatte etwas Neues zu sagen, »Der Knall«, rief sie, »der Knall kam ganz klar vom Dachboden!«

Es waren jetzt andere Geräusche zu hören, die leiser und auch geduldiger als der Knall von vorhin waren. Weil die Tür zum Musik- und Nähzimmer und auch das Fenster im Raum offen standen, konnte man ein Käuzchen hören, oder mehrere, außerdem einen weit entfernten Hund und dann noch etwas zart Metallenes. Johnny Melitzky, der den Flur nach weißen Sachen absuchte und dabei nur mäßig erfolgreich war, sagte, ohne irgendjemanden dabei anzusehen oder seine Suche zu unterbrechen: »Es klingt nach ... klingt nach ... lauter großen Scheren.« Er war angespannt, sein Körper war straff ausgerichtet, der Rücken, die Arme, die Beine, Johnny war jetzt eine Marionette, deren hölzerne Gelenke schon lange nicht mehr zum Einsatz gekommen waren.

Wieder war er nur noch aus Holz.

Von irgendwoher konnte man jetzt ein entschiedenes Klopfen hören, Metall, das auf Metall schlug, wie schon in der letzten Nacht, und Rosalie Melitzky sagte hoffnungsvoll besorgt: »Das sind eindeutig die Rohre. Da stimmt was nicht. Gleich morgen früh rufe ich den Klempner an.«

Dann erschrak sie.

Dann fiel ihr etwas ein.

»Viktor, oh Gott!« rief sie laut, und kurz darauf: »Kalli, na los!« Sie schnappte sich ihre Schwester, die es geschehen ließ, überrumpelt, übermüdet, über die Maßen teilnahmslos. Und während zwei flatternde Baumwollgespenster die Treppen nach unten stiegen, um nach Viktor Melitzky zu sehen, rief eines von ihnen über die geblümte Schulter hinweg nach oben: »Und ihr anderen schaut jetzt endlich mal auf dem Dachboden nach. Ich könnte schwören, dass der Knall von dort kam.«

Edin Melitzky war als Erster oben im Dachgeschoss.

Obwohl seine Beine noch im Halbschlaf waren, hatte er immer gleich zwei Stufen auf einmal genommen, mit nackten, kalten Füßen, unter denen sich der Staub von Jahrzehnten gesammelt hatte. Es ging ihm nicht mehr um den Knall von vorhin, der Lärm war ihm egal, aber nicht die Stille.

Die Stille nicht.

Als er das Wort *Dachboden* gehört hatte, war ihm eine Hoffnung tief ins verschlafene Herz gekrochen, mag sein, hatte Edin gedacht, dass es irgendwo im Haus einen Ort gab, wo er ganz für sich sein durfte, ohne die anderen. Er hatte nichts gegen sie, aber er hatte auch nichts mehr *für sich*: keinen Ort, an dem er nicht zu antworten brauchte, keinen Ort, der ohne Geräusche auskam.

Der nur mit Edin auskam.

Mit allem, was leise war.

»Oh, Wahnsinn!«, brüllte Lu Winnefeld, die jetzt auch auf dem Dachboden angekommen war und eigentlich erklären wollte, dass sie kein Nachtmensch war. Stattdessen spuckte sie begeistert und in mikroskopisch kleinen Tropfen: »Hier richte ich mir einen Probenraum ein!«

Edin Melitzkys Hoffnung war vorbei, noch ehe sie richtig zu leben begonnen hatte.

»Hast du eine ... Band?«, fragte Edin und wollte die Antwort partout nicht hören.

Lu sah ihn an. »Gib dir keine Mühe«, sagte sie spöttisch. »Ich versteh dich trotzdem. Wäre aber gut, wenn du beim nächsten Mal mit Ton sprechen könntest.«

Dann verlor sich der Spott wieder, der unbekümmerte Hohn, und machte einer kleinen Traurigkeit Platz.

»Hatte«, sagte Lu. »Ich *hatte* eine Band. Tja. Bis vor zwei Tagen noch. Anarcho-Punk.«

Edin Melitzky atmete tief ein, atmete tief aus und hatte kurz eine hohe Stimme und weiter unten eiskalte Füße.

»Frag *mich* mal.«

Sofort gab sich die Traurigkeit in Lu Winnefeld geschlagen, der Spott war wieder da und ließ sie hell auflachen: »Du? Du und eine Band? Was für Musik habt ihr gemacht? Blockflöten-Punk? Wir könnten uns zusammentun!«

Doch bevor Edin antworten konnte, schnitt ihm jemand das ungesagte Wort ab, »Scheren, da sind immer noch die Scheren«, sagte Johnny Melitzky, der mit den Drillingen Gabriella und Penelope oben angekommen war.

Mittlerweile hatten auch Ann Melitzky und Bernadette Winnefeld den Aufstieg geschafft und waren ein wenig außer Atem. Auf dem Dachboden brannte nur das schwache Licht einer alten Glühbirne, alle hier waren nur noch ungefähre Skizzen, ein paar Umrisse, nichts Präzises mehr.

»Stickig hier oben«, sagte Ann Melitzky, »die Luft ist ganz schön staubig. Da kann ja kein Mensch atmen.« Dann knarrte sie über die Dielen bis zur Dachluke, öffnete sie umständlich und ließ den feinen, süßlichen Duft der Kornelkirschblüten hereinwehen, der tagsüber so leicht zu überriechen ist.

»In diesem Haus kann sowieso keiner richtig atmen«, sagte Bernadette Winnefeld leise. Sie hatte ihren Senior-Consultant-Kalender nicht dabei und wirkte dadurch trotz ihres knöchellangen Baumwollnachthemds und der Wollsocken nur halb angezogen. »Schaut doch mal«, rief sie dann. »Jetzt schaut doch mal, was hier ist!« Sie zeigte in die linke hintere Ecke des Dachbodens, in der sich eine gewaltige Ansammlung von Möbeln erahnen ließ, und stieß dann hervor: »Das sind doch ... das sind doch ... unsere alten ...«

»... Kinderzimmermöbel!«, sagte Ann Melitzky, die gleich nach hinten gegangen war, und zog theatralisch ein Laken von einem Schrank. Auch die anderen waren jetzt in dem kleinen Möbellager angekommen, und Gabriella und Penelope setzten sich auf etwas Verhülltes, das trotz der schlechten Lichtverhältnisse als Bett zu erkennen war. Sie waren die Müdesten hier, vor allem Penelope, der immer noch die Schlaflosigkeit der letzten Nacht und vier Hühnerköpfe in den Knochen steckten. Die Mädchen konnten von Glück reden, dass zwei Wochen Osterferien vor ihnen lagen und dass sie, falls sie jemals wieder einschlafen würden, nicht so früh aufstehen mussten.

Aber die Nacht war kein Glück, schon gar keines, von dem es sich irgendwie zu reden lohnte: die kleine Nacht, eingerahmt im schrägen Dachfenster, mit Wolkenfladen und ohne Sterne. »Manchmal«, flüsterte Ann Melitzky, während sie das vertraute Bett unter Penelope und Gabriella betrachtete, »manchmal, da ist die Nacht schlimmer als das Leben.«

Johnny Melitzky hatte mittlerweile angefangen, auch die

anderen Möbel zu enthüllen und sie in komplizierten Portionen zu zählen, und immer wieder rief eine seiner beiden Tanten, dass sie dieses und jenes Stück vermissen würde oder dass sie gleich morgen das Haus einrichten würde, und wo um Himmels willen kamen denn die vernagelten Kisten her?

Die Tanten riefen.

Johnny zählte und enthüllte.

Berührte jedes Laken siebenmal, bevor er daran zog.

Penelope und Gabriella lagen jetzt ausgestreckt und wie zusammengewachsen auf dem verhüllten Bett und waren eingeschlafen. Edin Melitzky stand am Dachfenster und starrte in den Himmel. Nur Lu Winnefeld hatte nichts zu tun. Sie drehte einige knarrende Runden auf den Dielen, langweilte sich in kleinen Schritten und rief dann in die geschäftige Stille hinein: »Ich glaub nicht, dass wir den Knall hier oben noch finden. Ich schau mal nach den anderen.«

Sie stieg die alte Treppe hinab und bereute jeden Schritt. Je tiefer sie kam, desto größer wurde das Unbehagen. Sie fühlte sich schutzlos hier, allein im Dunkeln und trotzdem beobachtet. Konnte man hier zu Hause sein? Konnte man, fragte sich Lu Winnefeld, an einen Ort gehören, vor dem man sich fürchtete?

Konnte man einem Ort gehören?

Lu war jetzt unten angekommen und sah, dass die Tür zum *ungenutzten Zimmer* weit offen stand – was, wenn der Knall am Ende von dort gekommen war und ihre Tanten das herausgefunden hatten? Und da waren sie ja auch, hinten im *ungenutzten Zimmer*, auf jeden Fall stand eine der wallenden Nachthemd-Tanten da, reglos und stumm, und Lu rief: »Hey, da bist du ja, Tante Rosalie!«, und dann rief sie vorsichtshalber noch: »Hey, da bist du ja, Tante Kalinka!«, weil man im Dunkeln schließlich nicht wissen konnte, mit wem man es hier zu tun hatte, man wusste nur, *dass* da jemand stand.

Tante Rosalie?

Tante Kalinka?

Erst nach ein paar Sekunden antwortete jemand, nur eben nicht dort, wo Lu es erwartete, nicht *vor* ihr, wo eine helle Gestalt mit der ungenutzten Finsternis verschwamm. Denn auf einmal wurde in ihrem linken Augenwinkel vorsichtig die Wohnzimmertür geöffnet. Die gerufenen Tanten standen nebeneinander im Türrahmen, und Rosalie Melitzky flüsterte mit einem zusammengeknüllten Bettlaken im Arm: »Wir sind hier drin, Lu. Bei deinem Opa. Ist irgendwas passiert?«

6

Unten Gelb, oben Blau, und sehr viel schöner konnte ein Morgen kaum gefärbt sein. Der Garten hinterm Haus war mit nichts anderem als Kornelkirschsträuchern bepflanzt, modisch in Wellen gelegt, darüber der leuchtende Wind. Man hätte aber auch sagen können: Es war ein halber Hektar Gestrüpp, ein großes Gewirr von Zweigen, an denen Bienen und gelbe Blüten wuchsen und Bienen und gelbe Blüten brummten, eingehüllt in einen Duft, der so zart war wie das Parfüm von jemandem, der um jeden Preis nicht auffallen will.

Dicht über dem zerzausten Gelb der Sträucher flügelte etwas Rötliches, Vogelhaftes, flatterte und trillerte. Pfiff. Rief. Und Lu Winnefeld rief jetzt auch etwas, sie spottete in die friedliche Wärme dieses Dienstagmorgens hinein: »Leute, ist das nicht albern, wenn ein popeliges Rotkehlchen dermaßen angibt?«

»Kann ich nicht beurteilen«, sagte Penelope Melitzky, deren türkisfarbene Haare in der Sonne leuchteten wie ein Urlaubsparadies. »Das da ist ein Dompfaff. Kannst auch Gimpel sagen, wenn du willst, das klingt nicht ganz so streng. Aber egal wie du ihn nennst: Der singt auf alle Fälle nur extrem selten. Und angeben tut er schon gleich gar nicht. Eigentlich kannst du froh sein, dass der überhaupt mal einen Ton von sich gegeben hat.«

»Wär schön, wenn du auch mal deinen Schnabel halten könntest«, sagte Lu, zupfte ein paar Kornelkirschblüten von einem Zweig und kümmerte sich nicht um das erschrockene Gesicht ihrer jüngeren Cousine. Hauptsache, die war jetzt erst mal still. Lu konnte nur wenig mit ihr anfangen, mit allen hier. Schon dreimal hatte sie sich mit ihrem Cousin Edin um den Dachboden gestritten, und obwohl er viel leiser als sie gestritten hatte, war Edin am Ende jedes Mal der Sieger gewesen. Er war einfach oben geblieben, hatte gelesen oder aus der Dachluke in den Himmel gesehen oder nur dagesessen, während Lu nichts mit sich anfangen konnte und so gelangweilt war, dass sie sich schließlich geschlagen gab und wütend nach unten stampfte.

Die anderen machten ihr das Leben aber auch nicht leichter, vor allem die zwei piepsigen und neunmalklugen Drillinge, wobei Gabriella, die Nichttürkise, höchstens achtmalklug und leichter zu ertragen war als ihre Schwester Penelope. Aber auch auf Gabriella hätte Lu gut verzichten können.

Und dann war da ja auch noch Johnny, und Johnny machte sie wahnsinnig mit seiner Ängstlichkeit und dem Zählen und Weiße-Sachen-Suchen und vor allem damit, dass er jede einzelne weiße Sache immer gleich sechs- oder sieben- oder achtmal hintereinander finden musste, für ihren Geschmack viel zu oft. Gut, zugegeben: Lu hatte jetzt hin und wieder auch Angst, meistens in den Nächten im Haus, den Nächten mit ihrem rätselhaften Rumoren. Aber so ängstlich wie Johnny war Lu Winnefeld noch lange nicht!

Alles in allem war es immer noch ein überflüssiger Haufen von Cousins und Cousinen, eine ärgerliche Verschwendung von Verwandtschaftszuteilung, da war sich Lu sicher. Wenn in weniger als einer Woche die Osterferien vorbei waren, würde sie mit exakt dieser Verwandtschaft im Schulbus und mit Edin sogar in ein- und derselben Klasse sitzen müssen, was fürchterliche Aussichten waren.

Trotzdem standen sie jetzt, an ihrem neunten Tag in Kamp-Cornell, alle zusammen hinterm Haus, standen außerhalb des Zauns und begutachteten den zugewachsenen Garten. Oder das, was von ihm zu erkennen war. Und was man erkannte, war nicht das Gelbe vom Ei. Man hatte den Garten jahrzehntelang verwahrlosen lassen, er sah aus wie ein großer, streunender Hund, der sich in der Farbe geirrt und das Streunen verlernt hatte. Die Sträucher in Zaunnähe sahen aus, als hätten sie noch nie Bekanntschaft mit einer Gartenschere oder einem leibhaftigen Gärtner gemacht, auch wenn die Cousinen und Cousins das natürlich gar nicht wissen konnten, und ehrlich: woher auch?

Es erzählte ihnen ja niemand etwas!

Aber dass man, wenn man die warme Zeit des Jahres in einem Ort wie Kamp-Cornell überleben wollte, dieses Gestrüpp entfernen und einen begehbaren Garten anlegen musste, *das* wussten sie. Und dass im Haus schlechte Stimmung herrschte und ein paar der Nachbarn immer noch ein- und ausgingen, wenn auch nur noch dreimal am Tag und ohne eigene Schlüssel, und dass es dem alten Großvater in seinem einsamen Krankenzimmer immer schlechter ging, das wussten sie auch.

Vor allem wusste es Lu Winnefeld.

Deshalb hatte sie beim Frühstück zu den anderen gesagt: »Freunde, wir brauchen dringend ein Paradies. Eine kleine Wellness-Oase in Kaff-Cornell. Irgendwas ohne Nachbarn und Tanten und Mütter. Wollen wir doch mal sehen, zu was der Garten hinterm Haus noch gut ist!« Geantwortet hatte niemand, aber keine Antwort, das konnte vieles bedeuten, und oft hieß es *Ja*, oft hieß es *Nein*, und diesmal, da hieß es zweifelsfrei: Garteneinsatz.

Der Garten hinterm Haus war zu gar nichts mehr gut. Die Kornelkirschsträucher waren meterhoch und blickdicht gewachsen, es war kein Ende zu sehen und kaum ein Anfang, nirgends eine Lichtung, eine verständliche Struktur. Penelope und Gabriella hatten ein paar rostige Gartenscheren mitgebracht, die sie in der Abstellkammer gefunden hatten, aber die Scheren sahen so aus, als wären sie in den letzten beiden Jahrtausenden nicht mehr großartig benutzt worden.

Johnny Melitzky, dessen Körper wieder schnurgerade ausgerichtet war und der seine Arme und Beine keinen Millimeter eingeknickt hatte, sagte unbeholfen fachmännisch: »Da muss Luft ran«, und Edin nickte. Sein Nicken hatte aber nichts mit Johnnys Luft zu tun, sondern nur mit den vielen Fenstern, die an der gewaltigen Hausseite, an die der verwilderte Garten grenzte, Stück für Stück *fehlten*. Die nicht da waren und durch die deshalb von drinnen auch niemand gucken konnte, zum Beispiel, um zu sehen, wie der gelbe Urwald von oben aussah und ob sich eine Stunde Gartenarbeit lohnen könnte.

Eine ganze Hauswand ohne Fenster.

Ob es unten im Erdgeschoss etwas Fensterähnliches gab, war durch die hohen Sträucher nicht zu erkennen. Aber wenn, dann musste es zum *ungenutzten Zimmer* gehören, und das hatte Edin noch nie betreten. Keiner ging in dieses Zimmer, egal aus welcher Generation, egal aus welchem Grund. Alle machten einen Bogen darum, sofern das im Eingangsbereich möglich war, ohne dass man gleich mit irgendwem zusammenstieß.

Obwohl: *Eine* Person war drin gewesen, vor einer Woche irgendwann, mitten in der Nacht. Edins laute, vorlaute Cousine hatte das behauptet. Eine seiner lauten, vorlauten Cousinen. Hut und Lederjacke. Anarcho-Punk. Lu ohne Melitzky. Seine Mutter und die drei Tanten hatten ihnen daraufhin noch einmal eingeschärft, das Zimmer nicht zu betreten, man wüsste schließlich nie. Sie selbst wären in ihrem ganzen Leben nicht drin gewesen, höchstens die Tür würden sie ab und zu öffnen, um nachzusehen, ob, ob, und ob. Nur ihre Eltern wären früher zum Putzen drin gewesen, hin und wieder, und das alte Zimmer sei eben, was es sei.

Ungenutzt.

Weiter kam Edin mit seinen Gedanken nicht. Er fühlte, dass sein Gesicht brannte, dass etwas von innen gegen seinen Hals pochte. Erst dann sah er sie kommen. Soscha. Sie saß auf einem quietschenden Fahrrad, benutzte trotzdem extra noch ihre Klingel und rief ihnen schon von Weitem zu: »Also an eurer Stelle würde ich lieber aufpassen. Der Garten ist verboten. Find ich absolut bescheuert, keine Ahnung, wieso jemand einen Garten verbietet. Sieht aber so aus, als ob da gleich jemand kommt.«

Penelope Melitzky, die mit ihrer Schwester Gabriella schon angefangen hatte, die über den Zaun hängenden Kornelkirschsträucher mit den rostigen Scheren zu bearbeiten, rief: »So ein Quatsch! Wir können hier sowieso nichts machen. Das Holz ist viel zu hart.«

»Sicher, dass ihr nicht einfach bloß zu schwach dafür seid?«, fragte Lu.

»Immer noch besser als zu blöd«, antwortete Penelope.

»Hört doch mal auf«, sagte Soscha, die mittlerweile angekommen und vom Fahrrad gestiegen war. »Ist doch klar, dass ihr mit den rostigen Dingern nicht weiterkommt. Es ist das härteste Holz Europas.«

»Dieses alte Gestrüpp?«

Die Frage kam von Johnny, der sich heute beinahe wie ein gewöhnlicher Dreizehnjähriger verhalten hatte, auch wenn er vorhin alle Latten vom Zaun gezählt und im Kopf kompliziert sortiert und verrechnet hatte.

»Genau«, sagte Soscha, und dann: »Ich bin übrigens ...«

»Soscha!«

Zwei Autos hielten am Feldrand hinterm Kornelkirschgarten: ein Polizeiwagen, auf dem *Ordnungsamt* stand, und ein alter Pick-up, auf dem gar nichts stand, aus dem aber die Denkmalpflegerin Gret Torrina herausguckte und rief: »Soscha. Soscha, geh weg von denen!«

Dann stiegen zwei Männer vom Ordnungsamt aus ihrem Auto aus, machten Gesichter und fragten: »Heißen hier alle Melitzky?«

»Kein bisschen«, sagte Lu Winnefeld gekränkt.

»Wie auch immer«, sagten die beiden Uniformierten locker und machten dann ausgesprochen förmlich und mit je einer hochgezogenen Augenbraue weiter. »Bei unzulässigem Schneiden der blühenden Kornelkirsche ist mit hohen Bußgeldern zu rechnen, Paragraf neununddreißig, Bundesnaturschutzgesetz.«

»Von wegen«, sagten Penelope und Gabriella im Duett. »Wir haben doch gar nichts abgeschnitten. Das Holz ist viel zu hart.«

Aber die Männer vom Ordnungsamt waren härter und sagten mit der mild höhnischen Strenge von Gesetzeshütern, die in ihrem langen Berufsleben schon *alles* gesehen haben: »Das schließt selbstverständlich auch schonende Form- und Pflegeschnitte mit ein. Außerdem ...«

Die Denkmalpflegerin Gret Torrina knallte die Tür ihres Pick-ups zu und rief: »Und außerdem steht dieser Garten nachweislich unter Denkmalschutz. Da darf nichts verändert werden. Uraltes Gehölz. Nicht zu vergessen die seltenen Vögel, die hier nisten und geschützt werden müssen. Ganz besonders das Rotkehlchen!«

Sie zeigte auf den Dompfaff, der über den Sträuchern flatterte und schon wieder ein wenig angab. Dann schrie sie: »Könnte jemand endlich mal diese dumme Gans wegjagen?«, und keiner wusste, was auf einmal in sie gefahren war, bis es dann doch alle wussten.

Denn da war sie wieder.

Auf dünnen roten Beinen, schwarzen platten Füßen.

Die graue Hühnergans.

Stolzierte erhobenen Halses und gelb leuchtenden Schnabels am Feldrand auf und ab, breitete gelegentlich die getupften Flügel aus und kümmerte sich nicht um falsche Rotkehlchen oder schonende Form- und Pflegeschnitte. Sogar Gret Torrina schien ihr gleichgültig zu sein, von den beiden Männern vom Ordnungsamt ganz zu schweigen. Ab und zu würdigte sie die kleine Menschenansammlung eines kleinen Gänseblickes, dann schaute sie schnell wieder woandershin.

Was für sie ein Leichtes war.

Denn in Kamp-Cornell gab es jede Menge *Woandershin.*

Der alten Denkmalpflegerin war die Begegnung aber keineswegs egal, und jeder hier konnte das sehen. Sie war aufgewühlt, hatte Schweißtropfen auf der Stirn und krallte sich an ihrer Enkelin Soscha fest, die jetzt mit ihrem Fahrrad neben ihr stand, zwei, drei Meter von dem Platz entfernt, an dem sie tausendmal lieber gestanden hätte.

Es wäre noch viel zu besprechen gewesen, wenn auch nur nach Ansicht von Gret Torrina. Aber die Männer vom Ordnungsamt waren in Aufbruchsstimmung. Sie hatten gesagt, was zu sagen war, und stiegen jetzt wieder in ihr ordentlich beschriftetes Auto. Bevor sie losfuhren, sagte der eine von ihnen mit gelangweiltem, schief drohendem Zeigefinger durch die geöffnete Fensterscheibe: »Und nicht vergessen: Der Garten ist von jetzt an ...«

Weiter kam er nicht. Denn ausgerechnet Edin fiel ihm ins Wort, obwohl er das sonst nie tat, und warum auch, es würde ja sowieso niemand mitkriegen. Aber jetzt tat er es, und alle kriegten es mit, sogar die Hühnergans schaute einigermaßen interessiert zu ihm herüber, als Edin Melitzky rief: »Schon klar. Wir haben's verstanden. Der Garten ist von jetzt an ... ungenutzt!«

Er rief es nicht laut.

Aber es war, als würde er es schreien.

Wenn man neu an einem Ort war, dann konnten einem schon die kleinsten Zufluchten helfen: ein halber Meter Bachufer, der wolkenlose Blick eines Fremden oder ein kleiner Laden mit Holzofen, in dem ein alter Mann Sachen verkaufte. Es waren Orte, die nur einen einzigen Zweck hatten: dafür zu sorgen, dass man sich kurz *anwesend* fühlte, etwas weniger verschollen. Willkommen. Und häufig bekam man diese Orte gerade dann vom Leben geschenkt, wenn man am allerwenigsten damit rechnete, genau wie Johnny Melitzky, der zwar ständig und überall rechnete, aber nicht vorausgesehen hatte, welchen sicheren Ort das Leben für ihn vorgesehen hatte.

Es war ein Nagelstudio.

Inge's Nagelstudio.

Das Studio und Inge wurden Johnny Melitzky am Mittwoch nach Ostern präsentiert, einem scheinbar unauffälligen Vormittag, an dem Johnny seine beiden Drillingscousinen widerwillig ins Dorfzentrum begleitet hatte, um im Zeitungsladen Eis zu kaufen. Johnny war aber nie im Laden angekommen, und das lag nicht an den einzigen drei Eissorten, die angeboten wurden: Kornelkirsch-Vanille, Kornelkirsch-Schoko und Kornelkirsch-Sauerkirsch.

Der Grund war vielmehr das Schaufenster links neben dem Zeitungsladen und vor allem das Schild über diesem Fenster, ein längliches, pinkfarbenes Stück Plastik mit sechzehn Buchstaben und einem halben Apostroph.

Buchstaben so weiß wie Milch.

Wie ein unbemerkter Himmel im Februar.

Von einer Sekunde auf die andere wurde Johnny von einer entsetzlichen Unruhe erfasst, von der brodelnden Gewissheit, dass ihm oder seiner Mutter oder sogar dem Großvater in seiner traurigen Ecke etwas Furchtbares geschehen könnte, wenn er nicht jeden Buchstaben siebenmal berühren würde. Auf Johnnys Unruhe war Verlass, sie hatte ihn seit

Jahren nicht im Stich gelassen, auch wenn sie ihn mit ihrer ungehobelten Plötzlichkeit dann doch jedes Mal überraschte.

Er wusste, dass er auf sie hören musste.

Er wusste, dass es allein in seiner Hand lag, das Schlimmste zu verhindern.

In seiner rechten Hand.

Jetzt stand er immer noch hier. Seine Cousinen waren weitergegangen, hatten den Zeitungsladen schon längst wieder verlassen und waren mittlerweile auf dem Weg nach Hause, mit Kornelkirsch-Vanille und Kornelkirsch-Vanille und begleitet nur noch von der menschbreiten Lücke, die sie zwischen sich gelassen hatten.

Und Johnny?

Johnny war zu klein, um das Schlimmste zu verhindern. Selbst wenn er sich auf Zehenspitzen stellte und seine Arme und Hände weit nach oben streckte, konnte er die weißen Buchstaben nicht erreichen. Er reckte sich, streckte sich, wuchs über sich hinaus und fiel doch weit in sich zurück und wurde keinen Zentimeter größer, fühlte sich sogar von Versuch zu Versuch immer ein Stückchen kleiner werden, er reckte sich, streckte sich und –

»Oh, glaub mir, ich weiß genau, was du meinst«, sagte eine ältere Frau, die auf einmal neben ihm stand und eine pinkfarbene Kittelschürze, eine angeknitterte Gesichtshaut und außerdem eine kleine Trittleiter trug. »Ich komme da auch nicht ran. Aber wie du siehst, weiß ich mir zu helfen.«

Sie klappte die Leiter auf, stieg nach oben und begann dann mit einer viel zu kleinen Nagelfeile den viel zu großen

Apostroph zu bearbeiten, dessen oberer, runder Teil schon fast vollständig abgekratzt war.

»Ich arbeite jeden Tag daran«, sagte sie zur Seite hin. »Das Schild haben sie damals fehlerhaft geliefert. Ich musste den Apostroph sogar mitbezahlen, stell dir vor, zum vollen Buchstabenpreis. Obwohl ...«

Die Frau stieg die Leiter hinab, machte drei Schritte und blieb knapp vor dem Bordstein stehen. Dann drehte sie sich um, betrachtete nachdenklich das Schild überm Nagelstudio und sagte: »Seit Wochen überlege ich jetzt schon, den halben Apostroph so zu lassen. Gefällt mir irgendwie, das Kerlchen. Sieht aus wie ein langer künstlicher Fingernagel im Seitenprofil. Stiletto-Form, würde ich mal sagen. Zur Not auch Russische Mandel. Was meinst du, mein Junge?«

Aber ihr Junge meinte gar nichts.

Ihr Junge war zu unruhig, um irgendetwas zu meinen.

»Entschuldige«, sagte die Frau mit der Kittelschürze erschrocken. »Wie unhöflich von mir! Du kannst die Leiter jetzt benutzen.«

»Äh?«

»Na komm, los. Hinauf mit dir. Ich warte dann drinnen auf dich. Für eine lauwarme Cola wirst du ja wohl Zeit haben.«

Sie zog sich die Kittelschürze glatt, ging in den Laden, und Johnny Melitzky stieg vorsichtig die Trittleiter hinauf und führte siebzehnmal sieben weiße Berührungen durch, die das Schlimmste verhindert hätten, wenn, ja, wenn Johnny Melitzky nicht anschließend *Inge's Nagelstudio* betreten und einen großen Raum vorgefunden hätte, in dem manches pink und vieles, sehr vieles weiß war.

Sehr weiß.

An der Wand hinter der kleinen Kassentheke hing ein Stück grob gewebter Stoff in einem Plastikrahmen, und auf den Stoff hatte jemand säuberlich und kobaltblau gestickt: *Sorgen sind keine Probleme.* Aber was bitte schön, *was* um alles in der Welt sollte einer wie Johnny mit einem solchen Spruch anfangen? Jemand, der so viele Sorgen hatte, dass sein Kopf beim Einschlafen kurz vorm Platzen war, sein ganzer Körper sogar? Und was konnten diese Worte ausrichten, wenn es oftmals alle Sorgen dieser Welt waren, die in einem einzigen Johnny Melitzky Platz hatten?

Bevor ihm die Inhaberin von *Inge's Nagelstudio* ein Glas Cola reichen konnte, hatte Johnny schon angefangen, den kobaltblauen Spruch krampfhaft zu vergessen. Er hetzte durch das Nagelstudio und berührte aufgestellte Plastikhände mit falschen Nägeln und Literflaschen mit Desinfektionsmittel, ein Waschbecken und mehrere Möbelstücke, die Kasse und sieben Dosen mit Acrylpulver, ein paar Fächerpinsel und Polierfeilen und tausend Dinge mehr.

Und nur angenommen, es gäbe das: ein winziges Geräusch in genau dem Moment, in dem ein Mensch einen anderen zum ersten Mal versteht, also: *richtig* versteht, ein Wispern oder ein zartes Gurgeln oder ein sehr feines Knarzen, ein Seufzen, weit in der Ferne –

Nun, wenn es ein solches Geräusch gäbe, dann hatte Johnny Melitzky es mit Sicherheit verpasst. Denn auch als er alle Berührungen verrichtet und gezählt hatte, war er immer noch hektisch und wusste, dass er nichts gegen das bedrohliche Schlimmste hatte ausrichten können: Krankheit, Tod, Katastrophe. Verlorenes Portemonnaie. Weltuntergang.

Doch ausgerechnet jetzt, da alles umsonst und vergebens

gewesen war, nahm die Inhaberin von *Inge's Nagelstudio* Johnnys Hand, zog daran, zog sie und den angrenzenden Johnny Melitzky dann langsam durch den Raum nach hinten, trat vorsichtig eine Tür auf und sagte: »So, mein Junge. Hinein mit dir. Hier drin kannst du zur Ruhe kommen. Ich schlage vor, dass wir uns zuerst einmal mit Formalitäten aufhalten.«

Es war finster, und es gab nichts Weißes.

Die Cola, die Johnny jetzt doch genommen hatte, war lauwarm und abgestanden, im Dunkeln konnte man sie nur schmecken, nicht sehen, *nichts* konnte man sehen. Hier drin, in der Düsternis, waren auch die Gerüche, die Johnny noch in der Nase hatte, dunkler geworden, die giftigen Noten von Nagellackentferner, Dehydrator und Tipkleber.

Die alte Inhaberin von *Inge's Nagelstudio* saß Johnny gegenüber, räusperte sich und sagte, unsichtbar beinahe, in das fehlende Licht hinein: »Also. Zu den Formalitäten. Es heißt wirklich *der* Apostroph. Für mich war es damals auch ein Schock, als ich es erfahren habe. Aber irgendwann kommt man drüber weg. Außerdem bin ich Inge. Und wehe, du siezt mich! Denk gar nicht erst daran. Sonst fühl ich mich gleich wieder alt.«

»Keine Ahnung, also, ich bin ... Johnny.«

»Viktors Enkel. Einer von den Melitzkys. Weiß doch jeder. Gut, dass ihr da seid. Ich hab mich schon gefragt, wann ihr endlich kommt. Und glaub mir, ich bin nicht die Einzige, die sich das gefragt hat. Und ob ihr wenigstens diesmal noch rechtzeitig ... na, wie auch immer.«

Johnny Melitzky konnte mit dem, was Inge gesagt hatte, nicht viel anfangen. Dafür konnte er wieder etwas mit sich selbst anfangen. Sein Atem wurde gleichmäßiger, sein Herz ging leiser, wie auf Zehenspitzen. Eine Weile blieb er nur so sitzen, keiner sagte etwas, weder Inge noch Johnny, für eine lange, langsame Zeit gab es nichts als: nichts.

Also auch keine Sorgen.

Keine Probleme.

»Wo ... na ja, wo sind wir hier eigentlich?«, fragte Johnny irgendwann Inges Umrisse und unterbrach die lange, langsame Zeit.

»In meiner Asservatenkammer.«

»Wie bitte, wo bitte?«

»Das ist, nun ja, weißt du«, sagte Inge. »In meiner Asservatenkammer eben. Stell dir Regale vor, graue Regale, wacklig. Keinen Meter von dir entfernt. Regale mit schwarzen Kartons.«

»Und ... in den schwarzen Kartons? Was ist da drin?«

Inge schwieg eine Weile, dann flüsterte sie: »In den Kartons sind nur ... sichergestellte Gegenstände. Verlorene Sachen. Verweigerte Annahmen. Also Geschenke für meine Enkel, die ich gleich wieder zurückgekriegt habe, weil mein Sohn minimalistisch lebt, aber deshalb geb ich doch nicht auf, ich geb nicht auf, hörst du, auf gar keinen Fall! Und dann sind da noch ein paar alte klebrige Bücher aus *Zu-verschenken*-Kartons, Klassiker und so. Bücher, die mir leidgetan haben. Im Großen und Ganzen ist es eine Kammer der ungewollten Dinge. Ab und zu setze ich mich sogar selber hier rein. Und heute sitzen wir zusammen hier. Du und ich. So kann's nämlich gehen.«

Sie war, obwohl sie geflüstert hatte, immer leiser geworden, so als hätte die Dunkelheit ihre Worte eins nach dem andern in sich aufgesogen, von Wort zu Wort gieriger, durstiger, so lange, bis alle weg waren. Inge räusperte sich, räusperte sich lange, dann sagte sie mit einer Stimme, die auf einmal kräftig und mit einer hauchdünnen Lage Stolz überzogen war: »Meine Klassiker sind äußerst beliebt. Neunzehntes Jahrhundert. Der Klempner leiht sich ständig welche aus. Hast du gehört, wie sein Hund heißt? Den Namen hat er aus meinem Regal. Portugiesischer Wasserhund übrigens. Astreiner Kerl.«

»Dieser ... dieser ... Klempner«, flüsterte Johnny Melitzky im Dunkel der Asservatenkammer, das ihm warm und weich auf der Haut lag. »Der ... Klempner.«

»Hast ja recht. Der ist auch ein astreiner Kerl. Seltenes Exemplar. Vor allem hier in Kamp-Cornell.«

»Chef«, sagte Johnny.

»Ich dachte, wir hätten das geklärt. Ich bitte dich! Von wegen Chef. Ich bin Inge.«

Von draußen war jetzt eine Ladenklingel zu hören, ein heller, wilder Glöckchenklang.

Die Stimme einer Frau.

Schritte.

»Nicht bewegen«, flüsterte Inge. »Die geht auch wieder. Jeder geht irgendwann wieder.«

Sie saßen nur da, bewegten sich nicht, atmeten flacher, Schritte, wieder Schritte, die Stimme einer Frau, die Ladenklingel.

»Warum machen Sie«, fragte Johnny, »warum machst du das eigentlich? Dieses Nagelzeug?«

Inge atmete durch den Mund ein und kräftig durch die Nase aus, so kräftig, dass sie sich danach gut hörbar die Nase putzen musste. Dann sagte sie leise: »Ich mag es eben, Hände zu berühren. Weiche Handflächen, geriffelte Rückseiten, die kleinen Härchen auf dem Daumen. Sogar die Adern, die sich durchwölben. Nicht zu vergessen den sensationellen Knick der Gelenke.«

Dann, ohne Vorwarnung, schickte Inge, die Inhaberin von *Inge's Nagelstudio*, in voller Lautstärke hinterher: »Aber ich mag es ganz entschieden nicht, Füße zu berühren. Montag, Mittwoch und Freitag sind bei mir deshalb fußfreie Tage. Und jeder zweite Dienstag im Monat. So, und jetzt sag doch mal endlich, Johnny Melitzky: Ist es schon losgegangen?«

»Losgegangen, was denn?«

»Na ja«, sagte Inge. »Du weißt schon. Das Unerklärliche. Also Stromausfall. Ein Ufo im Garten. Man hört ja so einiges.«

»Der Garten ist zugewachsen. Ufos können da gar nicht landen. Es ist das härteste Holz Europas!«

»Was du nicht sagst!«

»Aber ansonsten, ja. Wir hatten letzte Woche dreimal Stromausfall. Erklärungen gab's keine. Es war also ziemlich unerklärlich.«

»Da haben wir's!«, rief Inge. »Dann geht es jetzt los. Was habt ihr gegen den Stromausfall gemacht?«

»Mama hat jedes Mal den Klempner angerufen.«

»Ein Klempner bei Stromausfall? Was es nicht alles gibt! Aber was sag ich da? Es gibt *alles*. Alles. Das ist ja der ganze Mist. Die haben so viel angerichtet! Was diese vermurkste Bande hier angerichtet hat! Und immer noch anrichtet.«

Inge stampfte abschließend auf, einmal laut, einmal leise,

ein zorniges Ausrufezeichen. Schlechte Stimmung im Nagelstudio. Mittlerweile war die Dunkelheit in der Asservatenkammer etwas heller geworden, man konnte sie aber noch gut als Dunkelheit erkennen, wenigstens noch eine abgehackte Frage lang.

»Hat die Bande ... haben die Ihnen ... dir ... haben die auch was mit dir gemacht?« Johnny Melitzky wollte es wirklich wissen.

Es dauerte keine Sekunde, bis der kleine Raum hell erleuchtet war. Inge hatte auf den Lichtschalter gedrückt, der sich gleich hinter ihr zwischen zwei Regalbrettern befand, und Johnny fühlte sich ertappt und zurückgeschickt, verbannt nach wer weiß wohin, in sich selbst zurück. Die Augen taten ihm weh, der Kopf schmerzte. Inge sah ihn an, und Johnny Melitzky dachte, dass sie die Helligkeit gebraucht hatte, damit sich ihr Blick verfinstern konnte.

»Es war *nichts*«, rief sie. »Verstehst du? Es war absolut gar nichts gegen das, was Christian aushalten musste! Ich meine, schau sie dir an, schau dir doch mal die ganze Familie Grabowsky an, auch wenn der Rest woanders wohnt. So was wandert doch! So was wandert durch die Jahre und durch die Leute, das wissen wir doch alle. So, Johnny Melitzky, und nun musst du leider gehen. Gleich kommt eine Kundin. Naturnagelverstärkung ohne Farbe für nur achtundzwanzig Euro.«

Dann stand sie von ihrem Stuhl auf, holte etwas Großes, leidlich Übertriebenes aus einem der Kartons heraus und schob Johnny dann ungeduldig und mit dem Ellenbogen aus der Asservatenkammer nach draußen in den großen Raum, dessen Weiß von überall nach ihm zu schnappen schien, *sieben Mal, sieben Mal, dann passiert nichts!*

Und Inge, die Inhaberin von *Inge's Nagelstudio*, drückte Johnny ein gewaltiges, in Dinosaurierpapier eingepacktes Geschenk in die jetzt zitternden Hände und sagte: »Hier, mein Junge, das ist vom letzten Jahr, also schon abgelaufen. Vielleicht kannst ja *du* was damit anfangen. Und wenn du die Dunkelheit brauchst, dann kommst du. Jederzeit. Auch an fußfreien Tagen. Außerhalb der Geschäftszeiten bitte klingeln. Ich wohne gleich über dem Studio. Wenn du die Dunkelheit brauchst, bin ich für dich da. Wenn du die Dunkelheit brauchst, kommst du zu mir.«

7

Die Dunkelheit atmete ein und aus, hielt die Luft an, atmete weiter. Um den Stromausfall zu überstehen, hatten alle Hausbewohner unter fünfzehn Jahren entschieden, das *ungenutzte Zimmer* zu nutzen, Johnny Melitzky nicht mitgerechnet, denn der saß lieber im Türrahmen, die Beine ordentlich angewinkelt und an den Körper gezogen, mit überraschend vielen brauchbaren Gelenken.

Johnny war der Einzige, den das Betreten-Verbot, das von seiner Mutter und den drei Tanten ausgesprochen worden war, beeindruckt hatte, obwohl auch er nicht auf Anhieb verstehen konnte, was mit dem Zimmer nicht stimmen sollte.

Außer, dass es keine Fenster hatte.

Dass es keine Freunde hatte.

An allen anderen Tagen.

Es war der siebte Stromausfall in drei Wochen, und schon jetzt fühlte es sich wie eine alte Tradition an, dass regelmäßig Radiosendungen mitten im Lied abbrachen, Staubsauger auf halber Strecke verstummten und überall die Lichter ausgingen. Dass man die Zeit des Stromausfalls heute zum ersten Mal im *ungenutzten Zimmer* verbrachte, war Penelopes Idee gewesen. Sie hatte es erträglicher gefunden, der Finsternis dort zu begegnen, wo es ohnehin keine Lampen gab und wo das Licht auch dann nicht gedieh, wenn der Strom funktionierte.

Und nun saßen Edin, Lu, Penelope und Gabriella im Kreis,

obwohl es eher ein unsichtbares Viereck war, dessen Ecken von je einem Menschen im Schneidersitz eingenommen worden waren. In der Mitte stand ein großer Kerzenleuchter, den Edin Melitzky vor wenigen Tagen in einer Truhe auf dem Dachboden gefunden hatte. Alle paar Sekunden versuchte jemand, zu sprechen und an das Thema, das vorhin nur wenig enthusiastisch begonnen worden war, wieder anzuknüpfen: die erste Woche in der neuen Schule, die alle überstanden hatten, nur wie, das wusste keiner mehr.

Und reden wollte auch keiner darüber.

Die Schule war in der nächsten größeren Stadt, Wellach, keine zehn Kilometer von Kamp-Cornell entfernt, ein modernes, ausdrucksloses Gebäude mit rot gemeintem Sportplatz. Mitten im Schuljahr waren Edin und Lu in eine neue Klasse gekommen und Johnny, Gabriella und Penelope in eine andere, die aber nicht weniger fremd war, und es hätte viel zu berichten gegeben, viel zu erzählen, besonders von Johnny Melitzky, der kein Händchen dafür hatte, nicht aufzufallen. Aber was in den Mündern als Sprache begann, kam jedes Mal nur als Luft heraus, die Kerzenflammen wurden in Bewegung geatmet, die lichte Dunkelheit flackerte.

Die ersten Worte, die nach langer Zeit den Weg ins *ungenutzte Zimmer* fanden, kamen aus dem kaugummikauenden Mund von Lu Winnefeld, ihr Mund kaute laut: »Freunde, beruhigt euch. Es ist ja nicht für immer.«

Erst neulich hatte sie sich ein winziges Zimmer im ersten Stock eingerichtet, nachdem sie Edin freiwillig den Dachboden überlassen hatte. Ihr Cousin war ohnehin längst mit dem Dachgeschoss verwachsen und hatte eine kärgliche Ecke bezogen, in der er endlich für sich sein konnte und deshalb auch die kühlen Nächte ertrug.

»Da wäre ich mir nicht so sicher«, sagte Edin Melitzky. »Meine Mutter sagt, wir ziehen hier erst wieder weg, wenn alles gut ist. Gut und *geklärt*.«

Er hatte nahezu geräuschlos gesprochen, im vertrauten Flüsterton, aber da es im Zimmer kaum Licht gab und man im Finstern besser hören konnte, war er trotzdem gut zu verstehen, sogar auf den billigen Plätzen im Türrahmen.

»Aber wann war denn schon mal alles gut? Könnt ihr mir das mal erklären?«

Die leicht piepsige und zutiefst berechtigte Frage kam von Gabriella Melitzky und wurde umgehend von ihrer Drillingsschwester Penelope erweitert, die rief: »Und wenn, ich meine, *wenn* es mal gut ist, wer sagt uns denn, dass unsere Häuser dann noch stehen?«

»Oder Wohnungen«, sagte Lu Winnefeld, die sich vorgenommen hatte, mit den Drillingen nie einer Meinung zu sein. »Bei uns ist es eine Wohnung. Eigentum übrigens. Kann die etwa nicht zusammenkrachen?«

Penelope tat, als würde sie durch den Stromausfall schlechter hören, und rief: »Es stimmt schon. Mama hat auch gesagt, dass es nicht für immer ist. Nur kurz geht aber auch nicht, nur kurz wäre zu kurz.« Und Johnny Melitzky, bei dem nicht mehr viel zusammenkrachen konnte, meldete sich jetzt ebenfalls zu Wort und sagte: »Bei uns ist alles *für immer*. Jedes Mal.«

Er hielt, als er das sagte, die Augen fest geschlossen, öffnete sie aber ein paar Sekunden später wieder und rief: »So. Es klingelt. Und es klopft. Also ... draußen an der Tür. Müsste unser ... also ... Klempner sein. Ich weiß nicht ... soll ich ... müsste ich ...«

Schritte.

Klein, dann größer.

Dringender.

Draußen wurde die quietschende Eingangstür aufgerissen, Stiwa Oblonski bellte, jemand schnäuzte sich, schnäuzte sich noch einmal, seufzte. Leise Stimmen, eine zugefallene Eingangstür, Schritte, alle klein.

»So«, sagte Johnny. »Sie sind jetzt in der Küche. Mama und der Klempner. Der Hund sitzt vor der Küchentür.«

»Tja, Freunde, und was machen die beiden dort?«, fragte Lu. »Ist doch praktisch, dass es gerade so dunkel ist. Ich meine, ein Klempner bei Stromausfall. Hallo?«

»Die reden immer nur«, sagte Edin so heftig, dass er dabei die meisten Kerzen ausblies. Dann machte er leise weiter und sprach jetzt wieder wie Edin Melitzky. »Wirklich, die sitzen nur da. Tante Rosalie und dieser ... Andasch. Die sitzen einfach nur da und reden. Oft sagen die sogar überhaupt nichts, bleiben aber trotzdem sitzen. Und das, na ja, das ist irgendwie etwas ... Schönes.«

»Aber wenn Tante Rosalie drüben in der Küche ist, wer ist dann bei ... Opa?«, fragte Gabriella erschrocken. »Sie ist die Einzige, die sich um ihn kümmert, Mama und die anderen haben Angst vor ihm. Obwohl, Mama gibt sich Mühe.«

»Wir haben doch alle Angst vor ihm«, sagte Johnny auf seinem Außenposten, Johnny, der sich vor fast allem auf dieser Welt fürchtete, nur nicht vor Viktor Melitzky.

»Was ist eigentlich mit ihm los?«, fragte Gabriella. »Was ist das für eine Krankheit?«

»Keine Ahnung«, sagte Lu und ließ kurz darauf eine Kaugummiblase platzen, die einen feinen Zimtgeruch verströmte. »Meine Mutter meint, irgendwas mit Parasiten. Lampen, gibt's so was? Oder, wartet: Lamblien?«

Antworten gab es keine, für Antworten war keine Zeit, denn Edin flüsterte auf einmal: »Schh! Mal Ruhe jetzt. Hört ihr das? Könnt ihr das hören? Das kommt von ... ich weiß nicht ... da, wieder!«

Wieder.

Aber alle zuckten nur mit den Schultern, sogar Johnny im Türrahmen, niemand hörte die Geräusche, die Edin hörte. Diese Töne waren nur zu *sehen*, huschten geschäftig über Edins Gesicht, mal schnell, mal schneller, verschwammen mit dem flackernden Kerzenlicht und mit jener Stille, die alle anderen hörten, nur Edin nicht, sie blieben auf Edins Gesicht und vermischten sich mit der Einsamkeit, wenn man als Einziger etwas verstanden hatte.

»Aber ... ich meine ... wir hören es doch schon seit Wochen«, sagte Edin leise.

»Ja, seit Wochen«, bestätigte Gabriella, und Penelope ergänzte leicht piepsig: »Nur eben dummerweise nicht jetzt.«

Edin sah eine Weile auf den Boden, nickte dabei, und Lu Winnefeld fielen aus dem Stand dreizehn Gemeinheiten ein, die jetzt gepasst hätten, »Typisch Wollpullover mit Muster« zum Beispiel oder »*Dummerweise* ist ein auffallend gutes Stichwort«. Aber erstens hätte sie damit ihrer anstrengenden Cousine Penelope zugestimmt und zweitens fühlte sie kurz etwas unangenehm Mildes, Versöhnliches in sich. Sie streckte ihren Arm weit aus und versuchte vergebens, den flackernden Schatten von Edins Hand zu berühren. Dann machte sie eine extrakleine Kaugummiblase und sagte: »Eins steht fest. Auch wenn wir gerade mal nichts hören: Das Haus ist komisch. Das Haus hat nicht mehr alle Tassen im Schrank. Und ich schwöre, dass ich neulich nachts jemanden gesehen habe, mit dem ich nicht verwandt bin. Auch nicht im Dunkeln. Hättet ihr mir übrigens ruhig mal glauben können, ihr Penner.«

»Und dann noch die miese Stimmung die ganze Zeit«, sagte Penelope. »Die sind alle so schlecht drauf hier. Sogar dann, wenn sie aus Versehen mal lachen. Tante Ann ist am schlimmsten. Und Tante Bernadette. Falls sie nicht auf Geschäftsreise ist. Und was mit diesem ... diesem Opa ist, wissen wir eigentlich auch nicht. Wenigstens kommen keine Nachbarn mehr. Also ... fast keine.«

Lu rief: »Du hast sie wohl nicht alle? Eure Mutter ist doch auch nicht besser!«, und Edin wollte ebenfalls protestieren, ließ es dann aber bleiben. Denn Penelope sagte die Wahrheit, das war allen hier klar, und es hatte keinen Sinn, ihnen etwas anderes einzureden. Also sagte er stattdessen: »Manchmal glaube ... na ja ... weiß ich, was der Schlüssel zu allem ist. Der Schlüssel zu der schlechten Laune und der Angst hier. Der Schlüssel zum ... Haus. Ich glaub, ich weiß, was er sein könnte. Es ist ...«

»Es ist das CG«, rief Penelope so laut, dass dadurch eine der Kerzen ausgeblasen wurde, Rauchschwaden, der Geruch von bitterheißem Wachs, ein paar Sekunden Weihnachten im April. »Acht CGs«, sagte Penelope, »hab ich im Haus gefunden! Schon allein vier im *ungenutzten Zimmer.*«

»Zehn«, korrigierte Edin. »Ich meine: zehn im ganzen Haus. Sagt Soscha.«

»Die schon wieder!« Lus mildes Gefühl war dem gewohnt

Spöttischen gewichen, sie fragte: »Was hast du eigentlich mit dieser Soscha?«, und Johnny rief verärgert aus seinem Türrahmen heraus: »Der hat gar nichts mit dieser Soscha. Die reden immer nur. So wie noch andere hier im Haus. Die reden doch einfach nur!«

Was wie Ärger klang, klang nur so.

Was wie Ärger klang, war etwas durch und durch Unärgerliches.

Schon seit einigen Minuten spürte Johnny, wie etwas von innen gegen seinen Kopf drückte, wie es sich dabei bewegte, wie es strudelte und stob und wie das, was da still in ihm flehte und immer weiter in seinen Körper reichte, mehr Johnny Melitzky war als er selbst, Johnny Melitzky, und er musste etwas zählen jetzt, etwas Weißes anfassen, *alles* Weiße musste er berühren, und die schlechten Zahlen musste er aussortieren, die Acht war eine schlechte Zahl, die Zehn, und zählen musste er, CGs zählen, *selber* zählen musste er sie, andernfalls würde gleich etwas passieren, und warum merkte das sonst keiner hier?

Aber es merkte sonst keiner hier.

Niemand merkte es.

Alle sahen Johnny nur von außen, mit Ausnahme von Gabriella vielleicht, die immer wieder in Richtung Türrahmen schaute und spürte, dass sie hier nicht als Einzige fehl am Platz war, in diesem Zimmer, das keine Gäste mehr gewohnt war, keine Gastfreundschaft, keine Nutzungen, nichts.

Sie hatte aufgehört mitzureden, aber das fiel nicht weiter auf, weil sich Edin, Lu und Penelope immer noch ausgelassen über die rätselhaften Buchstaben unterhielten, die Gabriella noch nicht aufgefallen waren. Lu sagte jetzt: »Ich hab auch mal ein CG gesehen. Neben der Haustür, aber drinnen. Ich dachte erst, es ist von den Heiligen Drei ... na ja, ihr wisst schon, von diesen ... drei Jungs.«

»CG?«, fragte Penelope. »Im Ernst?«

»Keine Ahnung. Ich hab eben gedacht, dass in Kaff-Cornell alles irgendwie anders ist. Äh, Edin? Wolltest du was sagen?«

Ja, dachte Edin, und ich habe sogar schon vor zwei Sätzen damit angefangen, er sagte: »Aber ich krieg nicht raus, was es bedeuten könnte. Ich hab schon alles durchprobiert, aber keine Chance. Es könnte alles heißen.«

»Auf jeden Fall haben die Nachbarn Angst davor«, sagte Penelope. »Vor allem diese komische Frau!« Penelope war jetzt so aufgeregt, dass ihre Stimme noch piepsiger klang als sonst. »Könnten es Noten sein? Hohes C und so? Tiefes G?«

Aus dem Türrahmen kam ein genervtes Stöhnen. Johnny Melitzky saß jetzt im exakt bemessenen rechten Winkel da und hatte nur noch wenige Gelenke in Benutzung, seine Arme und Beine waren wieder erstarrt, er rief: »Oh Mann, könnt ihr mal ... aufhören? Habt ihr schon mal daran gedacht, dass CG einfach nur ... Christian Grabowski heißen könnte?«

»Was?«

Lu, Edin und Penelope riefen es gleichzeitig und so laut und heftig, dass durch die dreifache Hochgeschwindigkeitsluft eine weitere Kerze ausgeblasen wurde.

»Ja, na und?«, sagte Johnny, er presste es mit müder Kraft aus sich heraus. »Hab ich im Nagelstudio gehört. Der muss hier irgendwo im Dorf wohnen.«

»Warte, halt, du gehst ins ... Nagelstudio?«, fragte Lu und lachte erschrocken auf.

»Ja, ich ... Mann! Ich geh eben ins Nagelstudio. Was dagegen?« Johnny presste die Hände mit den angekauten Nägeln wie zu einem zornigen Gebet zusammen, presste auch die Augen zu und schloss die Welt, die gegenwärtig aus einem ungenutzten Zimmer und aus lauter unnützer Verwandtschaft bestand, aus, und gleich würde er aufstehen, sich gerade machen, aufstehen würde er, müsste er, musste er, bloß wie?

Die anderen unterhielten sich weiter und besprachen sich mit vorgetäuschtem Fachwissen über Christian Grabowski, den keiner von ihnen auch nur ansatzweise kannte. Auf dem Leuchter brannten nur noch drei Kerzen, der Strom war noch nicht wieder da, der Klempner hatte ihn noch nicht ins Haus zurückreparieren können.

Und sie, die anderen, die nicht Johnny Melitzky waren, sie, die anderen, die Johnny Melitzky nicht war, redeten weiter und weiter und planten die Suche nach Christian Grabowski, der ihnen die CGs möglicherweise erklären konnte. Schließlich stieg sogar Gabriella wieder mit ein und sagte: »Ich weiß nicht, ich mach mir irgendwie Sorgen, wer weiß, was wir damit anrichten, vielleicht sollten wir lieber nicht«, und Johnny Melitzky, der verzweifelt im Türrahmen klemmte, fiel ihr ins Wort und rief mit letzter Kraft und einem verkrampften, aber deutlich ausgestreckten Zeigefinger: »Sorgen sind noch keine Probleme!«

Und damit war die Sache beschlossen.

Ann Melitzky hatte Wochen gebraucht.

Und auch jetzt, da sie es endlich geschafft hatte, war sie kurz davor, den Raum wieder zu verlassen. Man konnte es, wenn man sehr genau hinsah, an ihrer Körperhaltung erkennen, dem sachten, fast ungetanzten Tanz, den Ann am Krankenbett ihres alten Vaters vollführte. Saß sie im einen Moment noch zusammengesunken da, wurde ihr Körper im anderen furchtlos und straff, während weiter oben ein Augenpaar entschlossen zu blitzen anfing. Aber schon im übernächsten Moment sank sie wieder in sich zusammen, ihr kleiner Mut wurde schlaff, und so ging das weiter und immer weiter, und im Grunde war es ein Wunder, dass sie noch hier saß. Sie wagte es mittlerweile sogar, ihren Vater länger als nur drei Sekunden am Stück anzusehen, schaffte auch mal stolze dreißig Sekunden und geriet ab und zu sogar in den Minutenbereich.

Aber es war nicht nur Viktor Melitzky, den sie sah.

Da war auch diese Seifenblase, die sie nicht aus dem Kopf bekam, eine weiche Kugel aus Licht und Lauge, die sie vor Jahren in exakt jenem Augenblick gesehen hatte, als sie kurz vorm Platzen gewesen war. Wie ein Geist hatte die Seifenblase da ausgesehen und kaum noch wie das schillernde, altmodische Kinderglück, das sie ja eigentlich war. Damals hatte Ann Melitzky den Geist einer Seifenblase gesehen, noch durchscheinender als ohnehin schon, mit dürren Knitterfalten, nichts als ein allerletzter Hauch, gar nichts mehr.

Jetzt, während sie ihren Vater ansah, musste sie wieder daran denken. Sein Kopf lag ruhig auf dem aufgeschüttelten Kissen, und die weißen Haare schienen vorsichtshalber gleich mit aufgeschüttelt worden zu sein, frisiert waren sie nicht. Viktor Melitzky hatte die Augen halb geschlossen und hielt sie auf seine Tochter gerichtet, müde sah er aus, sonderbar entrückt, und er sagte kein Wort.

Als Ann den Raum vorhin betreten hatte, waren der Arzt Fedor Ehlentrup und die Apothekerin Linde Fester noch da gewesen. Beide Parteien, die medizinische und die töchterliche, hatten einander mit Todesverachtung begrüßt, auf der einen Seite mild lächelnd und auf der anderen Seite zutiefst mürrisch. Dabei kannte Ann Melitzky die beiden seit ihrer Kindheit. Doktor Ehlentrup war damals der Arzt der Familie gewesen, und bei der Apothekerin hatte sie oft genug eingekauft, als junges Mädchen schon, und alles war gut gewesen oder wenigstens alltäglich.

Heute war es nur noch eins: lange her.

Und konnte Ann nicht beschützen.

Deshalb antwortete die Apothekerin auch, ohne gefragt worden zu sein, mit freundlich gestrafften Gesichtszügen: »Warum wir hier sind? Du willst wissen, wieso wir hier sind? Ganz einfach: In Kamp-Cornell helfen wir uns alle gegenseitig. So ist das hier. Müsstest du eigentlich noch wissen. Wir helfen einander. Gerade dann, wenn keine Angehörigen mehr da sind. Oder nicht mehr ... zur Verfügung stehen!«

Ann hatte die Kampfansage nach außen hin ignoriert und sich mit einer seriös klingenden Frage zur Wehr gesetzt; sie hatte den Arzt und die Apothekerin, die schon seit Jahren hätten in Rente sein müssen, mit nur teilweise gelungener Strenge gefragt, welche Medikamente sie ihrem alten Vater verabreicht hätten und was da in den Flaschen und Fläschchen gewesen wäre.

Was genau nämlich.

Obwohl die Apothekerin Linde Fester als dörflich anerkannte Fachfrau für Medikamentöses amtierte, war es Fedor Ehlentrup, der mit seiner knarzigen Stimme geantwortet hatte: »Ich weiß zwar wirklich nicht, was dich das angeht und ob du verstehst, was ich sage, aber es waren exzellente Mittel gegen Darmparasiten, nämlich Oregano-Öl, das ist das Mittel Nummer eins gegen Lamblien, dann noch eine Kapsel Wermutextrakt und drei Esslöffel Kokosöl in Orangensaft, unverdünnt kriegt das ja kein Mensch runter. Warte, was haben wir noch? Etwas gegen die Krämpfe haben wir noch. Und etwas zur Beruhigung. Wenn dein Vater wieder mehr bei Kräften ist, soll er auch noch Papayakerne kauen. War's das? Und hast du irgendwas davon verstanden, Kalinka?«

»Ich bin nicht Kalinka«, hatte Ann Melitzky müde gesagt. »Wir sehen uns noch nicht mal ähnlich.«

»Dann eben Bernadette. Reicht dir das? Und lässt du uns unsere Arbeit machen, Bernadette? Um die Schonkost brauchst du dich auch nicht zu kümmern, das erledigt schon diese ... diese Hilfspflegerin.«

Jetzt war Ann immer noch hier.

Sie saß am Bett ihres Vaters und fiel als Kind in sich zusammen, richtete sich als Erwachsene wieder auf, war als Kind nicht gut genug – und als Erwachsene immer noch nicht. Auch mutig genug war sie nicht, war es nie gewesen, nie so furchtlos wie beispielsweise Rosalie, und das, dachte sie, war im Grunde das größte Rätsel von allen: warum ihrer kleinen Schwester trotzdem so wenig im Leben geglückt war.

Aber wie viel war Ann selbst geglückt?

Und was konnte überhaupt glücken?

Glücken, Glück, das Wort schon.

Rosalie war früher die einzige der Schwestern gewesen, die sich ein paarmal ins *ungenutzte Zimmer* getraut hatte, wenn auch nie alleine, sondern immer nur mit einem Jungen, den sie jeweils ihren geliebten Freund genannt und zu Hause auch so vorgestellt hatte: »Das ist mein geliebter Freund.«

Ann musste lächeln, als sie daran dachte.

Vier- oder fünfmal war Rosalie damals im Zimmer gewesen und danach nie wieder, warum, darüber hatte sie all die Jahre eisern geschwiegen, wodurch die Ungenutztheit des Zimmers ebenso eisern und ein für alle Mal besiegelt war.

Bis vor Kurzem noch.

Denn Edin und die Mädchen schienen sich herzlich wenig um diese Besiegelung zu scheren und waren schon zwei- oder dreimal in dem unwirtlichen Raum gewesen, mit oder ohne Strom und grundsätzlich ohne ihren Cousin Johnny, der höchstens mit einem Fuß im Zimmer und offenbar der einzige Vernünftige gewesen war.

Ann konnte sehen, wie ihr alter Vater versuchte, eine Hand von der Bettdecke zu heben, schätzungsweise, um den fremd gewordenen Unterarm seiner Tochter zu berühren. Aber die schmale Hand war zu schwer, fiel zurück, und bei seinem dritten Versuch legte Ann ihre eigene Hand unter seine. Sie hörte ihren Vater leise etwas sagen, als seine Hand zur Landung ansetzte, und konnte es »Annchen«, konnte es irgendwas von Bedeutung sein?

Kurz darauf war der Vater eingeschlafen.

Erst jetzt sah Ann, dass sich das Zimmer verändert hatte. Auf den verblassten Vierecken der Wände hingen Bilder, die von niemand anderem als Rosalie stammen konnten und die denkbar schlecht in die lichtgrünen Formen passten, weil sie entweder zu klein oder oval waren. Dort, wo früher dramatische Flusslandschaften zu begähnen gewesen waren, gab es neuerdings eingerahmte Sprüche aus dem Billigshop, die Wände riefen *Heute ist Kuschelwetter* und *Chaoskönigin*, riefen *Hello Sunshine!* und *Never give up*. Und als ob das nicht schon genug gewesen wäre, hatte Rosalie hinter das verschnörkelte »up« auch noch ein Ausrufezeichen gesetzt – auf der Glasplatte des Rahmens, mit einem Metallic-Lippenstift, der wahrscheinlich aus demselben Billigshop wie die Sprüche stammte.

»Viktor, stell dir vor«, sagte Ann Melitzky leise zu ihrem unruhig schlafenden Vater, der sich höchstens noch im Traum etwas vorstellen konnte, »Viktor, stell dir doch mal vor: Wir sind jetzt alle hier. Du hast gerufen, und wir sind gekommen. Du hast doch gerufen? Da wären wir!«

Ehrlich gesagt war kaum jemand hier, die meisten hielten sich außerhalb des Hauses auf. Die Kinder waren in der Schule und Kalinka und Bernadette ausgeflogen, nur Rosalie schwirrte irgendwo im Haus umher.

»Denk nur«, sagte Ann. »Berni ist schon wieder auf Geschäftsreise. Unglaublich, diese Frau. Na ja, du kennst sie ja. Sie war quasi schon als Kind auf Geschäftsreise. Schon bei ihrer Geburt.«

Statt für ein angemessenes väterliches Lachen entschied sich Viktor Melitzky für ein schwaches Stöhnen im Schlaf, und Ann flüsterte: »Zwanzig Jahre hatten wir uns alle nicht gesehen. Seit dem Tag von ... Mamas Beerdigung. Genauso lange wie ... wir beide.«

Das stimmte, und es stimmte auch nicht. Bei Ann und ihren Schwestern war es anders gewesen, denn zwischen ihnen hatte es auch nach dem letzten großen Streit noch Kontakt gegeben, allerdings ausschließlich in Form von Geburtsanzeigen und pfirsichfarbenen *Wir-haben-geheiratet-*Karten. Kalinka hatte sogar ihre Drillingsschwangerschaft auf Papier angekündigt, mit einem Foto, das sie neben einer länglichen grüngelben Wassermelone und mit einem sehr frohen Gesicht zeigte. Ann hätte schon kurz darauf nicht mehr sagen können, ob es sich um eine Zwillings- oder um eine Drillingsmelone gehandelt hatte, so fern war Kalinka ihr gewesen.

Nur von den Enden hatte es keine Karten gegeben.

Die Leben und die Lieben, die angehalten hatten, waren auf keinem Grußpapier vorgekommen, die Scheidungen oder dieser eine entsetzliche Tag, seit dem der Anblick länglicher Wassermelonen nur noch wehgetan haben musste. Nichts davon hatten die Schwestern einander geschrieben, sie hatten weitergemacht, unberichteter Dinge, und waren nach ihrer Ankunft in Kamp-Cornell gezwungen gewesen, ihre Geschichten vom Ende her zu erzählen, von dort, wo die Wege nicht mehr ausgeschildert waren.

»Ernstina!«

Viktor Melitzky redete im Schlaf.

Er redete mit einer Toten.

Die Tochter der Toten streichelte kurz sein Haar, das so weiß wie eine unbenutzte Friedensfahne war. »Sie lebt nicht mehr«, flüsterte Ann, »und du hättest es damals verhindern können.«

Draußen konnte sie ihre Schwester Rosalie ein Lied pfeifen hören, Ann ertrug es nicht, wenn Menschen unbekümmert

Lieder pfiffen, es machte sie unruhig und gab ihr das Gefühl, dass *sie* hier die Falsche war und nicht etwa die Person, die so aufdringlich Anns Dunkel durchpfiff.

»Und übrigens«, sagte Ann, »ich arbeite neuerdings drüben in der *Holzhofklause*, vier Abende, das hab ich Veit zu verdanken, den kennst du doch auch noch, von früher, meine ich, ich hab doch zur Zeit bloß die Mieteinnahmen vom Haus, und ich mag die Arbeit, doch, nur die verschrumpelten Bockwürste mag ich nicht und das alte Toastbrot, und warum hast du uns um Himmels willen damals nicht Bescheid gesagt?«

Viktor Melitzky lag nicht friedlich da, obwohl er sich kaum bewegte und nur ab und zu mit dem Kopf wackelte. Er war auf eine anwesende Weise abwesend, wie ein Sachbearbeiter im Finanzamt. Da war eine Unruhe in seinem Gesicht, ein Schatten Angst, ein Schatten Ernstina möglicherweise, und draußen pfiff Rosalie immer noch ihr unnötiges Lied, mit hoher Wahrscheinlichkeit lächelte sie dabei, was aber keine große Kunst wäre, denn Rosalie gehörte zu den Menschen, in deren Gesicht immer schon ein feines Lächeln eingearbeitet war, allem Kummer zum Trotz.

Allem Trotz zum Trotz.

Never give up.

Ann legte jetzt ihren Kopf auf die Bettdecke und flüsterte: »Ich hab Angst, verstehst du? Es geht wieder los. Wir können es alle hören. Früher habe ich hier jede Nacht Angst gehabt, jeder von uns, auch Rosa und Berni und Kalli. Am schlimmsten waren die Abende, wenn ihr uns alleine gelassen habt, einmal im Monat war das, ich hab's nie verstanden, weißt du, wir alle haben das nicht verstanden. Wir haben euch angefleht, aber ihr seid trotzdem gegangen.«

Im Zimmer wurde es jetzt lauter, Rosalie kam mit einem Stapel Handtücher und Bettwäsche herein, legte alles auf einem Stuhl ab und stellte sich hinter Ann, legte kurz eine Hand auf ihren gerundeten Rücken und sagte: »Lass ihn schlafen, Anni. Er muss wieder zu Kräften kommen.«

Den Vater ruhen lassen, die Zukunft.

Das, was früher die Zukunft gewesen war.

Was sie hätte werden können.

Ann hob ihren Kopf von der Bettdecke und sah dort, wo er gelegen hatte, einen tränennassen Fleck. Dann stand sie in Zeitlupe von ihrem Stuhl auf, spürte die Zeitlupe vor allem in den Oberschenkeln, entfernte sich ein paar Schritte vom Bett und blieb stehen. Drehte sich um. Sah, wie Rosalie dem Vater fast zärtlich die gerunzelte Decke glatt strich.

Und da war er wieder!

Dieser ferne, unselige Tag der Beerdigung.

Der Tag kam Ann flugs und ungebeten in den Sinn, so wie alle mutlosen Erinnerungen – jener Tag, als sie sich von Viktor Melitzky verabschiedet hatte, indem sie seinen Brief heftig zerknüllt und ihm dann wütend vor die Füße geworfen hatte, hier, im alten Wohnzimmer, das noch vollständig eingerichtet gewesen war.

Alle vier Schwestern waren damals jeweils durch einen einzelnen Bogen Papier vom plötzlichen Tod der Mutter unterrichtet worden, und auf jedem Blatt hatte nur *Zu spät* gestanden, unten rechts, in der zittrigen und trotzdem vornehmen Altherrenschrift von Viktor Melitzky.

Zu spät, das hatte es auf den Punkt getroffen.

Das war, was es geblieben war.

Und immer bleiben würde.

Ann sah den Vater, sah Rosalie, stampfte leise auf. Aber es hatte keinen Sinn. Sie würde keine Antworten mehr bekommen. Die Rätsel blieben Rätsel, waren längst zu den Akten gelegt worden, längst in die ewigen Jagdgründe der unbeantworteten Fragen verbannt worden, und eine davon war diese: Wer hatte Ann den Brief des Vaters nach zwanzig Jahren zum zweiten Mal geschickt?

8

Ein Gefühl ist zu vermelden, ein antilopisches Hüpfen im Herzen von Edin Melitzky, und alles nur wegen ein bisschen Licht auf Soschas Gesicht, alles nur wegen drei oder vier mondweißer Flecken, die gegen die Dunkelheit des *ungenutzten Zimmer*s anleuchteten.

Dabei wartete draußen ein sonniger Samstagnachmittag.

Ja, nun.

Da konnte er lange warten.

Momentan kam er nicht ins Zimmer rein. Die Tür war geschlossen, die Fenster hatte man geflissentlich vergessen einzubauen und die einzigen Lichtquellen waren drei mickrige Duftkerzen mit Mandelaroma und außerdem Soschas Handy mit einem sehr hellen Foto.

Fotografiertes Papier.

Fotografierte Schrift.

Aber Edin Melitzky schaffte es vorerst nicht, sich für das Bild zu interessieren, er war noch mit dem Leuchten auf Soschas Gesicht beschäftigt, mit dem Handylicht, das auf Soschas Gesicht fiel und von ihr nach rechts und nach links gelächelt wurde, nach oben und nach unten, und –

»Edin?«, fragte Soscha.

»Äh ... ja?«

»Hörst du mir zu?«

Ich sehe dir zu, dachte Edin, und sagte: »Ja, Adressbuch. Heimlich. Und deine Oma.«

»Na gut, die Eckdaten stimmen schon mal, das ist besser als nichts«, sagte Soscha, während Lu Winnefeld und Penelope Melitzky je ein genervtes Geräusch machten, aber dermaßen synchron, dass es wie *ein* Geräusch klang.

»Ich habe also«, machte Soscha weiter, »in Omas Adressbuch geblättert. Und da hab ich was gefunden.«

»Jetzt sag's doch endlich!«

Wenn es um Dinge ging, die man auf dieser Welt herausfinden konnte, dann war Gabriella Melitzky die mit Abstand Ungeduldigste hier. Und sie konnte Soschas Umständlichkeit genauso wenig aushalten wie die ärgerliche Tatsache, dass sie immer noch nicht auf die Lösung gestoßen war, die sie seit Wochen in ihrem Chemielexikon vermutete, gut verborgen zwischen *Cn bis G.*

Dafür war Soscha fündig geworden, nur eben anderswo: in einem alten Adressbuch mit rustikalem Kunstledereinband. Und sie sagte zu Gabriella und den anderen: »Johnny hat recht gehabt. Edin hat mir von dem Namen erzählt. Und es stimmt, glaube ich. Apropos. Wo steckt Johnny überhaupt?«

»Der ist oben im Bad und hilft mal wieder dem Klempner«, sagte Lu und machte ein frisches genervtes Geräusch, das sie diesmal ganz für sich allein hatte. »Wahrscheinlich gibt er ihm andauernd nur Taschentücher. Der Typ weint doch immer. Klar, ist ja irgendwie auch zum Heulen hier. Ich sollte auch mal damit anfangen.«

Soscha schloss kurz die Augen, dann schaute sie wieder auf ihr Handy. »Oma hat die Adresse durchgestrichen, hier, mit blauem Kugelschreiber. Sie hat so sehr aufgedrückt, dass das Papier zerknittert ist, das muss man erst mal schaffen. Da ist sogar ein kleines Loch auf der Seite, Quatsch, das sind sogar zwei. Keine Ahnung, die muss irgendwie wahnsinnig wütend auf ihn gewesen sein, auf diesen ...«

Soscha sah die anderen an, die alle auf alten Sofakissen saßen und zu ihr zurückschauten, bis auf Edin, der den Kopf senkte und stattdessen zu sich selbst zurückschaute, dort aber nichts als ein wild hüpfendes Durcheinander fand.

»Und dann hat sie noch ein paar andere Adressen durchgestrichen, nicht nur die von ihm. Hier zum Beispiel. Dieses komische Nagelstudio.«

»Johnny lässt sich da immer die Nägel machen« sagte Lu. »Muss also wirklich komisch sein.«

»Johnny?«

Soscha lachte nicht, als sie das sagte. »Na, wer weiß. Noch viel komischer ist aber, was ich unter *M* gefunden habe. Und *wie* ich sie gefunden habe. Ernstina und Viktor Melitzky. Nämlich ...«

»Durchgestrichen!«

Das Wort war schnell wie ein zorniger Kugelschreiber.

Es war das Energischste, das Edin heute gesagt hatte.

Er war wieder anwesend.

»Teils, teils«, antwortete Soscha, deren Gesicht jetzt ohne elektrische Mondflecken auskommen musste, weil das Display ihres Handys dunkel geworden war. »Eure Oma ist ... na ja ... also ... sie ist wirklich durchgestrichen. Mit zwei krakeligen Linien. Und bei eurem Opa hat Oma ... also *meine* Oma ... auch schon einen Strich angefangen, aber dann irgendwie nicht weitergemacht. Da hat sie sich komischerweise noch umentschieden. Und das Verrückteste ist: Sie hat ein Herz gemalt. Genau um eure Adresse herum.«

Lu Winnefeld, die die ganze Zeit nur mäßig interessiert

war, horchte auf und sagte: »Vielleicht ist sie verliebt? Am Ende noch in unseren Opa? Soll ja in jedem Alter vorkommen, hab ich gehört.«

»Verliebt? Nie im Leben!«

Soscha schoss von ihrem Kissen hoch und sagte von oben herunter: »Und selbst wenn, ehrlich, die würde nie im Leben Herzen malen. Wirklich nie. Meine Oma hasst nämlich Kitsch, vor allem im Fernsehen. Beim *Frühlingsfest der zehntausend Schlager* ist sie immer als Erste im Bett. Sogar dann, wenn sie alleine ist. Alles unter Denkmalpflege ist automatisch auch unter ihrem Niveau, da kann man nichts machen. Aber was ist denn nun? Wollt ihr ihn sehen oder nicht? Edin hat gesagt, ihr wollt.«

»Na Mensch, *wen* denn?«, fragte Gabriella. »Jetzt sag doch mal! Mach es nicht so spannend.«

Auch die anderen erhoben sich von ihren muffigen Sofakissen, standen unschlüssig da, und Edins Herz, das gehüpft wie gesprungen war, hatte seine liebe Mühe, wieder in sein gewohntes Tempo zu finden.

»Na, den Namen, um den es hier geht. Den durchgestrichenen Christian Grabowski. Unseren CG. Also: eventuell. Ich weiß jetzt, wo er wohnt. Wenn ihr wollt, können wir da jetzt hin. Es ist nicht weit.«

»Wo wohnt er denn?«, fragte Penelope. »Wenn er durchgestrichen ist, kann er doch eigentlich nur auf dem Friedhof sein!«

»Na ja, ja.«

Soscha stand an der Tür, öffnete sie mit einem anständigen Ruck, und der helle Nachmittag konnte am Ende doch noch ins Zimmer strömen, schaffte es allerdings nicht, sich dort auch ernst zu nehmend auszubreiten. »Es stimmt schon«, sagte Soscha. »Tut mir leid, wenn ich das sagen muss. Und ich weiß, dass es blöd klingt. Aber da müssen wir jetzt hin. Auf den Waldfriedhof.«

Das Haus des Gärtners Christian Grabowski stand beschaulich vor der Friedhofsmauer, bedauerlicherweise aber vor der *hinteren* Mauer, weit in der Ferne. Zu weit und zu fern, um es tatsächlich vom Haupteingang aus zu beschauen. Um den Gärtner zu besuchen, musste man einmal längs über den Friedhof marschieren, an der Friedhofsverwaltung und an den Toiletten vorbei und durch die Abteilungen III.b bis VI.f, musste die vielen Bewohner mitsamt ihren kleinen Dachgärten links liegen lassen, musste sie rechts liegen lassen, musste sie liegen lassen, Bewohner, die einem zum Glück abwesend vorkamen, weil sie sich weitgehend unauffällig verhielten.

Wie Edin und Soscha.

Wie Lu und die beiden Drillinge.

In Viktor Melitzkys Haus hatten sie noch Johnny getroffen, der gerade damit beschäftigt gewesen war, sich vom tropfenden Klempner und von Stiwa Oblonski zu verabschieden. Angeblich hatte er sich sogar *Chef* nennen lassen, wenigstens nach Ansicht von Lu Winnefeld, die so etwas gehört haben wollte. Sie hatten Johnny kurzerhand mitgenommen, einmal aus Höflichkeit und einmal auch deshalb, weil er der entscheidende Hinweisgeber in Sachen Christian Grabowski gewesen war.

Bis zum Friedhofstor war die kleine Reisegruppe noch von

der Hühnergans begleitet worden, die ein erstaunliches Tempo an den Tag gelegt und tapfer mit ihnen Schritt gehalten hatte, insbesondere mit Penelope Melitzky, neben der sie wie eine alte Bekannte aus dem Seniorenclub spaziert war.

Die Hühnergans war wie das Wetter oder die aerobe Atmung. Sie war immer da. Meistens. Oft genug. Aber jetzt war sie weg, und die Zahl der anwesenden Hühnergänse lag damit klar bei null.

Keiner hatte das graue Vogeltier davonstaksen sehen, geschweige denn davonfliegen. Vielleicht gehörte es ja zu jenen bedauerlichen Hühnergänsen, die auf Friedhöfen schon aus Prinzip ein mulmiges Gefühl bekamen.

Wenn ja, dann konnte sie beruhigt sein.

Denn sie war nicht die Einzige, der es so ging.

»Oh Mann«, rief Penelope Melitzky. »Im Ernst jetzt? Müssen wir wirklich über den ganzen Friedhof gehen? Ich hatte vergessen, dass ich Friedhöfe auf den Tod nicht ausstehen kann. Eigentlich will ich da gar nicht sein. Will da noch jemand eigentlich gar nicht sein?«

Keiner antwortete, doch auch Penelopes Schwester Gabriella war nur wenig begeistert, und jeder in der Gruppe konnte das sehen. Aber es war nicht das Zaudern von jemandem, der aus einer unerklärlichen Angst heraus nie hierherkam oder aus Sorge, man könnte eines der Gräber womöglich auf eine Idee bringen. Es war die Abneigung von jemandem, der schon viel zu oft auf Friedhöfen gewesen war.

Erstaunlicherweise waren die beiden Drillinge bei ihrem Gang über den Waldfriedhof von Kamp-Cornell trotzdem nicht die Schlusslichter. Hinter ihnen gab es jemanden, der noch tausendmal langsamer war. Er blieb an jedem Grabstein stehen, führte komplizierte Zählungen und Rechnungen durch und sah Dinge, die den anderen entgingen, zum Beispiel ein unbegreifliches Schild an der üppig geschmückten Ehrengruft von Cornell Cornell: *Dringend bei der Friedhofsverwaltung melden*, oder einen Grabstein, auf dem in goldener Schnörkelschrift *vergessen* stand. Und gut, na ja. Mochte ja sein, dass da in Wirklichkeit *Unvergessen* stand und dass das *Un* nur von einem abtrünnigen Kornelkirschzweig verdeckt wurde. Aber wissen konnte das keiner.

Die Karawane zog weiter, alle bewegten sich auf dem schmalen mittleren Weg von Abteilung III.b auf Abteilung VI.f zu: vier Melitzkys, eine Winnefeld, und wie hieß Soscha eigentlich mit Nachnamen? Unterschiedlich schnell durchschritten sie das eingemauerte Waldstück, unterschiedlich gern. Wirklich begeistert war keiner hier, oder wenn, dann nur von der Aussicht auf die baldige Lösung eines sonderbaren Buchstabenrätsels.

Zitronenfalter flatterten umher und lösten sich vor den gelb leuchtenden Kornelkirschsträuchern urplötzlich in Luft auf, Buntspechte beharrten laut hämmernd auf ihren Baumstämmen, und hier und da sah man Menschen, die zu je einer Person spazieren gingen. Überall roch es nach Bäumen und Blüten, nach frischer Erde und etwas ungeheuer Friedlichem, es klang nach wilden Bienen und einer stillen, geschäftigen Trauerlichkeit, und als die kleine Reisegruppe endlich vor dem Haus des Friedhofsgärtners Christian Grabowski angekommen war und die alte Eingangstür aufging, da war von alledem schlagartig nichts mehr zu bemerken.

Christian Grabowski musste sein Aftershave mit einem preiswerten Mittel gegen Pflanzenschädlinge verwechselt haben, anders war der Gestank nicht zu erklären. Allerdings sprach auch einiges dafür, dass er sich das Mittel mit Absicht auf den Körper gesprüht hatte. Und zwar nicht weil er eine Abneigung gegen Schildläuse oder Blattkäfer oder anderes Getier gehabt hätte. Es war eher so, als wollte sich der runzlige Gärtner mit dem giftigen Geruch vor allem *eine* Spezies vom Leib halten.

Die Spezies Mensch.

Edin, Lu und die anderen hatten diese Abneigung gerade eben schon bemerkt. Was aber zugegeben keine Kunst war. Denn nachdem sie an seinem Haus angekommen waren und Johnny Melitzky sieben krampfhafte Male auf den weißen Klingelknopf gedrückt hatte, hatte der rechtmäßige Halter des Briefkastenschilds *Christian Grabowski* die Eingangstür aufgerissen, drohend die Faust erhoben und dann gebrüllt: »Wer?«

Nur das.

Wer.

Und sicher, es hätte einige andere Möglichkeiten gegeben. Auch wenn Christian Grabowski in Eile gewesen wäre, hätte er wenigstens »Wer ist da?« oder »Wer seid ihr?« brüllen können, zur Not auch »Ja bitte, verdammt noch mal?«, obwohl eine höfliche Frage wie diese nicht so leicht zu schreien gewesen wäre. Wenn der Gärtner ein paar Sekunden mehr Zeit gehabt hätte, hätte er auch noch »Wer in drei Teufels Namen seid ihr?« rufen können oder, falls er eine Haustür-Mission befürchtet hätte: »Ich glaube keineswegs an den Weltuntergang, sondern einzig an die Kraft des Phosphatdüngers.«

Aber Christian Grabowski hatte nur »Wer?« gebrüllt und das »r« dabei so gewissenhaft gerollt, dass es klang, als hätte sich ein ratterndes Insekt in seinem Mund eingenistet, irgendwo zwischen Zungenspitze und Schneidezähnen. Und erst als sich seine ungebetenen Gäste vorgestellt hatten, fügte er seinem donnerndem *Wer* noch ein paar Worte hinzu, die aber keinen Deut freundlicher waren, denn er rief: »Aber ja, natürlich, ich hätte es gleich wissen sollen. Ihr seid mir die Richtigen! Melitzky und Torrina. Wer sonst? Mit eurer Sorte habe ich schon viel zu viel Ärger gehabt. Besser, ihr macht schnell die Fliege. Ich warne euch. Haut gefälligst ab!«

Seine Faust hielt Christian Grabowski nicht mehr oben.

Sie musste ihm auf die Dauer zu schwer geworden sein.

Und nun saßen die Sorten Melitzky und Torrina trotzdem bei ihm auf der Terrasse und tranken lauwarmen Hagebuttentee, der ihnen unglücklicherweise ohne Zucker und glücklicherweise nur in winzigen Tassen auf den Gartentisch geknallt worden war. Und man muss es so deutlich sagen: Der Tisch war viel zu groß für einen einzigen Friedhofsgärtner. Aber außer ihm wohnte hier keiner, und auch seine ungebetenen Gäste hatten angefangen, das zu ahnen. Es waren weder fröhliche Familienmitglieder noch Haustiere zu sehen, und auch sonst konnte man keinerlei andere Ansässigkeiten vermuten.

Nichts dergleichen.

Nichts und niemanden.

Der alte Christian Grabowski, der mit einem roten Gesicht und viel schwarzer Erde unter den Fingernägeln auf einem Stuhl saß, hatte etwas verschwommen Einsames, Entlegenes an sich. Es war nicht schwer zu glauben, dass er seinen Friedhof schon seit Jahrzehnten nicht verlassen hatte. Christian Grabowski schien so einsam zu sein, so *nicht mehr von dieser Welt*, dass sein kleines Haus wie ein Grabstein wirkte: sterbensgrau, mit einem ordentlichen Namen auf dem Briefkastenschild und einem großen, liebevoll bepflanzten Grab.

Dieser farbenprächtige Garten, in dem ein zitroniges Gelb vorherrschte und außerdem ein Pflaumenbaum der Sorte *Steglichs Kirschpflaume* stand, ließ Christian Grabowski trotz seiner Unfreundlichkeit beinahe mild erscheinen. Aber nichts da! Es war wie bei einem Bankräuber, der nach friedfertigem Weichspüler roch oder Dialekt sprach, und am besten fiel man nicht auf diese falsche Milde herein und sah immer noch den gefährlichen Bankräuber, immer noch den donnernden Friedhofsgärtner und nahm sich in Acht.

Aber Johnny Melitzky nahm sich nicht in Acht.

Nachdem die Gartentischgesellschaft lange geschwiegen und Johnny die schmalen Holzleisten, aus der die Tischplatte bestand, mehrfach durchgezählt hatte, rief dieser durch die vogelzwitschernde Stille in Gastgeberrichtung: »Sind Sie CG?«

Der Angesprochene ließ sofort seine Tasse fallen, und es war ein Wunder, dass sie nicht in tausend Scherben zersprang, sondern heil blieb und lediglich eine rötliche Welle Hagebuttentee freigab, die über die Holzleisten des Tisches und durch die Ritzen auf den Terrassenboden tropfte.

Danach ließ der Gärtner auch seinen Kopf auf die nasse Tischplatte fallen, wo er nach einem bedenklichen Knall liegen blieb, und jeder, wirklich jeder seiner ungebetenen Gäste versuchte sich erschrocken an die empfohlenen Wiederbelebungsmaßnahmen im Falle von abgestürzten und dann liegen gebliebenen Friedhofsgärtnerköpfen zu erinnern. Aber niemandem fiel auch nur eine einzige ein.

Johnny Melitzky hatte einen einsamen alten Mann mit einer einzigen Frage ausgeschaltet, hatte ihn in seine trübe Vergangenheit zurückverwiesen, und dort blieb er jetzt und regte sich nicht mehr.

»Mist!«, rief Lu Winnefeld. »Wir müssen einen Arzt holen. Na los, sagt doch mal was! Also was ist, gibt's hier irgendwo einen Arzt?«

»Wohl kaum«, sagte Penelope Melitzky. »Ich glaube nicht, dass wir ausgerechnet hier einen finden. Wir sind auf einem Friedhof, falls dir das noch nicht aufgefallen ist. Ein Arzt kommt hier sowieso immer zu spät.«

»Dann rufen wir eben einen an«, schlug Edin Melitzky vor. »Hat jemand Empfang?«

»Wohl kaum, wir sind«, sagte Penelope Melitzky, den Rest verschluckte sie. Denn es tat sich jetzt etwas im Kopf des alten Friedhofsgärtners, jedenfalls sah das von außen so aus. Er bewegte ihn hin und her und richtete ihn dann mühsam auf. Oben angekommen, öffnete Christian Grabowski erst sein linkes und dann sein rechtes Auge, sah jeden in der Runde sehr ernst und sehr lange an – und begann dann so schallend zu lachen, dass es in allen Ohrenpaaren schmerzte und eine Amsel, die auf dem Terrassengeländer gesessen hatte, in Panik davonflatterte.

Er brüllte sich das Lachen aus dem Leib.

Zwischendurch schnappte er immer wieder nach Gartenluft, präsentierte zwei Goldzähne und acht silberschwarze Plomben und hatte den Mund so weit aufgerissen, dass nun wirklich ein brummendes Insekt hätte hineinfliegen können. Christian Grabowski lachte und lachte, und irgendwann sagte er endlich etwas, rief »Ob ich«, dann lachte er wieder, rief »Ob *ich*«, dann lachte er wieder, schlug sich auf die Oberschenkel und stieß nach einer Ewigkeit endlich eine annähernd vollständige Frage hervor.

»Ob *ich* CG bin? Ausgerechnet ich?«

»Genau«, sagte Lu Winnefeld erschrocken, denn offenbar hatte da jemand vor ihren Augen den Verstand verloren. »Genau das hat Johnny vorhin gefragt, vor einer ziemlichen Ewigkeit, falls Sie sich erinnern.«

Der alte Friedhofsgärtner von Kamp-Cornell war jetzt fertig, hatte ausgelacht. Er wischte sich Tränen aus den Augen, atmete allmählich wieder gleichmäßiger und verlor alles Lustige, Schelmische, das sich fälschlicherweise in sein Gesicht geschlichen hatte. Er war jetzt wieder Christian Grabowski, und als dieser donnerte er: »Eins kann ich euch gleich sagen: Von mir erfahrt ihr nichts. So weit kommt's noch. Ich wäre der Letzte, der euch etwas sagen würde. Außerdem sitzt *ihr* an der Quelle und nicht ich. Näher kann keiner dran sein, also stellt euch gefälligst nicht so an. Und jetzt entschuldigt mich. Gestattet mir, dass ich euch auf der Stelle rausschmeiße. Raus!«

»Moment, Moment, Moment«, rief Lu Winnefeld, und Edin Melitzky sagte leiser: »Ja, Moment mal.« Und weil er sich dadurch ohnehin schon mitten im Gespräch befand, machte er gleich weiter, und das, obwohl ihn der angewelkte Gärtner gerade noch weggeschickt hatte. Aber vielleicht war *der* ja der Hüter des Rätsels. Einen Versuch war es wert. Also erzählte Edin dem Alten von den Geräuschen, von denen er seit

Wochen jede Nacht aufwachte. »Am Anfang, da haben wir uns alle noch im Treppenhaus getroffen. Immer wenn es laut wurde. Aber das ist jetzt wieder vorbei.«

»Ja«, sagte Penelope Melitzky. »Keiner hat sich dran gewöhnt, alle tun nur so. Und die vier Mütter im Haus haben Angst. Aber reden kann man mit denen nicht, nicht mal mit denen, die nicht auf Geschäftsreise sind, und solche soll's ja auch geben, das ist so was von blöd!«

»Na, und da dachten wir eben«, erklärte Gabriella Melitzky, »dass Sie uns ... na ja, dass Sie uns sagen könnten, was ... also ... was ...«

»Was mit unserem Haus los ist«, stieß Johnny Melitzky hervor. »Und mit unseren Müttern. Und ob das alles mit CG zu tun hat. Wir wissen ja, dass Sie das sind. Da können Sie so laut lachen, wie Sie wollen.«

Johnny krallte sich an der Kante des Gartentischs fest. Es ging ihm nicht gut, das konnte man sehen, wenn man die Schweißtropfen auf den Zeilen seiner gerunzelten Stirn las. Wenn man näher an Johnny herangerückt wäre, hätte man sogar ein Stück des Wegs mit ihm mitfühlen können, hier auf der blütenstaubigen Terrasse von Christian Grabowski.

Aber am Ende, da wusste eben nur Johnny selbst, was er fühlte oder was er war, und er war ausgerechnet jemand, der sich jetzt nach der Asservatenkammer in *Inge's Nagelstudio* sehnte. Denn dort gab es keine weißen Blumen, keinen weißen Gartenschlauch, keine weißen Punkte auf winzigen Teetassen, nur Dunkelheit gab es, zwei Stimmen nur, seine und die von Inge.

Ohne Licht konnte er sie beide ertragen.

»Inge hat es erzählt«, sagte Johnny. »Inge von *Inge's Nagel-*

studio hat erzählt, dass es Sie gibt. Und dass es ... also ... mal schwer war. Dass es mal nicht so leicht war für Sie. Dass Sie es viel schwerer hatten als Inge von *Inge's Nagelstudio*.«

Christian Grabowski beugte sich gefährlich weit nach vorne. Sein zerzauster Kopf näherte sich abermals dem Gartentisch, schnellte dann aber gleich wieder hoch. Der alte Gärtner war aufgewühlt, umgegraben, kein bisschen locker. Und weil er nicht noch lauter reden konnte, als er es sowieso schon tat, wurde er auf einmal leise. »Es war *nichts*«, flüsterte er und drehte sich kurz nach allen Seiten um. »Verstehst du? Es war absolut gar nichts gegen das, was Inge aushalten musste! Ich meine, schau sie dir an, schau dir doch mal das Nagelstudio an, guck dir ruhig mal die Inge an.«

Weil Inge nicht da war und weil sie sowieso die meiste Zeit im Dunkeln saß, guckte sich Johnny den Gärtner an, schüttelte nach einer Weile den Kopf und stand von seinem Stuhl auf. Seine Arme hingen ihm doppelt ellenlang vom Körper, die Hände hatte er zu nervösen Fäusten geballt, Johnny Melitzky musste hier weg, weg, weg.

»Ich muss hier weg«, sagte er mehr zu sich selber als zu den anderen, brachte sie aber dazu, ebenfalls abrupt aufzustehen, sogar Christian Grabowski erhob sich ächzend von seinem Stuhl. Er ließ sich Zeit, um sein Ächzen ordentlich ausklingen zu lassen, zog seine alte lockere Jeans wieder bauchnabelhoch, zupfte sie am unteren Rücken noch ein zweites Mal zurecht und brüllte dann aus dem Stand: »Stopp!«

»Wieso denn jetzt schon wieder stopp?«, fragte Penelope Melitzky. »Was soll das heißen: stopp?«

»Anhalten, stillgestanden, sucht euch was aus«, knurrte der alte Gärtner. »Bleibt gefälligst stehen und hört euch an, was ich euch zu sagen habe. Denn ich *habe* euch noch etwas zu sagen.«

»Im Ernst?«, fragte Lu Winnefeld. »Jetzt auf einmal?«

Aber Christian Grabowski achtete gar nicht auf sie. »Hört mir genau zu. Ich werde es kein zweites Mal sagen. Also Folgendes: Die Mitglieder vom nullten und vom ersten Kreis treffen sich immer in der Nacht nach Neulicht im Dorfpark. Direkt am Denkmal von Cornell Cornell. Das Gras ist schon ganz platt getrampelt dort.«

»Äh«, sagten die Drillinge mit Edin und Soscha im gemischten vierstimmigen Chor, und nur Lu benutzte ein wenig Sprache und sagte aufgebracht: »Das sind zu viele Infos auf einmal. Keine Ahnung, was das alles bedeutet. Aber egal wer diese komischen Mitglieder sind, wir haben die auf jeden Fall verpasst. Wenn sie sich in der ersten Nacht nach neulich getroffen haben, ist die schon vorbei.«

Der Gärtner Christian Grabowski schlug mit der flachen Hand auf den Tisch. »Hätte ich mir denken können, dass du von nichts eine Ahnung hast! Aber kein Wunder bei einer Melitzky. Bei einer Melitzky muss man von Anfang an auf alles gefasst sein.«

»Winnefeld«, zischte Lu Winnefeld.

»Gut, Fräulein Winnefeld, dann noch mal für dich. Es heißt Neulicht, merk dir das. Und wie die meisten Leute wissen, ist Neulicht das erste dünne Sichelchen Lichtmond nach Neumond. Aber der ... der ... egal: der nullte und der erste Kreis treffen sich eine Nacht später. *Nach* Neulicht. Und zwar eine Stunde nach Mitternacht.«

Christian Grabowski, der *Inge's Nagelstudio* in Wahrheit kein einziges Mal gesehen, sondern nur von seiner Haushaltshilfe davon gehört hatte, zog einen kleinen, halb zerfledderten Kalender aus seiner Hosentasche. Auf dem Deckblatt waren ein Sonnenuntergang, eine Jahreszahl und die Worte *Ziele und Erfolge* zu sehen, und verziert war alles mit dem hellbraunen Kreis eines alten Kaffeefleckes mit Milch und Zucker.

Der Gärtner blätterte in dem Kalender und sagte: »Neumond hatten wir gerade erst. Und die Tage danach sind auch schon vorbei. Pech gehabt. Ungefähr drei Wochen müsstet ihr euch noch gedulden. Aber so was wie Geduld kennt ihr jungen Leute ja heutzutage gar nicht mehr. Gar nichts kennt ihr. Alles muss husch, husch gehen.«

Dann knallte er den Kalender auf den Tisch, brachte damit zwei weitere Tassen zum Überlaufen, und als Soscha den Mund zu einer Frage öffnete, rief er erbost: »Und, Freunde, was habt ihr eigentlich hier noch verloren? Hab ich euch nicht gerade erst rausgeschmissen? Na los! Husch, husch!«

»Sie«, sagte Gabriella und blieb in ihrem eigenen Satz stecken.

»Sie haben uns selbst«, sagte Lu, dann gab auch sie sich geschlagen.

»Schluss jetzt!«, rief Christian Grabowski und holte sich eine Schaufel, die an der Hauswand lehnte. »Ich muss noch die Gruft von Cornell Cornell entpflegen. Da hat mal wieder jemand zu viele Blumen davorgelegt. Unnützer Dorfgründer, pfui Teufel!« Dann entfernte sich der Gärtner mit schweren Gummistiefelschritten und hinterließ eine Wolke Pflanzenschutzduft sowie sechs ratlose Gesichter.

Und wer vorhin noch Zweifel hatte, der wusste spätestens jetzt Bescheid. Das Rätsel, für dessen Entschlüsselung man extra hierhergekommen war, blieb vorerst ungelöst. Denn Christian Grabowski, der Friedhofsgärtner von Kamp-Cornell, war sicherlich vieles: einer, der Hagebuttentee mochte und keine Menschen. Einer mit zwei Goldzähnen, acht silberschwarzen Plomben und insgesamt einem grünen Daumen. Einer, der sich mit wachsenden und schrumpfenden Monden auskannte. Ein alter Mann, dem Wut und Flüssigdünger in den Adern flossen. Christian Grabowski war in der Tat alles Mögliche. Aber er war mit Sicherheit keiner, dessen Initialen in unschuldige Wände geritzt wurden.

9

Wenn neulich knapp vorbei war, dauerte es normalerweise lange, bis es wiederkam. Man musste Geduld haben, musste warten können wie ein anhänglicher Labrador und alle paar Tage in den Kalender schauen, damit man es am Ende nicht doch noch verpasste. Mit dem Neulicht war es aber auch nicht viel besser, ganz zu schweigen von dem *noch neueren* Licht in jener einzigen Nacht nach Neulicht, in der der namenlose Mond schon gewachsen, aber immer noch schmal wie die untere Hälfte eines Apostrophs war.

Auch die Zeit im Haus von Viktor Melitzky wuchs und wuchs, und trotzdem konnte man sie nicht sehen, schon gar nicht auf den Gesichtern hier. Nichts veränderte sich, alles blieb, wie es war. Und dagegen wäre ja auch nichts einzuwenden gewesen, wenn das, was blieb, wenigstens gut gewesen wäre. Nur – das war es nicht. Schlimm war es aber auch nicht.

Es war *halb so schlimm.*

Und das Fürchterliche, das schier Unerträgliche an den halb so schlimmen Dingen war, dass sie sich einnisteten. Dass sie zurückhaltend und trotzdem aufdringlich waren. Man konnte sich nicht mit ihnen anlegen, konnte sie nicht irgendwann in Würde hinter sich lassen wie die urkundlich bestätigten schlimmen Dinge, weil sie eben noch nicht schlimm genug waren und man sie deshalb gewähren ließ, aus Höflichkeit, möglicherweise aus Trägheit.

Auch in Kamp-Cornell.

Vorzugsweise in Kamp-Cornell.

Wo, wenn nicht hier?

Aber wenn man hätte sagen müssen, was in diesen Wochen am halbsoschlimmsten war, dann waren es mit Sicherheit die unergründlichen Geräusche in Viktor Melitzkys Haus, dicht gefolgt von Viktor Melitzky selbst, der fast gar keine Geräusche mehr machte, und von neunmal Angst in unterschiedlichen Größen und Ausführungen.

Zehnmal Angst.

Vielleicht.

Die Geräusche kamen nur nachts aus ihren Löchern, tags wurden sie übertönt von Rosalie Melitzkys melancholischem Pfeifen oder vom Klingeln der Pflegetruppe, von den leicht piepsigen Stimmen der zwei Drillinge oder von Lu Winnefelds platzenden Kaugummiblasen; tagsüber, da wurden die rätselhaften Geräusche vom Tag selbst zum Schweigen gebracht.

Doch wehe, wenn sich der Tag aus dem Staub gemacht hatte.

Wenn an seiner statt die Nacht in den Staub kam.

In allen Nächten gab es Geräusche, die sich die Wände hochbewegten, als hätten sie sich im alten Mauerwerk häuslich eingerichtet und wollten es nachts noch ein wenig erkunden, Geräusche wie von Ratten, die versehentlich zu schwerem Schuhwerk oder etwas Hochhackigem gegriffen hatten. Andere Geräusche hingen lose in der Luft, manche kamen von weit her, irrten im Haus umher, schienen sich verlaufen zu haben, fanden den Weg nicht mehr.

Und immer wieder änderten sie ihre Richtung.

Das Knacken, das eben noch von unten gekommen war,

schien auf einmal nach weiter oben umgezogen zu sein, in den zweiten Stock oder unters Dach. Zuweilen klang es, als bewegte sich ein Kratzen im Kreis herum, dann zurück, dann vor, und hin und wieder schien sich ein altmodisches Klappern unschlüssig darüber zu sein, ob es nun südlich oder nördlich, östlich oder westlich ausschwirren sollte.

Es konnte sogar vorkommen, dass Geräusche, die wie Hammerschläge klangen, durch mehrere Räume zu galoppieren schienen. Aber wenn man dann nachsah, war kein Hammer zu sehen und auch nicht der passende Mensch dazu. Überhaupt waren nirgends die passenden Menschen zu entdecken, oder wenigstens die passenden Geister, egal wer – Hauptsache, man hätte endlich eine Erklärung gehabt.

Immerhin kam an manchen Tagen der passende Klempner vorbei und untersuchte ein paar Rohre und Heizungen. Mochte ja sein, dass sie es waren, von denen nachts die hämmernden Geräusche ausgingen. Aber Andasch, der einzige Klempner von Kamp-Cornell, hatte kein Glück.

Alles schwieg.

Und sehr viel mehr wurde nicht unternommen, um die Sprache des Hauses zu übersetzen, die die einen seit Wochen und die anderen seit Jahrzehnten nicht verstanden, eine fremde Sprache, die das Haus geheim und bedrohlich machte. Mittlerweile traf man sich nachts auch nicht mehr auf dem Flur und im Treppenhaus, sondern hielt das klappernde Unbehagen, die kratzende Wiederkehr und die reine Angst in den Zimmern aus oder, wie Edin, oben auf dem Dachboden: einzeln, zu zweit, höchstens zu dritt.

Und selbst wenn man sich, wie Ann Melitzky oder Lu Winnefeld, die Bettdecke bis über die Ohren zog und verzweifelt ins Kopfkissen schwor, dass man das Rätsel des Hauses ein für alle Mal lösen würde, und zwar gleich nach Aufgang der örtlichen Sonne – selbst dann hatte man die schlimme Nacht am nächsten Morgen wieder vergessen. Man gewöhnte sich. Man ergab sich. Man hatte wieder Kraft und wollte sie nicht an einen Lärm verschwenden, den die Dunkelheit längst schon verschlungen hatte. Denn nichts auf dieser Welt, nicht einmal das Tagpfauenauge, war weiter von der Nacht entfernt als ein neuer Morgen.

Von der Nacht aus gesehen.

Aber auch vom Morgen aus.

So viele Nächte, so viele Morgen, so viel wachsende Zeit. So viel wachsender Mond. Trotzdem vergingen die Wochen bis Neulicht nur schleppend. Die vier erwachsenen Schwestern bekamen davon nur wenig mit, denn ihre Kinder hatte ihnen den Friedhofsgärtner und alles, was er gesagt hatte, vorsorglich verschwiegen. Niemand konnte schließlich wissen, was man mit der Erwähnung von verärgerten Friedhofsgärtnern und hauchdünnen Lichtsicheln möglicherweise anrichtete.

Oder mit der Hoffnung auf ein gelöstes Rätsel.

Außerdem hatten Lu und die anderen vor, die Nacht nach dem nächsten Neulicht nicht im Haus von Viktor Melitzky zu verbringen. Denn in exakt dieser Nacht würden sie im Dorfpark zu tun haben, nicht weit vom Bach Esta entfernt, nahe der Statue des Gründers von Kamp-Cornell. Und nichts auf dieser Welt hätte den Plan mehr gefährden können als ein Quartett aus besorgten Müttern, die ihnen den Mond verbieten wollten.

Erstes Mondviertel, Halblicht jetzt.

Sparbeleuchtung.

Bernadette Winnefeld war diejenige der vier Schwestern, die von mütterlichen Sorgen und den Phasen des Mondes am wenigsten mitbekam, oder wenn, dann nur wenn sie am Fenster ihres Hotelzimmers stand und versuchte, nicht an ihre Tochter Ludovica zu denken, die so schwer mit ihren Geschäftsreisen zu vereinbaren war – und wenn Bernadettes Blick dann zufällig an einer leuchtenden Sichel zwischen zwei Hochhäusern hängen blieb, an einem der spitzen Enden, die einen Mond immer so elegant erscheinen ließen.

Im Gegensatz zu Bernadette hatte Rosalie Melitzky einen ausgezeichneten Zugang zu ihren Sorgen, nur dass diese momentan weniger auf ihren Sohn Johnny gerichtet waren als auf den unveränderten Zustand ihres Vaters und außerdem darauf, dass ihr langsam die Gründe ausgingen, um den Klempner Andasch anzurufen und ins Haus zu bestellen. In das Haus, das ihn noch immer zum Weinen brachte. Sie war froh über jeden Stromausfall, auch wenn der Klempner noch keinen einzigen hatte beheben können, der Strom war immer von selbst zurückgekommen. Aber sie hatte Andasch gesehen und darüber alles andere vergessen.

Alles andere und den Mond.

Der jetzt ein zunehmender Halbmond war.

Auch sonst kümmerte sich keine der Schwestern um leuchtende Satelliten mit Gewichtsschwankungen, und hätte es Johnny nicht gegeben und Edin, wären da Lu nicht gewesen und Gabriella und Penelope, dann wäre das zarte Nachtlicht nach Neulicht unbesehen im schwarzen Himmel versickert.

Aber die Tage waren gezählt, akkurat durchgezählt von Johnny Melitzky und sorgfältig den einzelnen Mondphasen zugeordnet, die ihn und die anderen noch von der Lösung des Rätsels trennten, oder wovon auch immer. Zweimal versuchte er sogar, mit Inge darüber zu sprechen, saß mit ihr in der dunklen Asservatenkammer ihres Nagelstudios und erzählte ihr von Christian Grabowski und dem geheimen Treffen im Nachtschatten von Cornell Cornell, nur um am Ende zu erfahren, dass sich Inge die ganze Zeit die Ohren zugehalten hatte. »Ich kann's nun mal nicht hören, und ich will's auch gar nicht hören«, hatte sie zum Schluss gesagt und dann mit dem Ellenbogen das grelle Licht angemacht.

Vollmond unterdessen.

Sonne, Mond.

Dazwischen: die Erde.

Und wenn es auf dieser Erde noch ein anderes Wesen gab, einen einzigen anderen Menschen, der die Tage ebenfalls zählte, der sie überschlug und gewissenhaft nachrechnete und der ihre Alte-Männer-Behäbigkeit verabscheute, dann war das Edin Melitzky. Edin wartete. Er wartete darauf, Soscha endlich wiederzusehen. Denn erstens hatte er sie seit dem nervenaufreibenden Besuch bei Christian Grabowski und dem Abschied im Dorfzentrum nicht mehr gesehen, erstens war das viel zu lange her, und erstens –

Erstens.

Edin wusste nicht, in welcher Stadt Soscha wohnte und wie oft sie normalerweise nach Kamp-Cornell kam, um ihre Großmutter zu besuchen. Er wusste auch nicht, wie man nach so etwas fragte. Ob man es fragen *durfte*. Und ob es Menschen auf dieser Welt gab, die ein Talent für solche normalen Fragen hatten. Mit Soscha hatte er immer nur über eingeritzte Buchstaben gesprochen und über die Dorfgeheimnisse, die sie beide nicht kannten, und er war froh, dass Soscha wenigstens angekündigt hatte, in der Nacht nach Neulicht mit zum Denkmal im Dorfpark zu kommen, was auch immer dort stattfinden sollte.

Abnehmender Halbmond, endlich, und der alte Viktor Melitzky schlief. Und schlief. Er schlief sogar weiter, wenn er von Rosalie versorgt wurde oder vom Arzt und der Apothekerin seine zweifelhafte Medizin bekam, und befand sich in diesen Momenten in einem beweglichen Halbschlaf.

Lu Winnefeld kümmerte sich in diesen Wochen um ihre schmerzlich vermisste Anarcho-Punkband und beriet die verbliebenen fünf Mitglieder von *Lost Minute* aus der öden Ferne, nämlich aus Kamp-Cornell, dem genauen Gegenteil von Anarcho-Punk. Obwohl –

Lu hörte sich alte Tonaufnahmen an, hörte sich alte Freunde an, erst täglich, dann alle paar Tage, irgendwann nur noch bei Bedarf. Dem Bedarf der anderen. Und es gab Zeiten, da hatte man eben keinen Bedarf mehr, damit mussten die besten Gemüsehändler zurechtkommen. Das Problem war nur, dass Lu mit den Wochen erkannte, dass der Bedarf nicht überall verschwunden war und dass sie mit ansehen musste, wie ausgerechnet Penelope und Gabriella Besuch von ihrem Vater bekamen und wie diese ganze Familie vor Lus Augen *beieinander* war, Vater, Mutter, Kind, Kind.

Kind, Vater, Kind, Mutter.

Mutter, Vater.

Doch was wusste Lu schon über diese Familie? Nichts wusste Lu über diese Familie, egal wie wahnsinnig verwandt sie angeblich mit ihr war. Die ganze Familie war eigenartig, sie war *irgendwas mit Drillingen*, und das hatte Lu nie verstanden. Sie hatte auch nicht nachgefragt. Kein einziges Mal. Es gab Antworten, vor denen sie sich in Sicherheit bringen musste. Und am sichersten war es eben dort, wo man keine Fragen stellte.

Was Lu Winnefeld aber auch so wusste, war das, was sie mit ihren eigenen Augen sehen konnte. Etwas, das sie selbst nicht hatte. Das sie nie haben würde. Denn alles, was sie hatte, war eine Mutter, die sie *nicht* hatte. Die meistens nicht da war, auch dann, wenn sie sich im Haus aufhielt. Viel war das nicht. Und mit Sicherheit taugte es kaum, um einen anderen Menschen dazu zu bringen, sich beim Anblick von Lus glücklicher Familie für ein paar Sekunden sehr einsam zu fühlen.

Letztes Mondviertel.

Die Nächte wurden dunkler.

Der Mond wurde mondloser.

Und sehr viel mehr passierte nicht in jenen Wochen, die in Richtung Neulicht führten, Neulicht plus eine Nacht. Die vier erwachsenen Töchter von Viktor Melitzky waren immer noch der Meinung, man könnte den Lauf der Dinge durch bloße Anwesenheit ändern. Doch selbst dann, wenn diese Anwesenheit noch durch eine Hand auf der fiebrigen Stirn eines alten Mannes erweitert wurde oder durch eine zornige Hand auf einem alten Küchentisch, selbst dann taten die Dinge das, was sie seit langer Zeit gewohnt waren: Sie gingen weiter. Und das wäre auch so geblieben, wenn nicht eines Nachts doch noch der Mond verschwunden und als filigran geschmiedetes Neulicht zurückgekommen wäre, aber so war es, und danach kam sogar noch die Nacht *nach* Neulicht, und die Nacht nach Neulicht fiel auf einen Freitag.

Die Nacht nach Neulicht fiel auf einen Freitag.

Genau genommen reichte sie bis in den Samstag hinein, war sternenklar und brachte Soscha zurück. Als Treffpunkt hatte man, wie es sich an einem Ort wie Kamp-Cornell gehörte, die stattliche Dorfkornelkirsche gewählt, die ihre gelben Blüten mittlerweile verloren und dafür grüne Blätter bekommen hatte. Sie befand sich nahe der *Holzhofklause* und war weit genug von Cornell Cornells Marmordenkmal entfernt, um die Gruppe vielleicht noch zur Vernunft zu bringen und sie zur Umkehr zu bewegen, damit sie gar nicht erst in geheime Treffen nullter und erster Kreise verwickelt wurde.

Insgesamt war der Plan also vielversprechend.

Im Grunde konnte nichts schiefgehen.

Trotzdem wäre er beinahe schon am Programmpunkt Nummer eins gescheitert, nämlich dem bloßen Verlassen von Viktor Melitzkys Haus, eigentlich eine Anfängerübung. Doch obwohl sich Edin und die anderen für halb eins mit Soscha an der Dorfkornelkirsche verabredet hatten, sah es einige Minuten nach Mitternacht noch so aus, als müsste man die nächtliche Exkursion platzen lassen und noch einmal vier Wochen bis zum nächsten Mond nach Neulicht warten.

Für Lu und Edin war es am einfachsten, sich in dieser Nacht nach draußen zu schleichen, weil sie sich das Zimmer und den Dachboden nicht mit besorgten, schlaflosen oder zu präsenten Müttern teilen mussten. Bernadette Winnefeld kam ohnehin erst morgen zurück und Ann Melitzky vor einer Stunde von ihrer Arbeit in der *Holzhofklause* zurückgekehrt und schlief längst, anders als ihre Schwester Kalinka, die seit drei Jahren schlecht einschlafen, schlecht weiterschlafen und am nächsten Morgen schlecht wieder aufwachen konnte.

Kalinka Melitzky wälzte sich in ihrem Bett im Näh- und Musikzimmer, das sie mittlerweile nur mit ihren beiden Drillingstöchtern bewohnte, hin und her, öffnete immer wieder die Augen und war erst um exakt null Uhr elf so etwas Ähnliches wie eingeschlafen, sodass sich Gabriella und Penelope endlich mit verstohlenen Schritten auf den Weg machen konnten.

Für Johnny Melitzky war es leichter, seiner tief schlummernden, leise schmatzenden Mutter Rosalie und dem gemeinsamen Zimmer zu entkommen. *Sich selbst* zu entkommen war aber eine andere Sache und nahezu unmöglich. Was, wenn in dieser Nacht eine Katastrophe passierte? Was, wenn Johnny gerade dabei war, in ein eigens für ihn in liebevoller Kleinarbeit errichtetes Verderben zu schlittern, und was, wenn Johnny auf dem Weg nach unten nichts Weißes finden würde, um die bevorstehende Tragödie vorsorglich zu neutralisieren und also zu verhindern?

Als Johnny dann endlich – nach dreizehnmal sieben weißen Berührungen und mit einem mutmaßlichen Puls von hundertvierundzwanzig – doch noch aus dem Haus trat und in einer einzigen Zehntelsekunde den Missmut der anderen erfasst hatte, wurde er von Lu Winnefeld mit den Worten »Mann, Melitzky!« willkommen geheißen, und warum auch nicht, schließlich ließ es sich gut rufen, außerdem stimmte es in diesen Kreisen fast immer. Nein, es stimmte *immer.* Denn jeder, der hier anders als Melitzky hieß, war entweder meistens auf Geschäftsreise oder er war Lu selber.

Oder er hatte hier nichts verloren.

Dann gingen sie los, Edin voran, die anderen hinterher; sie liefen durch den handwarmen Mai von Kamp-Cornell, gähnten, gingen, geisterten, mussten sich beeilen und beeilten sich auch, denn der dürre Mond nach Neulicht wartete nicht, und ob es Soscha tun würde, stand ebenfalls in den Sternen.

Die Nacht, die zu diesen Sternen gehörte, war still. Oder sie tat nur so. Geräusche gab es nämlich trotzdem mehr als genug: Nach Zaunkönigen klang diese Nacht und nach Nachtigallen, nach einem zähen Kinderweinen und der nahen Fernverkehrsstraße, nach den hastigen Schritten von fünf Fußpaaren und dann, auf einmal, auch noch nach einem sehr leisen Watscheln. Denn die graue Hühnergans, die wie aus dem Nichts aufgetaucht war, schien kurzfristig beschlossen zu haben, ebenfalls an der Nachtwanderung teilzunehmen. Aber wer weiß: Am Ende war die Sache ja auch harmlos und die Hühnergans hatte lediglich Besorgungen im Dorfzentrum zu machen.

Hätten die Kornelkirschsträucher noch in gelber Blüte gestanden, wäre ihr scheuer, süßer Geruch dennoch von den Fliederbüschen knapp überduftet worden. So aber konnte der Flieder seine zuckrigen Schwaden sogar konkurrenzlos aussenden, nur hin und wieder, für ein paar Sekunden, mischte sich ein bitterer Heugeruch unter die Süße, der aber nicht von einer vorzeitigen Ernte, sondern vom Lungenkraut in den dörflichen Vorgärten kam.

Die Laternen waren schon aus, aber hier und da brannte

noch Licht hinter den Fenstern. In der Wohnung über dem Nagelstudio flackerte es fernsehblau und Johnny Melitzky fragte sich im Vorbeigehen nicht, welches Programm Inge um diese Uhrzeit noch schauen musste und ob es die einunddreißig schönsten Bahnstrecken der Region waren, die sie um den Schlaf brachten, nein, Johnny war viel zu angespannt, um sich noch irgendetwas zu fragen.

Oder um die Nachtluft zu bemerken.

Zu spüren, wie weich sie war.

Man konnte sie regelrecht auf der Haut fühlen, man war wie unter Wasser, unter Luft, und drüben vor der Kornelkirsche stand tatsächlich Soscha und kramte in ihren Hosentaschen. Sie hätte einiges rufen können, etwas wie »Mann, Melitzky plus Winnefeld!«, das wäre nach der Verspätung angemessen gewesen. Aber sie verzichtete auf eine Begrüßung und fragte nur: »Und wenn wir erwischt werden? Habt ihr daran mal gedacht? Habt ihr einen Plan B? Noch mal von der anderen Seite anschleichen oder was?«

»Plan B? So was haben wir nicht!«, sagte Penelope und verdrehte die Augen. »Leute zu beobachten kann ja nicht so schwer sein. Wir haben überhaupt keinen Plan. Höchstens einen klitzekleinen Plan CG.«

»Und ein neues Fernglas«, sagte Johnny gequält. »Hat mir Inge neulich geschenkt. Das ist aus ihrer Asservatenkammer. Abteilung *Verweigerte Annahmen*. Irgendein zurückgegebenes Weihnachtsgeschenk.«

»Aus ihrer ... was? Na, egal, fürs Erste dürfte das genügen«, rief Soscha. »Oder, Edin?«

Edin, dem schon jetzt alles genügte, wusste nicht, warum sie ausgerechnet ihn als Experten befragte und ob sie ernsthaft an seiner Meinung interessiert war. Aber er nickte, das konnte er noch, das konnte er gut, Nicken war nicht Reden, Nicken war bewegtes Leisesein. Aber auch die anderen sagten nichts. Wie auf ein geheimes Kommando hin sahen jetzt alle nach oben, wo tatsächlich eine hauchdünne Mondsichel am Himmel hing, drohend wie ein verbogener Uhrzeiger, *Kommt schon*, schien der Zeiger zu rufen, *die Nacht nach Neulicht ist gleich vorbei, die Nacht der Nächte, na los*, schien der Zeiger zu rufen, *hopp, hopp, keine Wahrheit dieser Welt hat ewig Zeit.*

Da waren sie.

Sie standen im weißen Halbkreis in der Mitte der Wiese, zehn, zwanzig Leute oder mehr. Wer sie waren, konnte man aus der Ferne nicht erkennen, auch ihre Stimmen kamen nur als etwas Brummendes, Wehendes herüber, das ab und zu die Parkstille unterbrach. Sie hatten selber etwas Wehendes an sich, ihre weiße Kleidung lag nicht eng am Körper an, vielleicht waren es Umhänge oder Kittel, etwas Weitgeschnittenes jedenfalls, Genaueres war auf die Entfernung nicht zu sehen.

Doch in Wirklichkeit gab es nichts an ihnen, das wehte.

Es war das Licht, das auf ihnen flackerte, das Feuer von vielen Bambusfackeln, sicherlich ein Sonderposten aus dem Baumarkt, zwanzig zum Preis von zehn, und ganz bestimmt hatten diese Fackeln nichts Magisches an sich. Hinter den Weißgekleideten, auf einem mehrstufigen Sockel, stand Cornell Cornell und wirkte, als hätte er sich im Park geirrt. Sein Gesicht war zwar viel zu weit weg, um etwas über seinen gegenwärtigen Gemütszustand oder die Vollständigkeit seiner Nase auszusagen, aber seine marmorne Körperhaltung wirkte so, als wünschte er sich nichts sehnlicher als jemanden, der ihn jetzt unter Vortäuschung eines Notfalls anrufen und von hier wegholen würde.

»Wahnsinn!«, rief Lu Winnefeld, erschrak über ihre eigene Lautstärke und machte dann flüsternd weiter: Sieht irgendwie ... irgendwie nach ... Satanskult aus.«

Penelope Melitzky, die mit Lu und den anderen hinter Kornelkirschsträuchern hockte und eine Hand auf dem federweichen Rücken der Hühnergans liegen hatte, sagte: »Satan! Ausgerechnet in Kamp-Cornell! Und wen opfern die gerade? Etwa diesen ... diesen doppelten Cornell? Ziemlich hart zum Opfern, oder?«

»Sch!«, machte Edin. »Seid doch mal leise! Wir verstehen doch gar nichts.«

Und das stimmte.

Alles, was die sechseinhalb Halbverborgenen verstanden, war der Bach Esta, der einen knappen Meter vor ihnen, gleich hinter den Sträuchern, gurgelte und wisperte. Nur Johnny verstand noch etwas anderes. Er begriff, dass er das viele Weiß, das da vorn am Denkmal stand, nicht mehr lange aushalten konnte. Aber war das, was er da vorne sah, wirklich weiß? Und wer waren all diese Leute? Johnny blickte durch sein Fernglas, zählte vierundzwanzig Leute und sah sie größer werden, sah sie weißer werden, flackernder, er wollte nicht wissen, wen er da sah, er wollte nicht sehen, was er schon wusste, und –

»Los, schmeiß mal das Fernglas rüber«, flüsterte Lu, die neben Johnny hockte. Sie riss es ihm aus den Händen, ohne auf eine Antwort oder einen Fernglaswurf zu warten, sah hindurch und sagte nach einer kurzen Weile: »Oh Shit! Einen von denen hab ich damals im Haus gesehen, ihr wisst schon, nachts, ach, na klar, gar nichts wisst ihr. Ich hätte schwören können, dass es ein Nachthemd war. Aber die haben ja nur weite Hosen an, Leinen, wette ich, und ... was ist das? ... Shirts, Hemden, Blusen? Oje, und das Denkmal könnte mal wieder eine neue Nase gebrauchen. Und, hey, ist das nicht ...«

»Gib mal her«, flüsterte Edin.

»Aber klar, das ist dieser komische Arzt«, sagte Lu, »und das da, das ist doch die aus der Apotheke ... und, das kann doch nicht, das ist doch nicht ...?«

»Gib mal her«, flüsterte Edin.

»Ich glaube, die haben wir alle schon mal gesehen. Jeden von denen. Aber was machen die da bloß, was ... ey!«

Edin Melitzky hatte seiner Cousine das Fernglas in einem Anfall von Sekundenmut aus den Händen gerissen und schaute jetzt selber nach drüben zu dem leuchtenden Halbkreis, von dem so viel Finsternis ausging, so viel Ungesagtes, und konnte ein Herz überschwappen vor lauter Vorahnung? Ja, das konnte es. Das tat es gerade. Und Edin Melitzky fühlte in einem einzigen Augenblick all das Unheil, das von dem friedlich leuchtenden Bogen ausging, all den Kummer, der schon so lange von ihm ausgegangen sein musste und mit Sicherheit noch ausgehen würde, und wie schwer eine halbgare Vorahnung sein konnte, und –

Soscha.

Soscha, direkt neben ihm.

»Edin«, flüsterte sie, »was ist denn los mit dir? Was hast du gesehen?« Dann nahm sie ihm vorsichtig das Fernglas weg, hielt es an ihre Augen und ließ es fallen wie eine heiße Kartoffel.

»Oh Gott! Ich wusste es! Von wegen Weintrinken mit ihren Strickfreundinnen.«

»Hätte ich dir gleich sagen können«, kam es aus Lus Richtung. »Deine Oma ist auch dabei.«

Dann bahnte sich eine leicht piepsige Stimme ihren Weg durch die laue Nachtluft. Penelope Melitzky hatte immer noch ihre linke Hand auf dem Rücken der Hühnergans liegen, hielt ihr mit der rechten jetzt den Schnabel zu und sagte leise: »Ach, Cereopsis, sei froh, dass du bloß eine alte Gans bist. Menschen können so was von dämlich sein.«

Gabriella Melitzky nahm das weggeworfene Fernglas, sie konnte Soscha laut atmen hören, und ja, möglicherweise gab es Dinge, die man wirklich nur in klein sehen sollte, von einem weit entfernten Anderswo, und dann gab es noch Dinge, die man am besten überhaupt nicht sah, weiß gekleidete Menschen zum Beispiel, die sich an den Händen fassten und ihre Lippen bewegten, Menschen, die unter einer erbärmlichen Mondsichel zu tun hatten und eine unnütze Wahrheit präsentierten, denn – was nützte einem die schönste Wahrheit, wenn jemand ihren Ton abgestellt hatte?

Gabriella gefiel nicht, was sie durch Johnnys Fernglas in groß sah, weil dadurch auch etwas anderes wuchs, eine dunkle Ahnung, die sie seit Wochen hatte und für die sie im Chemielexikon und im Internet einen Beweis gesucht hatte. Sie hatte Artikel gelesen, hatte sich Videos angesehen und immer mehr begriffen, wie die Welt war.

Wie die Welt *auch* war.

Aber erst jetzt, in der Nacht nach Neulicht und auf dem

Tautropfenrasen des Dorfparks, erst jetzt verstand sie es wirklich. Und ohne ihre Augen vom Fernglas zu lösen, sagte sie zu den anderen: »Ich hasse das!«

»Was denn?«, fragte Soscha neben ihr. »Was du da siehst?«

Gabriella schwieg, erst nach einer Weile sagte sie leise: »Ich hasse es, wenn Leute vergiftet werden. Und die vergiften unseren Opa. Seit Monaten vergiften die unseren Opa. Jeden Tag ein bisschen. Und ich glaube, die nehmen ...«

Der Laut, den Johnny Melitzky von sich gab, war so schmerzerfüllt, als wären ihm gerade drei Finger und ein halbes Ohr abgesägt worden. »Scheiße, bist du dumm?«, flüsterte Penelope und streichelte die Gans, die sich vor Schreck aufgeplustert hatte. »Nimm doch lieber gleich ein Mikro, falls dich noch nicht alle gehört haben!«

Und falls tatsächlich noch nicht alle Weißgekleideten drüben am Denkmal auf ihn aufmerksam geworden waren, dann würde Johnny Melitzky das jetzt ändern, er brauchte vierundzwanzig mal sieben weiße Berührungen, vierundzwanzig mal sieben Sicherheiten, dass niemand vergiftet wurde und auch hier unterm Mond keine Katastrophe passierte.

Johnny riss Gabriella das Fernglas aus den Händen und erhob sich, rannte los, durchquerte laut platschend den Bach Esta, eine Sekunde später sprang Lu Winnefeld ebenfalls auf, rief in dieser Nacht schon zum zweiten Mal »Mann, Melitzky!«, aber wesentlich verärgerter als vorhin, und preschte dann hinter Johnny her, und das Verrückte, das wirklich Erstaunliche war, dass keiner von denen, die sich da vor Cornell Cornell versammelt hatten, etwas davon mitbekam.

Zumindest einige Sekunden lang.

Ein paar Herzschläge nur.

Herz genug.

Johnny Melitzky!, hätte man in dieser Zeit rufen können, *Lu Winnefeld!*, hätte man sagen können, *jetzt hört gefälligst auf zu rennen und fangt lieber an zu schleichen, duckt euch, pirscht euch an, geht auf in der Finsternis, geht in die Dunkelheit über und haltet verflucht noch mal endlich eure Klappe!*

Und vielleicht wären sie dann stehen geblieben, erst Johnny, dann Lu, und vielleicht wäre Lu mit Johnny zusammengestoßen, weil er so unversehens angehalten hätte, dass für Bremslichter keine Zeit mehr gewesen wäre, aber sie wären still gewesen, das ist wichtig, sie hätten sich wortlos die Stirn gerieben und wären dann auf Zehenspitzen und mit eingezogenen Köpfen weiter in Richtung Denkmal gegangen, zwei, drei dunkle Schritte nur, zwei, drei Schritte Schweigen, und möglich, ja: absolut denkbar, dass sie dann doch noch, zusätzlich zu der stillen, weiß gekleideten Wahrheit, eine deutliche Tonspur bekommen hätten, die das nächtliche Treffen grob erklärt hätte und den Rest der Geschichte noch gratis dazu.

Aber Johnny ging es nicht um die Wahrheit.

Oder ihren Klang.

Alles, was ihn im Moment interessierte, war die Farbe Weiß.

Deshalb rannte er immer weiter und Lu blieb ihm auf den Fersen und brüllte ihm hinterher: »Bist du lebensmüde, Melitzky?«, womit sie vierundzwanzig zart mondbeschienen Gestalten mit zusätzlicher Fackelbeleuchtung nicht nur einen überzeugenden Grund lieferte, sich schlagartig umzudrehen, sondern ihnen gleich noch verriet, mit wem sie es hier zu mindestens fünfzig Prozent zu tun hatten.

Falls sie es nicht sowieso schon wussten.

Die, die hinter den Sträuchern zurückgeblieben waren, wussten hingegen vorübergehend überhaupt nichts mehr. Sie hatten vergessen, warum sie eigentlich hierhergekommen waren, zumal zu so nachtschlafender Stunde, in einen dermaßen ungemütlichen und gruseligen Park. Sie wussten nicht, warum ihr Herz auf einmal im Kopf schlug, warum es dort pulsierte und flammte, und sie hatten auch keine Ahnung, ob sie aus der Sache jemals wieder rauskommen würden, und wenn ja, in wie vielen Teilen pro Person.

Alle hielten den Atem an.

Viele.

Die Hühnergans nicht, im Gegenteil: Sie konnte endlich einmal wieder Luft holen, weil Penelope Melitzky vor Schreck ihren Schnabel losgelassen hatte. Aber auch die Hühnergans, die genau jetzt hätte losschnattern oder losgackern können, übte sich in Gänseschweigen und wartete, alle warteten auf das, was gleich geschehen würde, was aber so weit weg geschehen würde, so kleingeschrieben, dass sie es ohnehin nicht gesehen hätten.

Und was sie dann tatsächlich nicht sahen, das war, dass Johnny Melitzky keine einzige der vierundzwanzig weißen Gestalten berühren konnte, weil Lu Winnefeld ihn doch noch zu fassen kriegte, gerade so, hinten an der Kapuze. Sie konnten auch die Zeichnung der Gesichter nicht erkennen und den Zorn darin, das Erschrecken und das Wiedererkennen, und sie sahen auch nicht, dass es sieben dieser Gesichter mit der Angst zu tun bekamen, jener besonders unangenehmen Sorte, die mit Scham vermischt war und mit der Gewissheit, dass bald etwas enden würde.

Die, die hinter den Sträuchern zurückgeblieben waren, kriegten erst wieder etwas mit, als Johnny und Lu zu ihnen zurückgerannt kamen, Johnny an der wütenden Hand von Lu, Johnny mit der Verzweiflung derer, die ein Unglück ganz knapp nicht verhindern konnten. Johnny. Und Lu. Nachdem die beiden durch den Bach Esta gelaufen und dann mit nassen Füßen bei den anderen angekommen waren, rannten alle zusammen weiter, sogar die Gans watschelte im würdevollen Gänsemarsch die ganze Strecke mit.

Sie rannten quer durch den gespenstischen Park und dann durch den halben Ort, bis sie ein paar Meter vor Viktor Melitzkys überwältigend lichtlosem Haus anhielten und laut in die Nachtluft atmeten, das heißt: alle außer Lu, die sich das Atmen für später aufhob und mit letzter Kraft rief: »*Die* kommen nicht mehr, das wagen die nicht, und wenn doch, egal, solche Leute lassen wir nicht mehr ins Haus, kapiert? Die jagen wir gleich wieder weg, oh Gott, und wie komisch die geredet haben, ein paar Sachen haben wir ja noch gehört, also passt bloß auf, wenn ihr die noch mal im Dunkeln trefft, und ...«

Johnny war weitaus weniger gesprächig als seine Cousine.

Er wartete höflich ab, bis sie fertig war mit ihren wilden Ausführungen, aber er sah nicht ruhig dabei aus, sondern gehetzt. Und als Lu fertig war und alle, die ihr zugehört hatten, wieder gleichmäßig Luft holten und die Hühnergans mit einem ihrer kleinen schwarzen Füße auf Penelopes rechtem Turnschuh stand, sagte Johnny leise: »Ich hab's gehört. Also, ich meine: Ich weiß jetzt, ich weiß jetzt, ich ... weiß jetzt, was CG bedeutet. Es heißt *Cilliahs Gefährten*.«

10

Alles war anders.

Die Küche in Viktor Melitzkys Haus hatte sich seit dem Einzug der vier Familien deutlich verändert. Eine der Wände war mittlerweile in Alt-Zitrone, eine andere in Tundra gestrichen, gelb und hellgrau, eine Empfehlung aus der Quartalsausgabe von *Splendid Living Compact.* Man hätte aber auch sagen können: Die Wände waren teilweise in Hühnergans gestrichen, in Schnabelgelb und Federgrau, aber wer sagte so was schon?

An einer anderen Wand, die ihr verlebtes Weiß nicht hatte hergeben wollen, hingen ein *Pulp-Fiction*-Poster und ein eingerahmter Spruch, den Inge eigens für Johnny nachgestickt hatte: *Sorgen sind keine Probleme.* Drüben an der Stange mit den alten Küchengeräten hatte jemand einen großen Bund Chilischoten befestigt, und neben der alten Filterkaffeemaschine standen ein nagelneuer Mini-Kaffeeautomat, ein Smoothiemixer und ein Tontopf mit Koriander.

Was sich hingegen nicht geändert hatte, war der tropfende Wasserhahn über der Spüle. Dabei hatte er sich seit dem ersten Besuch von Andasch, dem einzigen Klempner von Kamp-Cornell, wochenlang vornehm zurückgehalten und war erst vor wenigen Tagen wieder in alte Gewohnheiten verfallen. Immerhin tropfte er sehr viel langsamer als am Anfang, ungefähr wie jemand, aus dem man jedes Wort herauskitzeln muss.

Wenn man jedoch die halbe Nacht wach gewesen war und

danach lange geschlafen hatte und trotzdem viel zu kurz, dann konnte einen jeder dieser herausgekitzelten Tropfen zur Verzweiflung bringen. Lu Winnefeld, die etwas auf ihrem Handy las und einen giftblauen Kaugummi frühstückte, stöhnte. Und ohne die anderen anzusehen, rief sie genervt: »Na, schönen Dank auch! Das war ja wieder klar. Tante Rosalie hat heimlich am Wasserhahn herumgeschraubt. Damit ihn jemand reparieren kommt.«

Johnny Melitzky, der seine Mutter normalerweise verteidigt hätte, sagte nichts dazu, denn auch er starrte, so wie alle anderen am Tisch, auf ein Handydisplay. Überall standen Müslischalen herum, die meisten noch halb voll, und vom Rand des Wasserhahns stürzte ein neuer Tropfen nach unten, Samstag, es war ein leuchtender, klarer Samstag, der Mittag nach der Nacht nach Neulicht, und alle, die am Tisch saßen, hatten sie im Netz gefunden: *Cilliahs Gefährten*.

Leuchtend war deshalb noch lange nichts.

Geschweige denn klar.

Es gab nur einen einzigen Eintrag zu Cilliahs ungeahnter Bande, der Penelope und die anderen auf eine weiß gekleidete Internetseite geführt hatte. Sie gehörte zum *Zentrum für spirituelle Lebenskunst* und war voll von fotografiertem Lächeln und fotografierten Verrenkungen, von Geheimnissen glücklicher Menschen und von verlorenen und wiedergefundenen Mitten.

In der alten Küche von Viktor Melitzky lächelte hingegen niemand, alle am Tisch waren unbeeindruckt, unerleuchtet, und Penelope zeigte auf eines der Fotos und sagte: »Kein Wunder, dass man keine weißen Leinenhosen mehr bestellen kann. Die kaufen die alle weg.«

»Na, Gott sei Dank!«, rief Lu. »Will ich mir gar nicht vorstellen: du in so einer Hose. Das würde bestimmt wahnsinnig omamäßig aussehen.«

»Musst du immer gleich so doof sein?«, fragte Penelope, und zumindest sie selbst kannte die Antwort längst, denn ja, Lu Winnefeld musste immer gleich so doof sein.

»Hört doch mal auf«, sagte Edin. »Schaut euch lieber an, was die schreiben. Der spirituelle Lehrer heißt ... Ghuka. Komisch, der sieht eher aus wie ...«

»Kreissparkasse Nord«, rief Gabriella. »Obwohl. Eigentlich ist der zu alt dafür. Und die Haare sind zu lang. Irgendwie dachte ich auch, der Chef ist Cilliah, na, oder die Chefin.«

»Ja, und hier«, sagte Johnny, ohne ein besonderes Interesse für Kreissparkassen, Chefinnen und lange Haare zu zeigen. Dann las er wahllos irgendwelche Zeilen vor, las *Energetische Reinigung* und *Online-Events und Kurse*, las *Fußbäder gegen Schlafstörungen* und *Jeder ist seines Glückes Dings*, las *Alternative für Sinnsuchende*.

»Alternative für?«, fragte Lu Winnefeld und ließ eine giftblaue Kaugummiblase so verächtlich platzen, dass sie ihr wie ein luftloses Gespenst im unteren Gesichtsbereich klebte. »Leute, ich krieg jetzt schon zu viel. Und dann noch diese Fußbäder. Ich versteh auch nicht, was unser Opa damit zu tun hat. Und was ist jetzt mit diesem Cilliah-Typen?«

»Ja, das ist komisch«, sagte Edin und sprach nun wieder besonders leise. Vielleicht kam es ihm aber auch nur so vor, denn keiner am Tisch fragte noch mal nach oder überhörte ihn, deshalb machte Edin weiter: »Und das Komischste«, machte Edin weiter, »das Komischste ist doch, dass sie *Cilliahs Gefährten* wie aus Versehen auf ihre Website geschrieben haben, das kommt nur an dieser einen Stelle vor, *Geschichte des Zentrums*, bestimmt hat jemand was falsch gemacht.«

»Hmh«, machte Penelope. »Oder er *wollte*, dass das da steht. Weil es so geheim ist, dass er's nicht aushalten kann. Der konnte sich den Cilliah nicht verkneifen.«

Aber niemand sagte etwas dazu. Keiner sagte irgendetwas. Alle schwiegen jetzt. Und bestimmt war es besser so, denn sie kamen ja ohnehin nicht weiter, keinen Zentimeter, kein Wort. Das Rätsel war noch rätselhafter geworden, auch ohne Gabriellas beunruhigende Vermutung. Über das Gift hatten sie noch in der Nacht gesprochen, das Gift, das doch gar keines war, denn man bekam es in fast jedem Supermarkt in handelsüblichen Flaschen zu fünf Litern und musste dafür noch nicht einmal Arzt sein.

Oder Apothekerin.

Gabriella hatte alle möglichen Artikel gelesen; sie hatte von Leuten erzählt, die ihren Ehemännern oder Ehefrauen das Zeug monatelang ins Essen gemischt hatten, dazu noch Schmerz- und Schlafmittel für die Benommenheit, dazu noch ein bisschen *How are you today?*, und allen war es so wie Viktor Melitzky ergangen, in Wisconsin zum Beispiel oder in Massachusetts: Durchfall und Erbrechen und Schwindel und sonst was. Allgemeine Abwesenheit, fünf Welten weiter sein. Manchmal der Tod. Nur – hätte Gabriella irgendetwas davon beweisen können?

Hätte sie wenigstens *einmal* etwas verhindern können?

Oder wenigstens beenden?

Johnny fing jetzt wieder an, in seiner Müslischale zu rühren. Aber er sortierte nur, verteilte kleine Haferhäufchen in der Schüssel und richtete sie in einer Ordnung aus, die nur ihm selbst etwas sagte. Dafür fing Gabriella jetzt wieder zu essen an, goss Milch über den mittlerweile halb trockenen Brei, schaufelte sich das Müsli gleichgültig in den Mund.

Der Wasserhahn über der Spüle spuckte einen neuen Tropfen und Penelope Melitzky gab ein paar müde Worte her: »Also na ja, ich finde schon, dass wir es ihnen sagen müssen. Wetten, die haben keine Ahnung? Gar nichts wissen die. Am Ende haben die noch nicht mal die CGs gefunden. Mama auf alle Fälle nicht.«

Währenddessen fuhr Penelope, deren Türkis schon monate- und zentimeterlang aus den Haaren herausgewachsen war, mit dem Daumennagel die Zeichen entlang, die in den alten Küchentisch geritzt waren, Buchstaben, die alle kein C waren, alle kein G, nicht annähernd. Vier Mütter waren in den Tisch geritzt, vier Tanten, vier Schwestern,

RM

AM

KM

BM

und Edin sagte: »Kann sein, ja, Mama hat nie irgendwas zu den CGs gesagt, und zum Rest sowieso nicht.«

»Aber warum«, fragte Johnny, der mit der aktuellen Anordnung seiner gleich großen Müslihäufchen beinahe zufrieden war, »warum wollten ... eure Mütter dann unbedingt hierher ziehen? Mama hat ja wenigstens einen Grund gehabt. Die wollte einfach mal wieder ans Ende der Welt.«

»Freunde, dann rufen wir sie eben«, sagte Lu. »Die sind doch alle irgendwo im Haus. Dann erzählen wir es eben.

Los, gleich jetzt. Wenn wir's jetzt nicht sagen, sagen wir's nie.«

»Ja, gute Idee.« Edin stand auf und ging als Erster zur Tür, die anderen folgten ihm, und Johnny, der die letzten Stunden nur irgendein Melitzky war, ohne groß aufzufallen, wurde jetzt wieder zu Johnny Melitzky und bewegte sich seltsam marionettisch nach draußen.

Und nie, kein einziges Mal in der Geschichte des deutschen Schlagers, hatte jemand so harmonisch dieses eine Wort in die Welt gebrüllt wie jetzt im alten Treppenhaus von Viktor Melitzky. Zwei leicht piepsige Stimmen, eine Stimme, die normalerweise leise war, eine kaugummidurchzogene und eine sorgenvolle Stimme taten sich zusammen zu *einer* Stimme, *einem* Wort, »Ma-maa!«, tönte es durch den Eingangsbereich und die Treppen hoch in den ersten und zweiten Stock, und nach und nach, in schwer zu ertragender Allmählichkeit, tauchten alle auf: Rosalie Melitzky mit Handtüchern und Bettwäsche im Arm und Bernadette Winnefeld im lindgrünen Geschäftskostüm, Ann Melitzky, die ein erstauntes, beinahe verärgertes Gesicht machte und schließlich Kalinka Melitzky, deren Augen gerötet waren von den Pappelpollen oder von der Traurigkeit, die sich wieder an sie erinnert hatte.

Zusammen gingen sie in die Küche: die vier, die mal jünger gewesen waren, und jene fünf, die erst später jünger gewesen sein würden, früh genug. Als alle am Tisch saßen, war es diesmal Rosalie, die sich mit den alten Initialen der vier Schwestern befasste und ihre Hand behutsam auf die Buchstabenpaare legte, so als könnte sie sich und Bernadette und Ann und Kalinka durch etwas so Zärtliches, so Schwesterliches wie das Berühren verwandter Anfangsbuchstaben vor *dem* bewahren, was sie sich gleich würden anhören müssen, nein.

Nein.

Laut waren sie nie gewesen.

Das Lauteste, das sie damals hier getan hatten, das sie jemals hier getan hatten, das war, ihre Namen ins Holz zu kerben. Sie hatten den anderen Buchstaben im Haus, von denen in jedem Jahr ein neues Paar dazugekommen war, etwas entgegensetzen wollen: RM, BM, AM und KM gegen ein erbärmliches CG, gegen einen Haufen erbärmlicher CGs, die von Ernstina und Viktor Melitzky noch viel kleiner geredet wurden, als sie im Vergleich zur Wandgröße ohnehin schon waren.

Rosalies Eltern hatten all die Jahre so getan, als hätten die Lettern nichts zu bedeuten und als wären sie jedes Mal nur durch einen schwer zu erklärenden Zufall im Haus gelandet, durch reinen Vandalismus oder versehentliches Signieren argloser Wände.

Bis zu ihrem frühen Auszug hatte Rosalie einundzwanzig Buchstabenpaare gezählt, auch wenn sie heute nicht mehr wusste, wo sich die meisten davon befunden hatten, sie konnte sich höchstens noch an die CGs im *ungenutzten Zimmer* erinnern. Aber sie waren das einzige Unerklärliche dieser Zeit gewesen, das sichtbar gewesen war, neben den Menschenansammlungen, die dem Haus zugemutet worden waren. Ansonsten hatte es nur Geräusche und Schweigen gegeben, nur Ahnungen und laut klopfende Herzen, und vielleicht würde Rosalie in diesem Leben niemals –

»Tante Rosalie.«

»Tante Rosalie?«

»Tante Rosalie!«

Rosalie Melitzky kam jetzt wieder in der Küche an, im heutigen Tag, und fragte: »Äh, Penelope, entschuldige – ja?«

»Gut, okay, dann fangen wir eben noch mal an.«

Wie zart manches begann.

Und wie wuchtig anderes.

Das hier begann wuchtig, das hier begann mit Wut und mit lindgrüner Ruhe sowie einem RTW 1789, Typ C, außerdem mit zwei Sanitätern, die sich beide noch an Rosalie und Kalinka erinnern konnten, was sicherlich kein Wunder war, denn auf Dörfern wie diesem kannte fast jeder fast jeden, sogar dann, wenn man eine Zeit lang verschollen war, selbst dann. Oder nein, das hier, das begann sogar *noch* früher, das begann an einem alten Holztisch in einer alten Küche, das fing mit vier erwachsenen Schwestern an, die still und einzeln waren und ihren Kindern zuhörten.

Penelope Melitzky war die erste, die sprach und von dem Treffen am Denkmal von Cornell Cornell erzählte, von den weggekauften weißen Leinenhosen und den Fackeln und davon, dass es keinen Ton und keine Untertitel gegeben hatte, keine Bildbeschreibung, keine Programmvorschau und erst recht keinen Doppelagenten, der ihnen anschließend alles hätte erklären können, wenigstens ansatzweise.

Sie erzählte von Christian Grabowski und von dem, was er ihnen auf seiner Terrasse beinahe nicht verraten hätte, sie sprach vom Arzt und der Apothekerin und der Denkmalpflegerin, die sie im Fackel- und im dünnen Mondschein am Denkmal gesehen hatten, sprach von den vielen CGs im Haus und von Cilliahs Gefährten, von energetischen Reinigungen und Fußbädern und von schwer durchschaubaren Lebenskünsten.

Niemand unterbrach Penelope: nicht ihre Schwester, die einen luftigen Menschbreit von ihr entfernt saß, nicht ihre Cousine und ihre Cousins und schon gar nicht die Erwachsenen. Denn die schüttelten höchstens ab und zu den Kopf oder schluckten ihre Kehlköpfe in Bewegung. Nur Kalinka wollte irgendwann wissen, was ihnen bitteschön einfiele, nachts in der Gegend herumzulaufen, wer ihnen das erlaubt habe, und Rosalie fragte, während sie mit dem Finger eine graublonde Haarsträhne zur Locke drehte: »Und was haben diese ... diese Leute mit diesem Haus zu tun oder mit unseren Eltern? Unser Vater hat noch nicht mal sein Horoskop gelesen. Wenn es zufällig mal im Radio kam, ist er jedes Mal rausgegangen, ziemlich übertrieben, wenn ihr mich fragt.«

Und in Wahrheit?

In Wahrheit hatten die Schwestern vom ersten Satz an alles verstanden, ohne auch nur irgendetwas davon zu begreifen. Sie hatten verstanden, dass von diesem Haus hier, dass *von diesem Leben hier* etwas ausgegangen war in all den Jahren und Jahrzehnten; dass es offenbar eine Verbindung gab zwischen diesem Haus und etwas Größerem, das nur nachts im Park stattfinden durfte.

Fragte sich nur, wo der Zusammenhang war zwischen dem Treffen im Park und jenem fern gelagerten Früher, das so bedrohlich gewesen war – und voller Menschen. Menschen, die nicht nach energetischer Reinigung ausgesehen hatten, bei einigen hatte man noch nicht einmal *irgendeine* Reinigung vermuten können. Und dann die Geräusche, woher kamen die? Und wer sorgte für die Angst in den trüben Augen von Viktor Melitzky? Friedliche Menschen, die nachts Leinenhosen trugen?

Sicher war nur, dass Gabriella für ein neues Gesprächsthema sorgte, hier in der alten Küche, am alten Tisch, der schon so viele bebende Hände verstanden, gestützt und wieder hergegeben hatte. Und auch jetzt, als Gabriella von den Fünf-Liter-Flaschen und von Massachusetts sprach, vom Durchfall und von Wisconsin, gaben vier Paar Hände ihr Zittern in das geäderte Holz, so lange, bis sich ein Paar Hände zu zwei Fäusten zusammenkauerte und faustaufwärts jemand brüllte: »Stopp! Aufhören! Was für ein Unsinn. Unser Vater hat Parasiten, das sieht doch jeder! Sonst hätten wir schließlich längst was getan. Wir hätten doch alle was getan! Was weißt du denn schon mit deinen vierzehn Jahren?«

»Anni«, flüsterte Rosalie. »Er hat um Hilfe gerufen. Er hat uns hierhergeholt. Und wir wollten's nicht kapieren. Vielleicht hätten wir ja wirklich längst etwas tun sollen. Sie ist dreizehn.«

Dann herrschte Stille. Es war eine unordentliche, grob gewebte Stille, und etwas Übles hatte sich darin verfangen. Niemand wagte es, daran zu zerren oder ein paar Knoten zu lösen, um dieses Üble zu befreien und dann fortzujagen. Edin saß gekrümmt auf seinem Stuhl, hielt sich die Hände vors Gesicht und atmete warm hinein. Lu klebte einen Kaugummiklumpen an die Unterseite der Tischplatte und drückte den Zeige- und den Mittelfinger so fest dagegen, dass Holz und Kaugummi ineinander übergingen, sie konnte es fühlen, und es fühlte sich gut an.

Johnny stand jetzt auf.

Nichts fühlte sich gut für ihn an, oder weiß.

Er atmete kurz durch, dann lief er mit großzügig bemessenen Schritten aus der Küche, Abgang Johnny Melitzky, Auftritt Rosalie Melitzky, »Berni«, rief sie, »sag mal, geht's noch? Bist du jetzt vollkommen übergeschnappt?« Die jüngste Tochter von Viktor Melitzky war außer sich.

Dabei war eigentlich alles wie immer – auf den ersten Blick. Bernadette Winnefeld hatte nur ihr Handy aus der Jackentasche ihres lindgrünen Geschäftskostüms gezogen, und das einzige Besondere an der Situation war, dass dieses Handy normalerweise längst vor ihr auf dem Tisch gelegen hätte.

Aber übergeschnappt?

Auch das, was Bernadette als Nächstes tat, hatten alle im Raum schon tausendmal gesehen. Sie starrte abwechselnd auf das Handydisplay und auf ihre nicht mehr frischen Ombre-Nägel, die Entscheidung schien ihr schwer zu fallen. Und jetzt war es Kalinka, die lauter wurde, sie rief: »Berni, verdammt! Hast du Gabriella eigentlich zugehört? Irgendwann reicht's auch mal. Immer geht es bei dir um deine beschissene Arbeit und deine blöden Videocalls! Schlimm genug, dass du das sogar beim Essen machst. Aber *jetzt* gehst du zu weit!«

Rosalie und Kalinka wurden immer ungehaltener und warfen Bernadette vor, pausenlos und sogar in den unpassendsten Momenten ihrer Arbeit nachzugehen, wo es doch genau jetzt galt, über Gabriellas Worte nachzudenken und gut zu überlegen, was man tun könnte – und ob überhaupt etwas, denn etwas waghalsig sei der Verdacht ja schon, ein bisschen wie Hollywood, ein bisschen wie Vorabendkrimi.

Je mehr die beiden Schwestern in Rage gerieten, desto ruhiger wurde Bernadette. Seelenruhig, schien es. Ruhig wie ein hoch konzentrierter Senior Consultant, der eine große Aufgabe hatte. Sie tippte auf dem Display herum, hielt sich das Handy ans Ohr, wartete eine kleine Weile und stellte sich dann überdeutlich und in altmodischer Ausführlichkeit vor, mit Nachnamen und Vornamen und allem. Dann strich sie sich mit der linken Hand eine Haarsträhne hinters andere Ohr und warf den Kopf passend zur Eleganz ihres Kostüms in den Nacken.

Rosalie war jetzt still. Ihrer Schwester Ann hatte es ohnehin längst die Sprache verschlagen. Lu starrte ihre fremdartige Mutter an, und Kalinka flüsterte kraftlos: »Was glaubst du eigentlich, wer du bist?« Und diese Frage wäre leicht zu beantworten gewesen. Bernadette Winnefeld war eine Geschäftsfrau, die gerade dabei war, einer Dreizehnjährigen zu glauben, auch wenn diese nicht ihre Tochter war, aber für den Anfang war es schon mal nicht schlecht. Bernadette Winnefeld war die, die dieser Dreizehnjährigen mehr glaubte, als es ihre drei Schwestern *zusammen* taten, und das war nicht nur für den Anfang, sondern auch für Viktor Melitzky alles andere als schlecht. Und vor allen Dingen war Bernadette Winnefeld die, die sich irgendwann räusperte und die dann wenig geschäftstüchtig in ihr Handy sprach: »Meinem alten Vater geht es nicht gut, der wird ständig bewusstlos, und zwischendurch atmet er so komisch. Wir brauchen auf der Stelle einen Krankenwagen.«

»Totale Mondfinsternis!«, rief Lu Winnefeld aufgeregt.

»Asservatenkammer«, sagte Johnny Melitzky.

»Himmelherrgottsakrament«, rief Inge, die rechtmäßige Inhaberin von *Inge's Nagelstudio*, und wässerte ihre Worte mit einigen Speicheltröpfchen, die aber von der Dunkelheit sofort aufgesaugt wurden.

Dass mit Inge heute nicht viel los war, hatte Johnny schon vorhin gemerkt, als er mit Lu das Studio betreten hatte und die alte Nageldesignerin fast beleidigt war, weil Johnny heute keine weißen Buchstaben hatte berühren müssen. Er wusste ja selber nicht, wieso. Wie sollte er es dann auch noch *anderen* erklären, warum er manches Mal, mit der Seltenheit von Mondfinsternissen, immun war gegen siebenmal Weiß, gegen alles Weiß dieser Welt, so sehr, dass er es schlichtweg nicht brauchte?

Die Stimmung war auch dann nicht besser geworden, als Lu, die Johnny unbedingt hatte begleiten wollten, zu reden anfing. Sie war mit der schmierigen Glastür ins Haus gefallen und hatte gesagt, was zu sagen war, hatte gleich losgeredet, ohne sich vorher bei Inge vorzustellen, und alles wiederholt, was auch schon Penelope neulich am Frühstückstisch erzählt hatte: Grabowski, Cilliah, Ghuka. Fremde Leinenhosen im Mondschein. Vertraute Gesichter im Baumarkt-Fackelschein. Sie redete und redete und war noch lange nicht bei den Fragen angekommen, die eigentlich der Grund dafür gewesen waren, dass sie Johnny heute begleitet hatte, und man konnte wirklich von Glück reden, dass Inge irgendwann mit dem ausgestreckten Arm in den hinteren Bereich des Nagelstudios zeigte und »Rein!« brüllte, und nein, vom Glück würde man erst später reden, das Glück war noch nicht an der Reihe.

Nun saßen sie also in der dunklen Asservatenkammer, und seit *Himmelherrgottsakrament* hatte keiner mehr ein Wort gesprochen. Minutenlang war lediglich ein- und ausgeatmet worden, ein- und ausgeschwiegen, und auch wenn man es nicht beweisen oder vergleichen konnte, war Inge die mit Abstand Wortloseste in der Runde, vielleicht war sie eingeschlafen oder hatte sich selbst hypnotisiert.

Aber dann sprach sie doch.

»Und wieso«, fragte sie leise, »kommt ihr damit ausgerechnet zu mir? Seh ich etwa aus, als würde ich mich mit Monden und Leinenhosen auskennen?«

»Wir sind hier, weil Sie ... weil du ... Sie ...«

Johnny unterbrach Lu.

»Wir sind hier, weil du, na ja, weil du mal von diesem Grabowski erzählt hast. Und von der vermurksten Bande. Ich habe zweimal versucht zu fragen, ist schon eine Weile her. Aber du kannst dich bestimmt nicht erinnern, du hast dir nämlich zweimal die Ohren zugehalten.«

»Verflixt noch mal: ja. Und genau das sollte ich auch jetzt wieder machen.«

Jedem, der mit ihr in der Asservatenkammer saß, wurde spätestens jetzt klar, dass bei Inge heute nicht viel zu holen war. Johnny wusste das, und Lu wusste es auch. Aber Johnny Melitzky, der sich normalerweise immer als Erster geschlagen gab, vor allem in den Kämpfen gegen sich selbst, Johnny Melitzky gab nicht auf. Diesmal nicht! Er schaffte es, Inge zum Reden zu bringen, indem er zwei harmlose Sätze flüsterte. Ungeheuer leise sagte Johnny: »Dieser Arzt und diese Apothekerin, die haben jetzt Hausverbot bei uns. Und unser Opa ist seit zwei Tagen und fünf Stunden im Krankenhaus.«

»Schluss jetzt«, rief Inge, machte das Licht an, machte es wieder aus. Möglicherweise war ihr kurz entfallen, was *Schluss* bedeutete, mag sein, dass eine Verwechslung mit einem freundlicheren Wort vorlag, einem Wort wie eine geöffnete Tür, aber so oder so: Was Inge *Schluss* nannte, war nichts als ein Anfang, und Inges Anfang wurde von einem melodischen, entschieden dramatischen Seufzen eingeläutet. Dann sagte die Nageldesignerin: »Hört mir mal zu, hört einfach zu. Ziemlich genau neunzehnhundertvierundachtzig. Da ... ging es los. Gott, ist das lange her. Hundertmal Aufgeben und Weitermachen, so lange. Damals waren schon jede Menge Aussteiger aus Indien zurückgekommen, seit Jahren schon und in roten Klamotten, ich meine: So was ist ja teuer, auch diese riesengroßen Tücher, und dann ständig nur rot oder orange, höchstens noch lila, Buntwäsche, nicht heißer als dreißig Grad, und ich habe mich damals schon gefragt, ob man die drei Farben zusammen waschen kann, na ja, so ungefähr war das damals.«

»Würde mir gefallen«, sagte Lu. »Und Hauptsache, die Klamotten sind nicht weiß, oder, Johnny?«

Inge antwortete für Johnny, sie sagte: »Und Hauptsache, das war deine letzte Beleidigung für heute, junge Dame! Mehr sind hier nicht erlaubt. So, wo war ich? Na ja, jedenfalls gab es damals viele Leute in Buntwäsche, im ganzen Land, sogar hier in der Gegend. Und ich sage das mit einem lachenden und einem entzündeten Auge.«

»Wie bitte?«

»Tja nun. Regenbogenhautentzündung. Seht ihr jetzt im Dunkeln nicht. Kann ich aber hier im Dunkeln gut fühlen.«

Inge verriet den beiden Gästen ihrer Finsternis nicht, dass

sie diese Entzündung schon seit Ewigkeiten nicht mehr hatte, seit *damals*, und dass der klebrige Schmerz erst seit Kurzem immer wiederkehrte, Iritis, ausgelöst durch Stress und akute Besorgnis, aber Inges Stress und ihre akuten Besorgnisse gingen hier niemanden etwas an, so wie auch die Tatsache, dass es keinem einzigen ihrer Augen in der letzten halben Stunde zum Lachen zumute gewesen war.

»Nun denn, wo waren wir stehen geblieben?«, fragte Inge. »Gut, gut, ja: bei denen, die damals aus Indien zurückgekommen sind. Und Buntwäsche hin oder her: Wenigstens hatten diese Leute ein paar Dinge gelernt: Lebe dein Leben, leb es als Ganzes. Geschnitten? Am Stück! Ja, so ungefähr. Sei frei. Aber tu gefälligst, was dein Guru dir sagt.«

»Und was hat der ... Guru so gesagt?«, fragte Johnny.

Lu, die gerne die letzte Frage hatte, schwieg.

»Das weiß *ich* doch nicht«, sagte Inge. »Ich war ja nicht in persona dabei. Aber man hat eben so einiges gehört. Pfeif auf alles, was da draußen lauert, und begegne dir selbst. Quasi wie im Umkleidespiegel der Damenboutique. Ist nicht immer schön, das könnt ihr mir glauben. Ach, dummes Gerede, das alles war jedenfalls ein bisschen viel *Ich* für meinen Geschmack, aber gut, jeder, wie er will. Die wollten, dass man meditiert und wild rumschreit, und na ja, und man musste sich nicht mehr umständlich merken, mit wem man zuletzt im Bett ...«

»Oh Gott, nein, hör auf!«, rief Johnny, und auch Lu machte mit, obwohl sie nach Inges Ermahnung noch eine Weile gekränkt schweigen wollte. Und es war im Dunkeln eigentlich nicht zu sehen, aber Johnny und Lu konnten fühlen, dass ihre Gesichter so rot wie die Kleidung zurückgekehrter Aussteiger waren. Inge, so viel stand fest, war ein paar Jahrzehnte zu alt für solche Sätze.

»Gut, wie auch immer«, sagte die Inhaberin des Nagelstudios. »Und in den Achtzigern sind dann viele nach Deutschland zurückgekommen und haben selber in solchen ... na, in solchen Zentren gelebt, und hier kommt jetzt Volker ins Spiel.«

»Volker?«

Es war Lu, die das fragte, Johnny musste sich noch von Inges letztem Satz erholen.

»Ja, Volker. Oder meinetwegen Ghuka. Ich finde, es geht beides. Wusstet ihr, dass das Sanskrit ist und *Eule* heißt?«

»Volker?«

Innerhalb weniger Sekunden hatte Lu diese Frage zum zweiten Mal gestellt – nicht, weil ihr der Name Volker besonders altindisch vorgekommen wäre, sondern nur weil sie sich immer noch über Inge ärgerte, die vorhin so unnötig streng zu ihr gewesen war.

Inge kümmerte sich nicht um Lu und sagte: »Die Eule ist der Vogel des Glücks und der Weisheit. Und des Verderbens, aber das nur unter uns Nageldesignerinnen. Den Namen hat sich Volker damals selber gegeben.«

»Aber die, die wir nachts am Denkmal gesehen haben, hatten nichts Rotes an«, warf Lu Winnefeld ein und meinte es diesmal ernst.

»Immer schön der Reihe nach. Volker fand diese Gruppen gut. Der war ja selber kurz in Indien gewesen. Aber es gab auch Sachen, die ihm nicht gepasst haben. Dem Guru in Indien haben zum Beispiel deutlich zu viele Autos gehört. Und überhaupt, Volker wollte etwas Eigenes gründen, drüben in

Theklamünd, keine Stunde von hier. Und der Verein, den er gegründet hat, der war dann wirklich ... eigen. Wie heißt das Ding jetzt? Immer noch Verein?«

»Interessengemeinschaft, glaube ich«, sagte Johnny. »Zentrum für spirituelle Lebenskunst. Fünfhundertzwölf aktive Mitglieder. Workshops und Seminare offen für alle. Um Spenden wird gebeten.«

»Liest du das etwa ab?«, fragte Lu und stöhnte.

»Ja, und zwar zufällig von meinem Gehirn«, sagte Johnny. »Das kann ich sogar im Dunkeln erkennen.«

»Gut, gut, gut«, rief Inge ungeduldig. »Und welches Wort kam am häufigsten vor? Auf dieser Internetseite, meine ich.«

»Glück!«, riefen Johnny und Lu, und hatte es in der Asservatenkammer jemals ein so lautes, je ein so entschiedenes Glück gegeben wie gerade eben? Mag sein. Aber kein Glück, das es je in diesen Raum geschafft hatte, konnte in seiner Lautstärke auch nur annähernd mit Inge mithalten, die jetzt »Hundert Punkte, aber ja, richtig!« brüllte und durch unsichtbare, aber heftige Bewegungen das Regal hinter sich zum Wackeln brachte.

»Volker wollte keinen Ashram, in dem man nach Sinn und Wahrheit und Selbstentfaltung suchte. Der wollte gleich, dass man das Glück suchte, dass man es sogar selbst erzeugte, jeder kann glücklich sein, auch du, Brutus! Ums Glück muss man sich selber kümmern, das bringt dir keiner vorbei. Glück, das ist harte Arbeit. Und keiner hat gemerkt, dass es im Grunde das Gleiche war. Das Gleiche wie bei den Rotgekleideten.«

»Auf jeden Fall klingt es auch nach ganz schön viel ... *Ich*«, sagte Lu. »Aber ich weiß nicht, na ja, Glück ist doch eigentlich was Gutes. Fände ich gar nicht schlecht, wenn ich mehr davon hätte.«

»Hab ich damals auch so gesehen«, sagte Inge. »Und prinzipiell ist gegen solche Gruppen ja auch überhaupt nichts einzuwenden. Anders hält man das Leben derzeit auch nicht aus. Guckt euch die Menschheit doch an. Guckt sie euch an da draußen. Da sind einige dabei, bei denen ein paar Nägel locker sind. Damals war das auch so, solche Zeiten gibt's ja immer. Und dann braucht man eben etwas, das einen davon ablenkt. Das einen auf andere Gedanken bringt. Auf andere Gefühle.«

Es wurde still in der Asservatenkammer.

In der Kammer der ungewollten Dinge.

Das Thema hatte Inge auf andere Gefühle gebracht.

Einatmen, ausatmen und schlucken, leise seufzen, ausatmen, mit den Zähnen knirschen. Stille. Dunkelheit. Das Knurren eines ungeklärten Magens. Stille. Gummisohle auf Linoleumboden. Ein leichtes Aneinanderreiben von Daumen und Zeigefinger. Stille, Fingerschnipsen, Dunkelheit. Zum Glück: Dunkelheit. Wie gut, dass es hier so viel davon gab. Denn manche Dinge ließen sich nun einmal nur im Dunkeln sagen, bei Licht würden sie zu Staub zerfallen wie Vampire.

Und deshalb, nur deshalb konnte Inge hier und jetzt auch weiterreden, konnte Sachen aussprechen, die über die Jahre und Jahrzehnte zu etwas kaum noch Sagbarem gewachsen waren, zu groß für jedes Herz. Inge winkte ab, obwohl es niemand sehen konnte. Aber in der Asservatenkammer roch es kurz nach dem Nagellackentferner, der vorhin auf Inges rechtes Handgelenk geschwappt war.

»Na ja«, sprach Inge in eine feine Acetonwolke hinein, »es war ja eigentlich nichts Besonderes. Wirklich nicht. Eine Handvoll fernöstliche Religion, etwas Esoterik und Spirituelles, dazu noch ein paar alte Philosophen. Volker ... Ghuka ... er hat also diesen Verein gegründet, wie gesagt, vierundachtzig war das, mit allein fünf Vereinsnamen im ersten Jahr, keiner war gut genug, und jeden einzelnen hab ich verdrängt, wartet kurz ...«

Wenn man gut hinhörte, wusste man, was Inge tat: Sie schob die Hand in ihre Schürzentasche und zog dann ein Taschentuch heraus. Nur *wofür* sie es benutzte und ob sie sich damit Schweißtropfen von der Stirn oder Tränen von den Wangen wischte, das hörte man nun gerade nicht.

»Wir sind da also hingefahren«, machte Inge weiter. »Ein paar aus Kamp-Cornell, eure Großeltern waren auch dabei, und dann noch Leute aus anderen Orten, alle sind zu Volker nach Hause gefahren. Gewohnt haben wir jedes Mal im Hotel in der Nähe, große Anlage, sicher asbestverseucht oder abgerissen, wie sollte es sonst sein?«

»Nein«, sagte Johnny. »Die haben das gekauft. Haben wir auf der Website gesehen. Dieses Hotel, das *ist* jetzt das spirituelle Zentrum. Aber warte mal. Dieser Cilliah. War das einer von denen?«

Inge dachte nach, wiederholte den Namen Cilliah dreioder viermal, schnaufte und sagte dann: »Ausschließen würde ich es nicht. Wenn ich mir's recht überlege, ja, könnte sein, dass da wirklich mal jemand Cilliah geheißen hat, es kommt mir fast so vor, ist ja schließlich auch kein Allerweltsname.

Nagelt mich aber nicht drauf fest. Und wenn, dann war er im nullten Kreis. So weit bin ich nie gekommen.«

»Stopp, stopp, stopp, stopp, stopp«, rief Lu. »Das haben wir doch schon mal gehört. Was soll das bloß sein: ein nullter Kreis? Und was ist dann der erste?«

Inge machte das Geräusch, das sie immer machte, wenn jemand zu oft *Stopp* sagte. Sie fauchte. Und wenn es auch kein vorschriftsmäßiges Fauchen war, keins aus der Datenbank verbreiteter Säugetierlaute, so kam es doch von Herzen oder wenigstens vom Gaumenzäpfchen in Inges empörtem Rachen.

Wie das R.

Und dort, mittig in der Rachenabteilung, machte die Nageldesignerin weiter und sagte: »Richtig verstanden hab ich's nie. Damals gab es drei Kreise, so war dieser Verein aufgebaut. Aus drei dämlichen Kreisen hat der bestanden. Im nullten Kreis waren nur die engsten Mitglieder, am Anfang alle aus Theklamünd. Für zugereiste Mitglieder wie uns aus Kamp-Cornell gab es zunächst nur den ersten Kreis, na ja, der war damals auch nicht schlecht, aber zur Elite hat man eben doch nicht gehört. Da konnte man nichts machen. Weniger Treffen, niedrigere Lernstufen, andere ... spirituelle Wachstumsschritte. Eine andere Prozessarbeit. Und dann gab es eben auch noch den zweiten Kreis, der war für Anwärter, die sich noch nicht ganz sicher waren. Also glaubt ihr's? Wenn ich mir jetzt selber zuhöre, klingt das alles nur noch blödsinnig.«

Johnny und Lu meldeten sich kurz zu Wort. Und nachdem Johnny »Na ja, blödsinnig, also nein, das klingt irgendwie zu hart« gesagt hatte, rief Lu: »Das klingt irgendwie zu hart, na ja, blödsinnig, also nein.«

»Wieso redet ihr denn so komisch?«, fragte Inge. »Aber egal! Damals war das eben alles neu. Und man hat sich wohlgefühlt. Alle haben einen ernst genommen, man hat dazugehört. Das war ja lange vor den ... vor diesen Glücksratgebern, na, und meinetwegen auch vor diesen Videos und den Glücksshows in hässlichen Stadthallen, also noch vor dem ganzen Zeug, vor dem man sich heute nicht mehr retten kann. Volkers Glück hat mir anfangs gutgetan. Ghukas Glück. Man konnte endlich einmal aufatmen. Für mich war das eine richtige ... eine richtige Erleuchterung.«

Nachdem sie das gesagt hatte, stand Inge im Dunkeln von ihrem Stuhl auf. Sie schien in einem der Asservatenkartons zu wühlen, stieß einen leisen Pfiff aus, so als hätte sie etwas schnell Gesuchtes angemessen schnell gefunden, und drückte Johnny und Lu, deren Position sie ohne Licht nur ahnen konnte, ein gefundenes Etwas in die Hände.

»Hier«, sagte Inge. »Geschenke für euch. Keine Ahnung, was es ist, aber es wird schon das Richtige sein. Ich komme jetzt an den Punkt, an dem ich wahnsinnig müde werde. Und etwas traurig. Kraft hab ich nur noch für eine einzige Frage, also überlegt sie euch gut. Nach der Antwort müsst ihr erst mal gehen. Was wollt ihr wissen?«

Eine einzige Frage von fünf Millionen Fragen.

Eine einzige Frage war nicht viel.

Eine einzige Frage lohnte sich gar nicht.

Und doch entsprach sie exakt der Anzahl an Fragen, die Johnny Melitzky momentan hatte. Er hatte seine einzige Frage anfangs nur wie einen leichten Bauchschmerz gespürt, aber mittlerweile hatte sie die Dringlichkeit einer Blinddarmentzündung. Und wenn er sie gestellt hätte, wenn ihm genug

Zeit dafür geblieben wäre, dann hätte er sagen können, dass ihm eine Sache nicht richtig klar geworden ist, denn: Wo lag denn das Problem? Alles klang doch harmlos und gut, und Glück allein war noch kein Problem, jedenfalls am Anfang nicht.

Glück ist noch kein Problem.

Aber bevor Johnny seine einzige Frage stellen konnte, bevor er überhaupt den Mund aufmachen konnte hier in Inges düsterer Kammer der ungewollten Dinge, da kam ihm seine Cousine Lu zuvor, die an diesem Ort im Grunde nichts verloren hatte und auch bestimmt nichts finden würde. Und Lu Winnefeld rief in einer Lautstärke und Geschwindigkeit, die die Frage zu etwas ungemein Wichtigem und wirklich Einzigartigem erhoben: »Also *ich* würde tatsächlich noch was wissen wollen. Kann mir mal jemand sagen, wo das Klo ist?«

11

Viktor Melitzky kam an einem Mittwoch zurück. Fast ein ganzer Monat war vergangen, seit ihn zwei Sanitäter leidenschaftslos abgeholt und in die Notaufnahme des Bruder-Leisner-Klinikums gebracht hatten, drüben in Wellach, nicht mal zehn Kilometer von Kamp-Cornell entfernt.

Es war reines Glück, dass ihn die Sanitäter überhaupt mitgenommen hatten, denn ihnen war schnell klar geworden, dass sie es keineswegs mit einem abwechselnd röchelnden und bewusstlosen Patienten zu tun hatten. Immerhin hatten sie eingesehen, dass der bleiche alte Mann trotzdem nicht das blühende Leben war. Sie hatten erkannt, wie welk und entkräftet er war, wie abgelegt auf seinem durchgelegenen Bett.

Wie abgelegen.

Aber ihn deshalb gleich mitnehmen?

Wozu gab es denn Hausärzte?

Das bloße Wort *Hausärzte* hatte allerdings ausgereicht, um Kalinka und Rosalie in Aufruhr zu versetzen. Und wären die beiden hektischen Schwestern den Sanitätern nicht noch aus längst vergangenen Wodka-Kirsch-Zeiten bekannt gewesen, dann hätten sie den bei vollem Bewusstsein gleichmäßig atmenden Viktor Melitzky im Haus gelassen, damals, an diesem Samstagmittag vor einem Monat, ein paar Stunden vor dem Licht nach dem Licht nach Neulicht.

Als die Sanitäter Viktor Melitzky dann endlich doch noch in den Krankenwagen gebracht hatten, stieg nur Rosalie mit ein, und um ein Haar hätte die Fahrgemeinschaft das aufdringliche Pflegeteam verpasst, das im Anmarsch war und wie üblich aus dem Arzt Fedor Ehlentrup und der Apothekerin Linde Fester bestanden hatte und an jenem Tag auch noch aus einer ganz anderen Pflegerin, die eigentlich für krankheitsresistente Denkmäler zuständig war, aber Hauptsache Pflege, Hauptsache Zuständigkeit, alles andere musste man nicht so genau nehmen.

Und da gingen sie.

Alle nicht mehr die Jüngsten.

Kaum noch die Schnellsten.

Die drei hatten den Krankenwagen, der sich langsam an ihnen vorbeiarbeitete, sofort begriffen und waren trotzdem mit rot getupften Gesichtern auf das gelb getupfte Haus zumarschiert, in dem ihnen ihr Patient Viktor Melitzky vorerst nicht mehr zur Verfügung stand.

Weit kamen sie nicht.

Denn Kalinka, die mit dem Großteil der Familie noch draußen war, stellte sich mit ausgebreiteten Flugarmen vor die Eingangstür und wurde kurz darauf von ihrer Schwester Bernadette unterstützt, auch wenn diese in ihrem schlank geschnittenen Geschäftskostüm allenfalls die Arme kraftvoll in die Hüften stemmen konnte, aber immerhin.

Schließlich gesellte sich auch noch Ann zu ihnen, positionierte sich aber ein paar Zentimeter abseits, sodass es aussah, als würde sie kurz entschlossen auf ein Taxi warten, was in einem Ort wie Kamp-Cornell blanker Unsinn war. Denn ein Taxi musste man hier mindestens drei Tage vorher bestellen, und auch dann konnte man nicht wissen, ob es auch wirklich kam.

Aber es hatte gereicht. Drei Schwestern hatten ausgereicht, um drei andere Menschen einzig mit der Kraft ihrer finsteren, ahnenden Blicke zu verjagen, ziemlich spät nach all den Monaten, aber besser spät als noch später.

Endlich mal den Mut aufmachen.

Sich vor eine Tür stellen.

Eine Schwester sein, eine Tochter.

Unterdessen war der Krankenwagen mit seiner kostbaren Fracht immer kleiner geworden und in der kornelkirschgrünen Ferne nur noch als orangeroter Fleck zu sehen, an jenem Nachmittag vor gut vier Wochen. Keines der Herzen war leicht gewesen oder hatte in einem von Kardiologen empfohlenen Tempo geschlagen. Aber von allen, die noch draußen waren – und es waren exakt sechs Melitzkys und zwei Winnefelds –, von allen Zurückgelassenen konnte einzig Gabriella das quälende Geräusch hören, das mit dem Krankenwagen davongefahren war: jene achselzuckende Stille, die von einer Sirene ausging, wenn man sie gar nicht erst angestellt hatte.

Es gibt in allen Geschichten ein Schweigen.

Und manchmal jemanden, der zurückkommt.

Viktor Melitzky war jemand, der zurückgekommen war. In den Wochen im Krankenhaus hatte er regelmäßig Besuch bekommen, wohlgemerkt: nicht von allen aus der Familie. Einige waren dem Bruder-Leisner-Klinikum in Wellach mutwillig ferngeblieben. Aber was sollte man machen, wenn man den Krankenhausgeruch nicht ertragen konnte und das bedrohlich fade Muster auf den rückenfreien Nachthemden?

Außerdem reichte ja auch schon das, was man in der Abwesenheit von Viktor Melitzky mitbekam, in seinem alten Haus, das sein nächtliches Knacken und Hämmern, sein Poltern und Scheppern noch immer nicht aufgegeben hatte.

Es reichte das, was im Haus nicht gesagt wurde.

Es reichte die Katastrophe, die ausgeblieben war.

Und wie sonst konnte man dieses Ausbleiben erklären als damit, dass offenbar auch das Gift ausgeblieben war, zumindest in den Gesprächen, die Rosalie und später Kalinka und einmal auch Ann mit den Ärzten im Krankenhaus geführt hatten? Rosalie hatte höchstens, wie sie später in der Küche erzählte, die Darmparasiten erwähnt, die Lamblien, die sich nach hinten raus dermaßen schlecht aussprechen ließen, dass man sie schon deshalb nicht bei sich im Bauch haben wollte.

Aber Viktor Melitzkys Lamblien mussten sich gut versteckt haben. Keiner hatte sie finden können. Und weil Gabriellas wilde Theorien nicht an die Ärzte weitergegeben worden waren, war das Blut des alten Mannes offenbar auch auf kein Gift dieser Welt untersucht worden, nicht mal auf frei erhältliches Fünf-Liter-Gift aus dem Supermarkt.

Viktor Melitzkys großes Blutbild und sein kleiner, schwächlicher Allgemeinzustand waren trotzdem alarmierend genug gewesen, um ihm für beachtliche vier Wochen ein Krankenhausbett und ein paar gemusterte Nachthemden zu bescheren, und warum zum Teufel hatten die vier Schwestern nichts gesagt? Aus Angst, dass es stimmte? Aus Angst, dass es *nicht* stimmte? Oder aus Scham, weil man es versehentlich zugelassen hatte?

Niemand im Haus sprach darüber, und auch jetzt, da sich

Viktor Melitzky wieder oben in seinem alten Schlafzimmer aufhielt, in dem seit zwanzig Jahren genau ein Mensch fehlte, auch jetzt waren alle Gespräche giftfreie Zonen. Sogar Gabriella hatte nicht mehr über ihren einstigen Verdacht gesprochen. Auch das Krankenzimmer im Erdgeschoss schwieg von allem, das es in den letzten Monaten gesehen und gehört hatte. Und auch wenn es sich seit Rosalie Melitzkys Verschönerungsaktion beim Einzug nicht gerade zu einer Perle der Inneneinrichtung entwickelt hatte, so sah es mittlerweile wieder beinahe so aus, wie es einmal gemeint gewesen sein musste vor Jahren und Jahrzehnten.

Rosalie und der Klempner Andasch hatten die meisten Möbel zu Edin auf den Dachboden oder in Rosalies und Johnnys Zimmer gebracht und einige der alten Wohnzimmermöbel von Viktor Melitzky nach unten getragen, nur bei dem großen Tisch aus unbehandelter Buche und dem durchgesessenen Samtsofa hatten sie Hilfe von Edin gehabt.

Und auch die Wandgestaltung hatte sich verändert. Die Schilder mit den Aufschriften *Heute ist Kuschelwetter* und *Hello Sunshine!* waren durch je eine dramatische Flusslandschaft ersetzt worden, während die *Chaoskönigin* und der Ausruf *Never give up!* an den Wänden verblieben waren, und alles passte auffallend gut zusammen, sogar die Ränder der getrockneten Klempnertränen fügten sich hervorragend in die wilden Flusslandschaften ein und lagen als Flusswassertropfen malerisch auf den Gemälden.

Trotzdem fehlte etwas in diesem Wohnzimmer.

Viktor Melitzky fehlte in diesem Wohnzimmer.

Der alte Mann hatte, seit er wieder zu Hause war, nicht ein einziges Wort gesagt. Aber er schwieg jetzt viel deutlicher als vor ein paar Wochen noch, er war, wenn man so wollte, wieder bei Sinnen. Und wach. Ein einwandfreier Bewohner von Kamp-Cornell. Seit seiner Rückkehr saß er oben im Schlafzimmer auf der Bettkante und starrte aus dem Fenster, das verhältnismäßig groß war und einen halben Meter über dem Boden anfing – und das die Welt für ihn auffing. Wenigstens das rechteckige Stückchen Welt, das er sich selbst zugeteilt hatte.

Wie in der Zeit vor seinem Krankenhausaufenthalt war Viktor Melitzky anderswo, mit dem kleinen Unterschied, dass es jetzt eben das Erdgeschoss seines Hauses war, in dem er nicht mehr vorkam.

Und vielleicht hätte es niemand im Haus benennen können oder zugeben wollen. Mit Sicherheit hätte es auch gar keine Worte dafür gegeben oder einen bestimmten Gesichtsausdruck oder einen Anlass, die Sache anzusprechen. Aber alle hier ahnten es.

Alle hier ahnten, dass sie nicht nach Kamp-Cornell gezogen waren, um den alten Viktor Melitzky zu retten. Denn wenn es so gewesen wäre, hätten sie jetzt wieder wegziehen können, nach verrichteter Wiederherstellung des alten Mannes. Aber sie taten es nicht, und es gab niemanden im Haus, der eine solche Möglichkeit ansprach. Dass sie hier sein mussten, dass sie immer noch hier ausharrten, hatte einen anderen Grund.

Wenn sie ihn nur gekannt hätten.

Die Tage kamen, gingen, ließen nichts von sich zurück.

Tage und Tage.

Einer nach dem anderen.

Immer wieder saß jemand aus der Familie bei Viktor Melitzky und suchte sich einen kleinen Platz in den Stunden des alten Mannes, meistens Rosalie oder Kalinka, ab und zu Ann, selten Bernadette, und es war schon beinahe Juli, höchste Zeit für die dörflichen Kornelkirschen, endlich mal ein wenig Farbe abzukommen. Aber man konnte froh sein, dass sie sich überhaupt mal zeigten, nach all den Blüten- und Blättermonaten, auch wenn sie immer noch grün waren.

Aus der Enkel-Abteilung war Johnny derjenige, der am regelmäßigsten zu Viktor Melitzky kam, eigentlich genau wie früher. Und genau wie früher, also vor Kurzem noch, legte er seinem Großvater siebenmal die Hand aufs weiße Haar, oft, nicht immer. Zum Glück nicht immer. Und Viktor Melitzky ließ es starrend geschehen und hielt seinem schwer zu ergründenden Enkel sogar ab und zu vorsorglich den Kopf hin. Schließlich war Johnny der Einzige, der ihn beim Schweigen unterstützte, und das war etwas, das man von seinen drei Cousinen und seinem Cousin ganz und gar nicht behaupten konnte.

Wenn Penelope bei ihrem Großvater war, starrte sie wie er aus dem Fenster, konnte aber den Mund dabei nicht halten. »Da, schau doch, guck doch mal«, sagte sie dann zum Beispiel, »die australische Hühnergans, die sieht direkt zu uns hoch!«, oder: »Das da unten, ist das nicht dieser dumme Fleischer, der mich mit seinen dummen Hühnerköpfen erschrecken wollte?«, oder sie sagte: »Warum laufen da draußen immer so viele von diesen komischen Nachbarn rum, das ist doch keine Durchgangsstraße hier«, und einmal sagte sie sogar leise: »Eigentlich waren Gabriella und ich mal zu dritt.«

Wenn Gabriella bei ihrem Großvater war, sagte sie zum Beispiel: »Die haben die Küche neu gestrichen, in Banane und Taiga, glaube ich«, oder: »Osmium ist das schwerste chemische Element und hat die Ordnungszahl sechsundsiebzig«, oder sie fragte: »Warum gibt es eigentlich keinen Strom im *ungenutzten Zimmer*, hat das irgendeine Bedeutung, und wird das jetzt für immer so sein?«, und einmal sagte sie sogar leise: »Eigentlich waren Penelope und ich mal zu dritt.«

Wenn Lu bei ihrem Großvater war, was selten vorkam, dann erzählte sie ihm erst lange nichts, um später alles Nichtgesagte doch noch loszuwerden, und zwar dermaßen gehetzt, dass nur noch Wörter wie *Anarcho* oder *Punk*, *Kaff* oder *Nagelstudio* und selten auch *sterbenslangweilig* herauszuhören waren, und einmal sagte sie sogar laut: »Du hast sie doch auch mal gekannt, ihr seid doch irgendwie verwandt miteinander, sie ist ja angeblich deine Tochter, also: War sie schon immer so, oder war sie auch mal zu Hause? Und warum musste sie mich ausgerechnet Ludovica nennen? Hast *du* ihr den Namen beigebracht?«

Viktor Melitzky sagte nichts zu alledem.

Man konnte noch nicht einmal behaupten, dass er nur auf seinem Bett saß und zuhörte, denn – hörte er denn zu? Wenig deutete darauf hin. Er sah seine Besucher ja nicht an, wenn sie auf ihn einredeten, sondern starrte pausenlos aus dem Fenster. Nur in wenigen Augenblicken regte sich etwas auf seinem Gesicht oder in seinen Händen, etwa dann, wenn neben ihm von einer Enkelin die Rede war, die er nicht kannte, und wenn Penelope oder Gabriella dann lydiabreit von ihm wegrückten. In solchen Momenten bewegte er fast unmerklich seine Finger, ließ sie scheue Flugversuche machen, winkte seinen Oberschenkeln zu. Aber dann benutzte er keinen dieser Finger, um tröstend über einen verwandten Unterarm zu streichen, und auch sein Mund, der in milden Wellen bebte, gab seinen Trost am Ende doch nicht her.

Viktor Melitzky saß nur da.

Und obwohl er die Schultern hängen ließ und den Anflug eines Buckels hatte, konnte man deutlich erkennen, wie groß er war, ja, wie groß überhaupt jeder Mensch war, wenn er endlich nicht mehr im Bett liegen musste. Viktor Melitzky hatte sein Ableben doch nicht in Anspruch genommen und mischte jetzt wieder mit im menschlichen Leben, oder anders: Er *hätte* jetzt wieder im menschlichen Leben mitmischen können, mit Leichtigkeit sogar, denn Kraft genug war da, Zeit genug, sogar er selbst war da.

Aber alles, was von einem tatkräftigen Mitwirken an diesem Leben zeugte, war, dass Viktor Melitzky nicht mehr die ganze Zeit schlief und neuerdings wieder normale Kost zu sich nahm, in winzigen, aber nahrhaften Seniorenportionen. Er war, so schien es, ein gewöhnlicher alter Mann mit weißem Haar, das meistens ordentlich gekämmt war, es sei denn, sein Enkel Johnny war gerade zu Besuch.

Wenn hingegen Edin bei seinem Großvater saß, wurde der Frisur von Viktor Melitzky kein Haar gekrümmt. Haare waren Edin ohnehin egal, nur Ohren nicht, Ohren interessierten ihn, seit er vor Monaten das erste CG im Haus entdeckt und Soscha neben ihm gestanden hatte und alles noch offen war und auf Millionen andere Weisen hätte weitergehen können – und dann doch nur auf eine einzige Art weitergegangen war, aber so, dass immer noch keiner außer Viktor Melitzky wusste, worum es hier wirklich ging.

Und was das alte Haus hier mit den Weißgekleideten am Denkmal im Park zu tun hatte.

Johnny und Lu hatten Edin und den anderen von dem Gespräch im Nagelstudio erzählt, von den Leuten aus Kamp-Cornell, die Teil von diesem spirituellen Zentrum waren und ihr Glück selbst anbauten, aber ansonsten wusste man nichts, von Cilliah keine Spur, keine Spur von irgendwelchen Spuren. Wann immer Edin Melitzky bei seinem Großvater saß, erwähnte er deshalb die CGs, montierte sie in die Gespräche ein, bei denen er selbst sämtliche Sprechrollen innehatte, alle Seiten vertrat, und jedes Mal sagte er so etwas Ähnliches wie: »Ich glaube mittlerweile, es sind siebzehn CGs, mehr habe ich bis jetzt noch nicht gefunden«, und: »Tante Rosalie meint sogar, dass es einundzwanzig sind, keine Ahnung, wo sie das herhat.«

Und eigentlich hätte man denken können, dass Viktor Melitzky kein Wort davon verstanden hatte, weil alte Großvaterohren mit geräuscharmen Enkeln normalerweise nicht viel anfangen konnten. Aber dann, an einem besonders heißen Tag, änderte sich das kurz, für eine verschwitzte halbe Stunde nur. Die reichte aber vollends aus, um die lang verschollene Stimme von Viktor Melitzky überall im Haus erschallen und Rosalie, Kalinka und Gabriella besorgt ins Schlafzimmer stürmen zu lassen.

Auch diesmal hatte Edin seine beiden Sätze gesagt und sie mit siebzehn und mit einundzwanzig CGs bestückt, alles war wie immer gewesen, nur nicht die unerträgliche Hitze und die vier oder fünf altbekannten Bewohner von Kamp-Cornell, die an diesem Tag ausführlicher als sonst in der Nähe gewesen waren, in der Nähe jenes Hauses, in dessen Innerem sie Hausverbot hatten. Immer wieder hielt sich einer von ihnen, etwa der undurchsichtige Fleischersohn oder der Ortsvorsteher, den Zeigefinger an die verschlossenen Lippen und schaute dabei zu Viktor Melitzkys Schlafzimmerfenster hoch. Wäre es eine Filmszene gewesen, hätte sie wegen der Künstlichkeit der Darstellung unverzüglich wiederholt werden müssen, aber im echten Leben war ja vieles erlaubt. Und gewiss, der Zeigefinger hätte einiges bedeuten können – oder auch gar nichts. Denn es war ja möglich, dass die Männer bloß einen Juckreiz im äußeren Mundbereich verspürten oder dass sie diese Zeigefingergeste benötigten, um in Ruhe über das anstehende Abendessen nachzudenken.

Wusste man's?

Gar nichts wusste man.

Auch nicht, ob das, was jetzt passierte, am Anblick der Nachbarn lag oder an der entsetzlichen Hitze oder daran, dass Edin seine Sätze lauter als sonst gesagt hatte. Im Moment war das nicht herauszukriegen. Doch auf einmal erhob sich Viktor Melitzky von seinem Bett, stopfte sich das karierte Hemd in die Hose und richtete sich den Kragen. Anschließend räusperte er sich angestrengt, so als müsste er für seine Stimme auf einem alten Kofferradio die richtige Radiofrequenz suchen und als würde er immer einen halben Millimeter daneben landen. Doch der alte Mann gab die Suche abrupt auf und dröhnte dann, während er zu den lauernden Bewohnern von Kamp-Cornell hinuntersah, mit immer noch brüchiger Stimme: »Zum Kuckuck noch mal! Merkt ihr's denn gar nicht? Es sind neununddreißig CGs im Haus. Neun-unddrei-ßig!«

12

Inge, die Inhaberin von *Inge's Nagelstudio,* hatte ein besonderes Equipment für Hausbesuche: einen mobilen Nageldesign-Trolley, der an eines dieser Schubladenelemente erinnerte, die man unter den Schreibtisch rollen kann und in denen man trotzdem nie eine Büroklammer findet. Allerdings war Inges Schubladenelement nicht weiß oder schwarz oder anthrazit, sondern so pink wie ihre Schürze, außerdem hatte es einen Griff zum Ausziehen und einen großen Aufkleber, auf dem *Inges mobiles Nagelstudio* stand, ohne Apostroph.

Mit genau diesem Möbelstück hatte Inge vorhin vor Viktor Melitzkys Haustür gestanden, das erste Mal seit Jahrzehnten und ungern, äußerst ungern. Aber sie machte nun mal keine Ausnahmen, wenn es um Nageltermine ging. Kundschaft war Kundschaft, basta.

Als Inge den Namen ihrer neuen Kundin am Telefon gehört hatte, war er ihr zunächst nicht bekannt vorgekommen und es hatte sie auch keine düstere Vorahnung beschlichen. Erst als ihr die Adresse mitgeteilt worden war, hatte Inge verstanden, welchem unheilvollen Ort sie sich versehentlich verpflichtet hatte, doch zu spät, der Termin krallte sich in Inges Kalender fest, und die Nageldesignerin konnte und wollte ihn nicht von der Freitagsspalte lösen, denn wie gesagt, Kundschaft ist Kundschaft. Basta.

Und jetzt trug Inge eine pinkfarbene Staubschutzmaske,

die farblich auf ihre Schürze und ihre sterilen Handschuhe abgestimmt war, saß am alten Buchentisch in Viktor Melitzkys Wohnzimmer und begutachtete mit zusammengekniffenen Augen die rechte Hand von Bernadette Winnefeld. Die Geschäftsfrau selbst saß, mit Headset und lockerer Senior-Consultant-Hochsteckfrisur, einen ganzen Meter von ihr entfernt, hatte sich leicht zur Seite gebogen und ihren rechten Arm zur Nageldesignerin gestreckt, während sie in ihren Laptop schaute und anderthalbarmig an einer Videokonferenz teilnahm. Bedauerlicherweise war diese spontan einberufen worden und konnte nicht mehr abgesagt werden, ein ärgerlicher Doppeltermin, doch Doppeltermine kamen bekanntermaßen in den besten Kalendern vor.

An Inges anderer Seite saßen dicht gedrängt fünf Menschen, die noch zu jung für Geschäfts- oder Nageltermine waren und sich nach und nach im Wohnzimmer eingefunden hatten. Angeblich weil das WLAN hier am besten war, aber bittesehr, wer's glaubte. Still saßen Johnny, vor dem ein neues Geschenk aus der Asservatenkammer wartete, und seine jugendliche Verwandtschaft neben Inge und waren von Bernadette Winnefelds Online-Meeting mindestens eine Armlänge und eine Nageldesignerin entfernt.

Am stillsten von allen war Lu.

Und am weitesten von ihrer Mutter entfernt.

Inge löste den Blick von der Hand ihrer Kundin und begann, Nageldesign-Zubehör aus ihrem Schubladenelement zu nehmen und auf dem Tisch zu platzieren, kleine und große Flaschen, ein paar Näpfe und Dosen, Nagelfeilen und Pinsel, einen Nagelknipser, ein Päckchen trockene Kosmetiktücher, zweimal Glitter, winzige Bürsten, geschäftstauglichen Nagellack, einmal Zusatzglitter sowie ein Bänkchen für die Hand ihrer Kundin.

Streng genommen handelte es sich gar nicht um ein Bänkchen, sondern nur um den Ärmelaufsatz von Inges privatem Bügelbrett. Aber die Nageldesignerin legte jetzt ein pinkfarbenes Handtuch und dann noch Bernadette Winnefelds Hand darauf und begann Letztere sofort zu desinfizieren, sodass die Sache wenigstens andeutungsweise einen professionellen Anstrich bekam.

»Ich mag diese ... diese Videokonferenzen ja nicht«, flüsterte Inge kopfschüttelnd und holte aus ihrem Schubladenelement eine ausklappbare LED-Lampe, die sie auf den Tisch stellte. »Man weiß nie, wo man hingucken soll. Und man kann den Leuten einfach nicht in die Augen sehen. So was gefällt mir schon aus Prinzip nicht.«

Bernadette Winnefeld, die von der Welt rechts neben ihr nichts mitbekam, fauchte jetzt in ihre eigene Geschäftswelt hinein: »Larissa, du bist noch auf stumm«, und Inge sagte leise: »In die Augen sehen, also, wisst ihr ... Volker ... oder Ghuka ... der hatte Tage, da durfte man dem auch nicht in die Augen schauen. Angeblich hat das seine Aura durchbohrt. Oder so was Ähnliches. Ich erinnere mich nicht mehr richtig. Es war auf jeden Fall irgendein Quatsch, den er uns da weismachen wollte. Und jedes Mal ist er richtig wütend geworden, wenn sich doch mal ein Blick verirrt hat.«

»Nervt ja auch, wenn man dauernd angeglotzt wird«, stieß Lu Winnefeld hervor, schwächer, als sie das normalerweise getan hätte. Und nachdem sie das gesagt hatte, schaffte sie auch nur eine walnusskleine Kaugummiblase, deren Apfelgeruch gegen das Nageldesign-Duftgemisch aus Aceton, Desinfektionsmittel und Nagellack nicht die geringste Chance hatte.

Der Klempner Andasch kam jetzt ins Wohnzimmer, wischte sich die Augen und klopfte dann leise gegen die Rohre der holzverkleideten Heizung, in der Hoffnung, in ihnen den Lärm von letzter Nacht vorzufinden. Zwischendurch fuhr er sich immer wieder mit dem Ärmel übers Gesicht, klopfte weiter gegen die Rohre, atmete genervt aus. Als er sich umdrehte, fiel sein Blick auf die eigenartige Szene am Wohnzimmertisch: auf die Geschäftsfrau mit dem Headset, die »Business, Business!« rief, auf ihren ausgestreckten Arm auf dem Bügelbrettaufsatz, auf Inge, auf die fünf jungen Leute.

Und Andasch, der einzige Klempner von Kamp-Cornell, Träger des roten Werkzeuggürtels, Andasch tat etwas, das er in diesem Haus noch nie getan hatte.

Er lachte.

Er lachte so laut, dass sich Inge, die mittlerweile mit ihrer eigentlichen Arbeit begonnen hatte, verfeilte und die fünf jugendlichen Personen rechts neben ihr inklusive Johnny Melitzky mitlachten, ja, sogar Johnny lachte allen Ernstes mit, als wäre er ein ganz normaler Teilnehmer des ganz normalen Lebens, und nur Bernadette machte laut »Schhhhh!«, weil sie die Geschäftlichkeit ihrer Videokonferenz gefährdet sah.

Andasch lachte sich seine fein gearbeitete Klempnerseele aus dem Leib, und wer konnte es ihm verdenken? Bernadette Winnefeld beispielsweise sah aus Andaschs Perspektive wie ein überdimensionaler Kanarienvogel aus, der nur einen seiner beiden Flügel ausgebreitet hatte, und auch ansonsten wirkte die Tischgesellschaft mit der pinkfarbenen Nageldesignerin und der großen Lücke zwischen den beiden jungen Melitzky-Mädchen so, als wäre sie von einem alkoholisierten Renaissancekünstler gemalt worden. Andasch lachte, lachte, verschluckte sich, hustete, hustete, lachte weiter. Und das Verrückte, das durch und durch Bemerkenswerte war, wie seine Augen dabei aussahen – seine Augen, die in diesem Haus sonst immer tropften.

Andaschs Augen waren vollkommen trocken.

Wenig später, als der Klempner mit umständlichen Schritten das Wohnzimmer verlassen hatte, war nur noch Bernadette Winnefeld zu hören. Lus Mutter trug ein kanarienvogelfarbenes Geschäftskostüm, sogar in Bereichen, die an der Videokonferenz gar nicht teilnahmen. An ihren Ohren hingen silberne Creolen mit kleinen blauen Steinen, und auch ihr Lidschatten war in schönstem Blaue-Stunden-Blau gehalten und für die Teilnehmer der Videokonferenz immer dann zu bewundern, wenn Bernadette ihre Augen beim Nachdenken ein paar Sekunden länger als nötig geschlossen hielt.

Was Bernadette Winnefeld allerdings nicht wusste, war, dass direkt hinter ihr der Bilderrahmen mit dem verschnörkelten Wort *Chaoskönigin* und außerdem ein Drittel einer dramatischen Flusslandschaft hingen. Dieses Stück Wandgestaltung war zwar auch auf ihrem Bildschirm zu sehen, aber aus irgendeinem Grund achtete Bernadette nicht darauf und ließ es zu, dass die Aufgeräumtheit ihrer Person durch ein paar Schnörkelbuchstaben gebrochen wurde.

Sie räusperte sich jetzt in das Mikro ihres Headsets und sagte: »Ich habe hier sieben Wortmeldungen, aber ich kann nicht sehen, wer zuerst war«, und gleich danach rief sie »Au!«, aber nur weil Inge mit ihrer Nagelfeile auf die Kuppe von Bernadettes Mittelfinger gekommen war.

Inge war nervös. Da war so vieles, über das sie in den letzten Wochen nachgedacht hatte, so vieles, das es noch zu sagen gab oder überhaupt mal zu sagen gab nach all der Zeit. Sie war so unruhig, dass sie bei der Entfernung der Nagelhäutchen, mit der sie jetzt beschäftigt war, ihrer Kundin nur aus bloßem Zufall keine schwereren Verletzungen zufügte.

Rechts neben ihr starrten vier von denen, die ihr hätten zuhören können, auf ihre Handys und nutzten das sehr gute WLAN. Der fünfte wiederum war damit beschäftigt, in den Schubladen ihres Nageldesign-Trolleys zu wühlen, egal, dachte Inge, sei es drum, und sie flüsterte ohne jegliche Einleitung: »Ich weiß es doch auch nicht. Ich weiß doch auch nicht, warum die sich unbedingt am Denkmal treffen mussten. Nur zwei-, dreimal war ich bei diesen verkrampften Mondtreffen dabei, na, und dann war ich auch schon weg.«

»Oh«, sagten vier von denen, die hätten zuhören können und mittlerweile auch zuhörten, und Inge machte weiter: »Da stimme ich euch zu. Oh. Cornell Cornell konnte übrigens gar nichts dafür. Armel Kerl. Der stand nur zur falschen Zeit im falschen Park. Und da steht er ja auch immer noch rum. Angeblich sind die paar Quadratkilometer Park ein spiritueller Ort. Energetisch wichtig. Wie dieses Haus hier übrigens auch. Na, also *ich* merke nichts davon. Ich weiß ja nicht, wie's euch geht. Bestimmt bin ich auch nur zu alt für so was.«

Johnny Melitzky, für den das ganze Leben ein energetischer Ort war, voll von bedrohlichen Energien, Johnny hätte dazu einiges zu sagen gehabt. Aber er war jetzt damit beschäftigt, das mobile Weiß in Inges Schubladenelement je siebenmal zu berühren, und hatte keine Zeit für Übersinnliches. Nur Lu rief: »Also wenn ich an den Lärm hier denke, dann kann ich mir schon vorstellen, dass das Haus ein ... ein ... energischer Ort ist.«

»Na, wie auch immer«, sagte Inge und seufzte. »Cornell Cornell trägt mit Sicherheit keine Schuld. Und auch nur noch eine halbe Nase. Die andere Hälfte habe ich ihm nämlich abgeschossen. Trotz seiner Unschuld.«

»*Du* warst das?«, riefen Lu, Edin, Gabriella und Penelope.

»Ja, wieso? *Ich* war das. Irgendjemand was dagegen? Kurz nachdem ich aus diesem ... diesem ... ekelhaften Gesangsverein ausgetreten bin. Und kurz bevor ich aus Kamp-Cornell ausgetreten bin, damals war mein Sohn noch klein, regelrecht mini. Mit dem Katapult hab ich direkt auf die Nase von Cornell Cornell gezielt, und dann: peng.«

Während sie das sagte, knallte sie ein Fläschchen Nagelhautbefeuchter auf den Tisch. Das Geräusch drang durch Bernadette Winnefelds Headset-Kopfhörer und ließ sie einen spitzen Schrei ausstoßen. Sie schüttelte den Kopf, machte dann aber weiter im Programm, als wäre nichts Erwähnenswertes geschehen, und sagte: »So, ich teile mal meinen Bildschirm ... hier ... seht ihr meine Folie?«

Johnny Melitzky, der jetzt wieder am Tisch saß, nach all dem berührten Weiß kaum ruhiger war und alles mitgehört hatte, fragte: »Was, warum, wieso bist du denn ausgetreten?«

Inge versteinerte.

Vernagelte.

Erst nach einer Weile öffnete sie ein Fläschchen blauen Nagellack, ein Schock in der Nase, ein scharfer Geruch, und Gabriella Melitzky stöhnte: »Ich hasse Nitrozellulose! Und noch mehr hasse ich Ethylacetat!«

»Und ich«, sagte Inge leise, »habe damals diese Gruppe gehasst. Oh, wie hab ich die gehasst. Ein paar Monate war ich dabei, und dann ist ... dann ist, und als ... ich meine: die wollten mir tatsächlich einreden, dass er ... dass mein ... Mann nur gestorben ist, weil er nicht genügend für sein Glück getan hat. Glück, Glück, Glück. Weil er sein Leben nicht bejaht hat. Seinen Körper. *Wenn du keine Lust am Leben hast, dann wundere dich nicht. Dann lädst du deine Krankheit quasi freiwillig ein.* Solche Sprüche. Der ganze Hokuspokus. Und Kinder, ehrlich, wenn mir jemand *so* kommt, dann bin ich raus. Oder wie seht ihr das? Hat man sein Glück selbst in der Hand?«

Ja, dachte Johnny Melitzky, das hatte man – aber nur wenn man mit dieser Hand all die weißen Dinge berührte, die einem das Leben vorsetzte, und wenn man sie nachzählte. Gabriella, der Tränen und eine Erinnerung in die Augen geschossen waren, rief: »Ich hasse Nitrozellulose! Und noch mehr hasse ich Leute, die so ein schreckliches Zeug behaupten.«

Auch Penelope war außer sich und zischte: »Die haben sie wohl nicht alle! Dein Mann konnte doch gar nichts dafür, dass er eine Hirnhautentzündung ...«

»Hirnhautentzündung?«, fragte Inge und verzog das Gesicht. »Mädchen, wie kommst du denn darauf? Mein Mann hatte doch ...«

Dann drückte sie Bernadette Winnefelds Hand eine Spur zu heftig auf den Ärmelaufsatz des Bügelbrettes und begann, den Nagel ihres Zeigefingers zu lackieren, unkonzentriert und ohne Hingabe. »Ich fange ja immer mit dem Zeigefinger an«, sagte sie, »keine Ahnung, wieso, aber wenn ich mit dem Zeigefinger anfange, dann gelingt auch der Rest, schaut mal, die Farbe wird der Dame königlich gefallen, und so einen wie *den* werde ich in diesem Leben nicht mehr finden.«

Alle außer Bernadette Winnefeld konnten sehen, dass Inge noch nicht einmal der Zeigefingernagel gelungen war. Sie hatte über die Ränder hinausgemalt und den blauen Lack unterschiedlich dick aufgetragen.

»Na ja, und verzeihst du denen?«, fragte Gabriella die alte Nageldesignerin, und falls ihr klar war, dass mit *denen* ja auch ihr eigener Großvater gemeint war, dann ließ sie sich das nicht anmerken.

»Verzeihen, verzeihen«, antwortete Inge und malte jetzt entschieden über die Ränder des Mittelfingernagels hinaus. »Bei Verzeihen hör ich schon gar nicht mehr hin! Und was heißt das schon? Was soll das bringen? Für mich geht's immer nur darum: Bei wem brauch ich in Zukunft einen Türsteher vor meiner Seele. Und bei wem brauch ich keinen. So einfach ist das. Und mehr muss ich mir im Leben nicht merken.«

»Türsteher?«, fragte Johnny Melitzky, der in seinem Leben noch nie mit Türen zu tun gehabt hatte, die hinter Türstehern angebracht waren. Lu Winnefeld stöhnte und Edin rempelte sie so leicht am Oberarm an, dass sie sich, ohne Edin eines einzigen Blickes zu würdigen, nur teilnahmslos an der betroffenen Stelle kratzte.

»Türsteher«, sagte Inge. »Na, ihr wisst schon: Kräftige Kameraden mit komplizierter Armverschränkung. Weiß gespannte Ellbogen, Schrammen drauf. Preiswerte Tätowierungen auf den Unterarmen. Türsteher eben. Und die lassen nicht jeden zum Tanzvergnügen rein, das kann ich euch sagen!«

Die Frage war natürlich, ob die Seele ein Tanzvergnügen war.

Oder sonst irgendwas Vergnügtes.

Vor allem für Johnny Melitzky.

Sicher war im Moment nur, dass in Bernadette Winnefelds Seele gerade keine Tanzkapelle spielte. Denn in ihrer Eigenschaft als Senior Consultant und Fachfrau für Situationsanalysen rief Bernadette jetzt todernst: »Ben, sitzt du schon wieder im Zug? Du flackerst!«

Edin, der lange geschwiegen hatte, sagte jetzt etwas, das eine Spur lauter als *nichts* war, er fragte: »Und wieso bist du ... sind Sie von hier weggegangen? Und dann wieder zurückgekommen?«

»Dein *Sie* kannst du dir gleich mal abschminken, junger Mann«, sagte Inge streng und wischte mit einem Tuch an einer Fingerkuppe ihrer Kundin herum. Danach sagte sie sogar noch strenger: »Na, wieso bin ich wohl weggegangen? Die haben mich fertiggemacht, nachdem ich ausgestiegen bin. Jeden Tag ein bisschen mehr. Eure Großeltern nicht. Nicht direkt. Aber verteidigt haben sie mich auch nicht. Und irgendwann war dann eben Schluss für mich. Ihr wisst ja: Selbst der längste Fingernagel endet mal.«

Inge lackierte jetzt Bernadettes Daumennagel und fluchte, als die Video-Geschäftsfrau ihre Hand mit einem Ruck wegzog, um sich damit vor dem Bildschirm vertrauenserweckend und blau durchs Haar zu fahren.

»Contenance, Frau Winnefeld!«, sagte Inge verärgert und zog Bernadettes Hand zurück. Dann flüsterte sie nicht weniger zornig: »Zurückgekommen bin ich vor zwölf Jahren. Christian Grabowski, ihr habt ihn ja alle kennengelernt, Christian hat mich damals aufgespürt, nein, fragt mich nicht, *wie*, aber fragt mich, *wieso*, das ja. Der war ja noch länger in der Gruppe geblieben, erster Kreis, dann nullter, so weit ist er gekommen, den nullten Kreis gab es bei uns nämlich auch irgendwann, kompliziertes System, aber dann haben sie ihn weggejagt, weil er sich beschwert hatte über ... über ... na, na, keine Ahnung worüber. Irgendwann hat er sich bei mir gemeldet, weil ihm der Tod eurer Oma keine Ruhe gelassen hat.«

»Äh, halt mal«, sagte Lu Winnefeld, die langsam auftaute und ihre Abneigung, die sie immer noch für die alte Nageldesignerin hegte, kurz vergaß. »Unsere Oma ist vor zwanzig Jahren gestorben. Das passt doch nicht zusammen.«

»Eben«, sagte Inge. »Christian hat sich Zeit gelassen. Der brauchte ein paar Jahre, um über die Sache nachzudenken. Darüber, dass da irgendwas nicht gestimmt hat mit dem ... Tod eurer Oma. Und dann kam eins zum anderen, in Kamp-Cornell wurde die kleine Drogerie dichtgemacht, ihr wisst schon, diese unglückselige Ladenkette, und die haben die Räume neu vermietet, und dann war eben ich wieder an der Reihe. Womit, das hab ich aber auch nicht so richtig gewusst. Es gab eben was zu tun.«

»Na«, flüsterte Edin, »Sie wollten ... du wolltest irgendwas rausfinden.«

Inge wischte schon wieder an einer von Bernadette Winnefelds Fingerkuppen herum und fing dann an, den Nagel des kleinen Fingers zu lackieren. »Ja, kann sein. Oder etwas beenden. Geraderücken. Also ungefähr wie eure Mütter. Und wisst ihr, was ich die ganze Zeit getan habe?«

»Nichts!«, rief Bernadette Winnefeld, meinte aber nicht Inge, sondern jemanden aus ihrer Videokonferenz. Die alte Nageldesignerin sagte trotzdem: »Ja, genau: nichts. Einfach nichts hab ich getan. Ich glaub, ich hab mich in all den Jahren irgendwie daran gewöhnt, dass ich nichts rausfinde. Und nichts machen kann. Christian ist aber noch schlimmer. Der verschanzt sich seit einer Unzeit auf seinem Friedhof und ist nie wieder rausgekommen. Ohne seine Haushaltshilfe wäre der längst verhungert.«

»Also, na ja«, sagte Gabriella Melitzky jetzt. »Wie man's nimmt. Keine Ahnung, also ... ich weiß nicht ... aber im Moment geht Christian Grabowski draußen am Fenster vorbei.«

Und damit war Bernadette Winnefelds Nageltermin nach nur fünf Fingern beendet. Inge ließ die Hand ihrer Kundin los und schnellte von ihrem Stuhl hoch, blieb dann stehen und rührte sich nicht. Die meisten anderen blieben sitzen, nur Gabriella stand jetzt auf und ging los, lief Bernadette durchs Bild ihrer Videokonferenz, zuckte mit den Achseln, als sich ihre Tante darüber beschwerte, verließ das Wohnzimmer, streichelte Stiwa Oblonski kurz die Lockenfrisur, ging durch den Eingangsbereich zur Haustür und öffnete sie.

Die Tür war schwer und quietschte, ächzte.

Draußen stand niemand.

Fast niemand.

Der Friedhofsgärtner Christian Grabowski war schon wieder weitergezogen. Gabriella konnte ihn weghumpeln sehen, alt und behäbig und trotzdem so, dass ihn kein Mensch dieser

Welt hätte einholen können. Dann bückte sie sich und hob jemanden auf, der eben doch vor der Haustür stand: ein grob geschnitztes Tier, ungefähr zwanzig Zentimeter hoch, hölzern und abgeblättert weiß.

Besonders wohl war ihr nicht bei der splittrigen Figur, die sich feucht anfühlte und vermodert roch. Widerwillig brachte Gabriella das Holztier ins Haus, hörte Stiwa bellen und ihren Großvater die Treppe herunterkommen, zum ersten Mal seit einer Ewigkeit, das Tier, es war ein Pferd. Und es hatte nur noch seine Vorderbeine, die hinteren waren durch ein rostiges Metallgestell ersetzt worden, notdürftig, aber erstaunlich stabil.

Es war eine schimmlige, zweibeinige Vergangenheit, die Gabriella jetzt ins Wohnzimmer trug. Dort klappte Bernadette Winnefeld gerade vorzeitig ihren Laptop zu und riss sich das Headset vom Kopf. Johnny Melitzky, der heute ohnehin keinen guten Tag hatte, wurde noch unruhiger, als er das weiß gemeinte Holzpferd sah, und Lu hob eine Augenbraue des Erstaunens.

»Was ist das, was soll das sein?«, fragte Penelope diejenige ihrer Drillingsschwestern, die noch Antworten geben konnte.

Gabriella zuckte mit den Schultern. Dann stellte sie den hölzernen Gast auf dem Wohnzimmertisch ab und sagte: »Weiß nicht. Stand vor der Tür.«

»Ist das so eine Art trojanisches Pferd oder was?«, fragte Bernadette Winnefeld genervt, denn ihr war gerade das Ende einer Videokonferenz gestohlen worden. Und noch wusste keiner hier, wie recht sie damit hatte. Aber drei Sekunden später hatten alle begriffen, dass das Pferd zwar keine griechischen Krieger, dafür aber jede Menge Tränen ins Haus getragen hatte, Tränen, die zu weinen normalerweise Aufgabe des Klempners war.

Doch nun hatte Viktor Melitzky dieses Amt übernommen.

Er war mittlerweile im Wohnzimmer angekommen, und als er das Pferd erblickte, gab er dunkle, bittere Töne von sich wie ein altes Klageweib in einem fernen Land. Er hielt den Mund dabei weit geöffnet, Tränen liefen über seine Wangen und Rosalie und Andasch kamen aus der Küche ins Wohnzimmer. Inge, die die Inhaberin eines geräumigen Herzens war, sprang auf und eilte zu dem weinenden alten Mann, legte ihm eine Hand auf die rechte Schulter, trotz allem. Rosalie kümmerte sich um die andere Schulter, und ihr Sohn Johnny fetzte verzweifelt sein Asservaten-Geschenk auf, während er immer wieder auf das weiße Pferd schielte, es aber nicht zu berühren wagte.

Schon vorhin war dem Wohnzimmer das kurze Lachen, das der Klempner mitgebracht hatte, wieder vergangen. Alle außer Viktor Melitzky, der zum ersten Mal zeigte, wie er war, hielten sich jetzt in sich selbst verborgen, nichts erinnerte hier mehr an die Alltäglichkeit von Inges mobilem Nagelstudio und Bernadette Winnefelds Videokonferenz, und vor allem erinnerte hier nichts an das Krankenzimmer von einst, obwohl erneut Traurigkeit eingezogen war. Ein Kummer lag jetzt auf allen Möbeln und Gesichtern, auf den grünen Wänden und den ungeputzten Sprossenfenstern, auf der verschnörkelten *Chaoskönigin* und auf *Never give up*.

Aber diese Traurigkeit hatte sich noch mit etwas anderem vermischt. Nicht mit Krankheit oder Leere. Nicht mit Sehnsucht, nicht mit Zorn. Und nur man selbst wusste, im Gegensatz zu allen leibhaftig Anwesenden, dass der Grund für Viktor Melitzkys Wehklagen, welches sich mittlerweile in ein Atmen in Moll verwandelt hatte, derselbe Grund war, aus dem Christian Grabowski seinen Friedhof jahrzehntelang nicht verlassen hatte.

Was war das für ein Haus, in dem ein alter Mann tönte wie ein Klageweib und sich verhielt, als wäre er der Friedhofsgärtner höchstpersönlich? Wurde das Haus in solchen Minuten schlagartig älter, zog ein bröckelndes Jammern durch seine Mauern, war es überhaupt noch ein Haus, war es je eins gewesen, was war das für ein Haus?

Auf jeden Fall war es ein Haus, das Johnny Melitzky auf der Stelle verlassen musste. Er schnappte sich Inges Geschenk, das jetzt vollständig ausgewickelt war, stellte die Benutzung einiger Gelenke ein und schritt wie ein Roboter aus dem unglückseligen Zimmer, sah nichts mehr, war nichts mehr, berührte nichts mehr, meldete sich nicht ab.

Drinnen wurde es ruhiger.

Kein Grund zur Entwarnung.

Trübsal gab es in vielen Lautstärken.

Viktor Melitzky saß jetzt mit am Tisch, das Gesicht in den runzligen Händen verborgen. Sein Klagen klang gedämpfter, bald war es nur noch ein Wimmern. Auch Inge hatte sich wieder auf ihren Stuhl gesetzt und packte ihre Utensilien pedantisch in ihr mobiles Schubladenelement, sogar die benutzten Nagellackentfernungstücher und das Giraffen-Geschenkpapier, das Johnny hiergelassen hatte. Andasch, der einzige

Klempner von Kamp-Cornell, hatte es nicht mehr ausgehalten und war, behütet von Stiwa Oblonski, gegangen.

Es ist erstaunlich, was Menschen in einem Zimmer denken, in dem ein Kummer ausgebrochen ist. Bernadette Winnefeld dachte nichts. Zumindest konnte man ihr momentan nicht in den Kopf sehen. Edin Melitzky hätte hier und jetzt über seinen Großvater nachdenken können, über das kleine weiße Holzpferd, dem die Hinterbeine fehlten. Aber er tat es nicht, auch wenn Viktor Melitzkys Klagen eine überdeutliche Wortmeldung war, eine wortlose Meldung, die kaum zu überhören war. Trotzdem dachte Edin etwas anderes, er dachte, dass er es nicht geschafft hatte. Dass er Soscha nichts gefragt hatte, so wie es alle anderen Jungen in seinem Alter getan hätten. Dass er sich überhören ließ. Und würde er Soscha jemals wiedersehen? Er würde Soscha niemals wiedersehen. Niemals würde er. Würde er. Nie. Soscha war verschwunden.

Auch Lu Winnefeld saß am Wohnzimmertisch und dachte nach. Während ihr Großvater, während das Wohnzimmer traurig war, dachte sie daran, in den Ferien von hier wegzugehen, und weg hieß: nach Hause, auch wenn ihre Mutter das verboten hatte. Doch was kümmerten Lu die Verbote von jemandem, der sowieso nie da war, noch nicht einmal jetzt, ein paar Meter neben ihr. Lu Winnefeld war immerhin vierzehn Jahre alt! Sie trug einen Hut und eine Lederjacke, trotz der Hitze. Nicht mal Edin trug in diesen Tagen seine Wollpullover, sondern kurzärmelige Hemden, was nicht viel besser war. Aber Lu schwitzte nicht. Schwitzen war unter ihrer Würde. Wie vierzehn zu sein. Vierzehn zu sein war weit unter Lu Winnefelds Würde.

Und was, dachte die Nageldesignerin Inge ungefähr zur selben Zeit, hatte diese Winnefeld-Göre heute an sich, das ihr beim ersten Mal noch nicht aufgefallen war? Sie hatte ihre Mutter an sich, ja, ungefähr das musste es sein, und einsam war sie, darauf wäre Inge beim ersten Mal nicht gekommen. Anders einsam als Viktor dort drüben, trotziger einsam, einsam mit Hut, und die Göre Winnefeld war eine, über die sie jetzt tausendmal lieber nachdachte als über Viktor Melitzky und der sie jetzt gern tröstend über den Hut gestrichen hätte, ach, und gleich noch über die Köpfe daneben, über die schwarzen und die halbtürkisen Haare und drüben noch über die graublonden, blondgrauen, die jetzt neben Viktor saßen, Rosalies Haare, wie gern hätte sie all die eingezogenen Köpfe getröstet und auch noch ihren eigenen Kopf. Doch selbst wenn sie sich getraut hätte, wäre sie nicht dazu gekommen.

Denn draußen schrie jetzt jemand.

Jemand schrie mit der Stimme von Johnny Melitzky.

Es war Johnny Melitzky.

Er stand draußen vorm Haus, das konnte man vom Wohnzimmer aus sehen, hielt etwas Technisches in den Händen und hörte nicht auf, »Mama« zu brüllen und »Opa« und »Inge«, zwischendurch waren es auch nur Laute, und alle am Tisch erhoben sich, die einen schneller, die anderen älter, alle ließen die Schwermut des Wohnzimmers hinter sich, und fast jeder ging nach draußen und dort geradewegs in den Unmut von Johnny Melitzky hinein – das heißt, jeder außer Viktor Melitzky, der noch rechtzeitig abgebogen war, um sich die Treppe hochzukämpfen.

Draußen vor der Tür war Inge die Einzige, die wusste, was Johnny in den Händen hielt. Es war eine Mini-Drohne für Kinder, mit Kamera und dreißig Minuten Flugzeit, mit WiFi-

Übertragung und zwei modularen Akkus, astreine Qualität und trotzdem im Angebot, Weihnachten 2018, zwei Jahre Garantie, zurückgeschickt nach nur fünf Tagen, und –

»Was?«

Edin rief es laut und für seine Verhältnisse regelrecht ohrenzerreißend. Aber er und die anderen hatten richtig gehört, auch wenn Johnny nach all dem Brüllen sehr leise gesprochen hatte.

»Nicht dein Ernst«, stieß Lu Winnefeld hervor und lüftete kurz ihren Hut. »Und wieso haben wir das von außen nicht gesehen? Das muss man doch irgendwie sehen!«

Für Johnny Melitzky waren das viel zu viele Gesprächsbeiträge in viel zu kurzer Zeit. Und damit er nicht noch einen weiteren zu verarbeiten hatte, hielt er die Fernbedienung seiner Drohne hoch und rief: »Wenn ich's euch doch sage! Guckt doch selber nach. Der Garten hinterm Haus, der ist ein Labyrinth!«

Sie hatten seit zehn Minuten nichts gesagt.

Alles, was die Welt diesseits des Gartenzauns an Geräuschen auf Lager hatte, war das ältliche Schnauben des Windes, der durch die Kornelkirschsträucher zog, war das Quietschen der Rauchschwalben, waren die wilden, fernen Bahnen der Mopedfahrer. Ansonsten war alles still. Bis auf den rechtzeitig abgebogenen Viktor Melitzky und die rechtmäßig abwesenden Schwestern Kalinka und Ann standen alle im Zaunschatten und warteten, bis auch das letzte Familienmitglied die Bilder auf dem Display der Drohne gesehen hatte.

Das verborgene Labyrinth.

Den verbogenen Irrgarten.

»Was ... was soll das sein?«, fragte Lu Winnefeld, als alle fertig waren, und machte eine unsichtbare Kaugummiblase, weil sie vergessen hatte, neue Kaugummis zu besorgen. »Ich meine, wer hat denn ein Labyrinth im Garten, und dann auch noch so ein Sinnloses, ein verschnörkeltes Labyrinth aus Kornelkirschsträuchern, so ein Muster habe ich noch nie gesehen, und wir ...«

»... müssen da unbedingt rein!«, rief Edin Melitzky begeistert. »Das gibt's doch nicht, das gibt's doch nicht, und ausgerechnet in dieser öden Gegend, irgendwo ist bestimmt ein Eingang, das kann doch gar nicht anders sein!«

»Den such ich gerade«, sagte Penelope Melitzky. »Es gibt aber keinen, da ist nichts zu machen, alles dicht. An dem blöden Zaun ist nicht mal eine einzige Latte locker, und dahinter fängt gleich dieses ekelhafte Gebüsch an, wie sollen wir da ... hey, Cereopsis, altes Haus, lange nicht gesehen!«

Die Hühnergans war wieder da.

War sie jemals weggewesen?

Wie einer dieser beweglichen Türsteher vorm Buckingham Palace schritt sie vor dem Zaun auf und ab und blieb, so schien es, vor einer bestimmten Stelle jedes Mal kurz stehen, mit einem ähnlichen Gesichtsausdruck wie das englische Wachpersonal. Aber Penelope rief: »Cereopsis, gib dir mal keine Mühe, ich hab wirklich schon überall gerüttelt. Auch hier. Da ist alles fest, da wackelt nichts.«

»Kann es sein, dass du bloß keine Kraft hast?«, fragte Lu. »Würde mich nicht wundern!«

Penelope reagierte nicht darauf, heute nicht, nicht jetzt.

Dafür meldete sich Bernadette Winnefeld zu Wort, die immer noch nicht gemerkt hatte, dass ihre Nägel nur zu fünfzig Prozent manikürt und lackiert waren.

»Ludovica«, sagte sie erstaunt, was eigentlich Strafe genug war, und strich sich durchs lackierte Haar. »So kenn ich dich gar nicht! So bist du doch sonst nicht! So, und jetzt mal zu diesem Irrgarten. Von oben sieht der tipptopp gepflegt aus. Für ein Labyrinth sicherlich ein wenig zu rund und verbogen, die Wege sehen auch irgendwie nicht verbunden aus, aber was soll's? So was schaffst du trotzdem nicht per digitalem Fernschnitt. Da muss ein Profi ran. Gärtnerservice Soundso. Und damit ein Gärtner da *ran*kann, muss er erst mal irgendwie rein, so viel steht fest. Durch den Zaun oder durchs Haus. Es muss da also was geben!«

Man merkte es Bernadette Winnefeld an, dass sie Fachfrau für Situationsanalysen war. Trotzdem sagte ihre Schwester Rosalie: »Berni, vom Haus aus kommst du nicht raus in den Garten. Das haben wir immer gewusst. Und von hier aus kommst du nicht rein in den Garten. Das haben wir auch immer gewusst. Und dann noch diese Fenster hier. Die Fenster, die nicht da sind. Warum waren auf dieser Seite vom Haus nie Fenster? Na, aber vielleicht kommt man ja doch in den Garten rein. Guck mal, Johnny schaut auch noch mal nach.«

Und ja, schön und gut.

Aber Nachgucken war trotzdem übertrieben.

Denn Johnny Melitzky *zählte* nur nach, das war ein ernst zu nehmender Unterschied. Jede einzelne Zaunlatte addierte, vermerkte und durchdachte er, und alle hier konnten froh sein, dass seine Cousine Gabriella ihm auf den Fersen war und dass sie das nachgezählte Holz noch mal auf Eingangsspuren, mögliche Scharniere oder ein spontan aufgetauchtes Gartentor untersuchte, auch wenn sie nicht fündig wurde, an keiner Stelle.

Die Fernbedienung der Drohne lag mittlerweile in Edins Händen. Er hatte sich, wie Inge und Lu, auf den Grasstreifen am Zaun gesetzt, hielt die Beine angewinkelt und die Stirn gerunzelt. Da war etwas, das ihn nervös machte, eine Antwort, die sich vor ihm ausgebreitet hatte, die er aber nicht entschlüsseln konnte, ein geschwungenes Rätsel mit Zweigen und Blättern und grünen Kornelkirschen, und die Lösung lag ihm auf der Zunge, auf der Zunge, auf der Zunge, »Mann!«, schrie er, wie er im Leben noch nie geschrien hatte, aber irgendwann fing eben jeder mal damit an, sogar ein Edin Melitzky, »oh Mann, seht ihr das denn nicht? Das Labyrinth ist ein ... CG!«

»Los, schmeiß das Ding mal rüber«, verlangte Lu, die direkt neben ihm saß. Sie riss es Edin, ohne auf eine Antwort oder einen Fernbedienungswurf zu warten, aus den Händen, schaute auf das Display und rief nach einer kurzen Weile: »Was für eine blöde Idee. So ein CG-Irrgarten ist doch total umständlich. Da musst du noch tausend kleine Verbindungswege pflanzen. Die gibt es ja auch, und ein paar von denen führen direkt zum Haus. Und zum Gartenzaun. Die führen alle ins Nichts.«

»Ich sag's euch, hier gibt es einen Gärtner«, rief Bernadette Winnefeld dazwischen, und Inge rief: »Ich sag's euch, ich sag euch jetzt auch mal was.«

Sie hatte es nicht sehr laut gerufen, aber es hatte alle anderen dazu gebracht, sich jetzt auch auf das schmale Wiesenstück zu setzen und sich am Zaun anzulehnen.

»Wisst ihr, der Irrgarten hat mich darauf gebracht, gerade eben«, sagte die Inhaberin von *Inge's Nagelstudio.* »Ich hab da so einen Gedanken. Ach, oder vielleicht ist es auch Unsinn, nein, ich lass es lieber.«

Bernadette Winnefeld fing erst jetzt an, sich über die Anwesenheit ihrer mobilen Nageldesignerin zu wundern, über ihre Vertraulichkeit und darüber, wie sie mit den Kindern umging. Warum war sie immer noch da? Wartete sie womöglich auf ein Trinkgeld? Und was hatte sie mit diesem ganzen Spuk hier zu tun?

»Wenn es Unsinn ist, dann sollten Sie es wirklich besser lassen«, sagte Bernadette geschäftlich kühl, und Inge verstand es als Aufforderung, fing jetzt erst recht an und sagte: »Ich habe mir mal diese Website angeschaut. Die Seite von diesem ... diesem Glücksverein. Die haben sogar einen Onlineshop. Und ich habe siebzehn Fotos von Volker gezählt, Volker als Ghuka, ich meine, so schön ist der nun auch wieder nicht und außerdem viel zu alt, der muss sich langsam nach einem Nachfolger umsehen. Habt ihr mal auf seine Nägel geachtet? Und bitte, worum geht's hier eigentlich? Ums Glück oder um einen Herrn mit Größenwahn, der sich gerne auf Fotos anguckt?«

»Eventuell geht's ja nur ums Geld?«, fragte Rosalie vorsichtig und hielt die schwere, leise Hand ihres Sohnes Johnny fest.

»Ja, genau *das* nämlich. Gegen die Preise in Volkers Laden ist mein wertes Nagelstudio ein Wohlfahrtsverband. All die Kurse und Bücher und Meditations-CDs. Die energiebewahrende Kleidung. Das chakrische Frittieröl. Glückskalender. Express-Ausbildungen zum Glückstrainer. Kostet alles ein

Vermögen. Das du natürlich gerne ausgibst, weil dir endlich mal jemand zuhört. Weil dich endlich mal jemand ernst nimmt. Und versteht. Man glaubt jede Menge Quatsch, wenn ein anderer so tut, als würde er einen verstehen.«

»Und was ist das jetzt für ein Quatsch?«, fragte Lu. »Ich meine, außer dass das alles Quatsch ist. Übrigens glaube ich, dass mein Fuß eingeschlafen ist.«

Inge, die dicht genug am eingeschlafenen Fuß saß, strich Lu über den Hut.

»Äh? Was ...«

»Du hältst jetzt mal kurz die Luft an«, flüsterte Inge und machte dann mit kräftiger Stimme weiter. »Jedenfalls musste ich beim Lesen dieser Website daran denken, dass unserem Volker das Materielle schon damals wichtig war. Geld, ja. Und teure Gegenstände. Glücksbringer, die man sozusagen anbeten konnte. Kleine Statuen. Lauter Dinge. Staubfänger eben. Die Freude einer jeden Hausfrau.«

»Und du meinst«, sagte Penelope, die Inge erst seit heute kannte, aber das Du auch spontan beherrschte, »du meinst also, dass, na, was meinst du eigentlich?« Penelope hatte die Beine ausgestreckt, und darauf saß, als zoologisches Wunder, die Hühnergans, die der Fachwelt eigentlich als patziger, zuschnappender Vogel bekannt war. Die Augen der Gans blickten, schwarz mit einem orangefarbenen Ring, in eine schwer auszumachende Ferne. Etwas Neugieriges, Untröstliches spiegelte sich in ihnen, die Gans *wusste* etwas, das war völlig klar.

»Also wissen kann ich's natürlich nicht«, fuhr Inge fort, und ihre plötzliche Kurzatmigkeit ließ vermuten, dass ihr Vortrag nicht mehr lange oder noch sehr lange dauern würde. »Nein, Beweise hab ich keine, aber einmal, da hab ich sie beobachtet, vor einer stattlichen Ewigkeit war das und kurz nach meinem ... meinem ... Austritt. Am Tag, nachdem ich dem Denkmal die halbe Nase abgeschossen habe.«

»Tja«, warf Bernadette Winnefeld ein. »Dann hoffen wir mal, dass Sie eine gute Versicherung hatten. Und einen Waffenschein.«

Inge zuckte zusammen, hielt sich die Hand vor den Mund, schloss kurz die Augen. Denn sie hatte etwas begriffen. Sie hatte endlich kapiert, dass ihre Kundin noch nicht fertig lackiert war, auf jeden Fall nicht an den richtigen Stellen.

»Ich bedaure«, sagte sie schuldbewusst. »Mein Katapult war damals leider nicht versichert. Aber das waren auch noch andere Zeiten. Wie auch immer, am Tag nach der Nasen-Amputation war ich noch mal im Park am Denkmal, oder besser gesagt in der Nacht, und die Mondsichel war nur ein hingeworfener Hauch, wie man so schön sagt. Nur ein Schimmer.«

»Ich dachte, es heißt *Nacht nach Neulicht*, das kann man auch so schön sagen, mit dreimal N«, sagte Johnny Melitzky, den die Hand seiner Mutter immer noch festhielt, und Inge meinte: »Ja, aber das hab ich doch damals alles noch gar nicht gewusst. Für mich war das nur irgendeine Nacht mit irgendeinem Himmel drüber, na ja, und mit einem Mond für Anfänger. Und direkt unter diesem Mond habe ich sie gesehen, die ganze Bagage, und dann kam auch noch Volker angeschwebt, Volker und ein paar andere aus Theklamünd, von Gehen kann da ja wirklich keine Rede sein.«

Inge wurde jetzt still.

Sie starrte auf ihre Füße, rang mit sich, rang mit etwas anderem, schüttelte leicht den Kopf. Sie konnte jetzt etwas sehen in dieser alten, verwitterten Nacht, die viele Jahrzehnte her und so schlecht beleuchtet war, nein, da war nichts, nichts war damals gewesen, nur die Sache mit den Päckchen, »Päckchen!«, rief Inge und riss die Augen weit auf, »Volker hat damals diese Päckchen auf den Boden gelegt, und klein waren die nicht! Das war eine richtige Übergabe. Feierlich. Das hab ich alles gesehen, von meinem Platz aus, und der war damals eben nur noch hinterm Gebüsch.«

»Und was«, fragte Gabriella, »soll da drin gewesen sein? Drogen oder so?«

Inge winkte ab.

»Für so was waren die Päckchen zu groß. Das wäre der Deal des Jahrtausends gewesen. Und ausgerechnet in Kamp-Cornell?«

Es wurde unruhig vorm Gartenzaun, dort, wo sich ein zweiter, ein menschlicher Zaun formiert hatte, mit ausgestreckten oder angewinkelten Beinen, hellwachen oder eingeschlafenen Füßen. Ein neuer Zaungast war angekommen, jemand, der hier nichts zu suchen und sogar Hausverbot hatte, auch wenn das hier ein öffentlicher Weg war, der alles und jeden trug. Und Bernadette Winnefeld, die den Zaungast ohne Einladung hätte woandershin bitten können, nämlich dorthin, wo viel Pfeffer angebaut wurde, Bernadette Winnefeld war gerade mit ihrem Handy beschäftigt, deshalb war es Rosalie Melitzky, die kurz und knapp rief: »Das ist immer noch viel zu nah!«

Die Apothekerin Linde Fester, die sich zu dieser Uhrzeit eigentlich hinterm Ladentisch statt vorm Gartenzaun hätte aufhalten müssen, blieb stehen, schaute Rosalie aber nicht an. Sie trug einen großen Rucksack, der schon bessere Zeiten gesehen hatte, und sagte nüchtern: »Ich genieße den Tag, und wenn's genehm ist, wenn's freundlicherweise erlaubt sein sollte, setze ich meine Wanderung jetzt fort. Da hinten wartet ein hübsches kleines Picknick auf mich.«

Dann ging die Apothekerin weiter, und Rosalie flüsterte: »Da hinten wartet höchstens noch das hübsche kleine Klärwerk Halbhagen, der Weg ist sozusagen eine natürliche Sackgasse, die Reise führt ins stinkende Nichts. Aber Reisende soll man nicht aufhalten.«

Inge stand ächzend auf, hielt sich den unteren Rücken, zog ihre pinkfarbene Schürze glatt und sagte schließlich: »Was ich glaube, seit ich von dem Irrgarten weiß, ist das: Die bewahren hier einen Schatz auf. Ja, das denke ich. An diesem ach so spirituellen Ort. Muss ja nicht gleich das Bernsteinzimmer sein, das hätte sowieso nicht in die Päckchen gepasst. Geht ja auch eine Nummer kleiner. Irgendwas zum Anbeten, lasst es aus Gold sein. Irgendwas mit Glücksbringer. Irgendwas mit Glück. Und vielleicht«, sagte Inge und setzte sich dabei in Bewegung, »vielleicht ging es immer, all die Jahre und Jahrzehnte, all die letzten Monate und Stunden einzig und allein um dieses Versteck.«

13

Das Schlimmste war der Sommer.

Und auch wenn sich diese Wahrheit noch nicht weltumfassend herumgesprochen hatte und höchstens in einem winzigen Ort voller Kornelkirschsträucher angekommen war und dort auch nur in einem einzigen Haus: Es stimmte trotzdem. Der Schlimmste von allen war der klebrige Sommer und am allerschlimmsten war er in Form von Sommerferien. Luftige Freiheitsverheißungen und Urlaub und Sonnencreme mochten nämlich schön und gut sein, aber was hatte man davon, wenn man selber *nicht* frei war?

Dann war der Sommer ein Hohn.

Für Edin, Lu, Gabriella, Penelope und Johnny war der Sommer ein Hohn. Kamp-Cornell stand in diesen Tagen sogar noch leerer als sonst, so als wäre dem Ort auch noch das letzte Fitzelchen Luft ausgegangen. Es war viel stiller und es gab Stunden, da bekamen die Dagebliebenen tagsüber nur noch ihr eigenes tickendes Herz zu hören und höchstens noch die Schritte des alten Viktor Melitzky, der oben in seinem Schlafzimmer unruhig auf und ab ging.

Nicht einmal Inge war in Kamp-Cornell, weil sie drei Wochen bei ihrem minimalistischen Sohn und ihren Enkeln verbrachte, weit weg, nicht hier. Für Johnny Melitzky waren es weiße, qualvolle Wochen ohne den Nagellackgeruch eines sicheren Ortes, ohne die tröstliche Finsternis einer Asservatenkammer. Ohne Inges warme Ruppigkeit. Nicht einmal der

Klempner Andasch ließ sich blicken, niemand im Haus sagte *Chef*, und weil Andasch vermutlich verreist war, konnte man auch Johnnys Mutter Rosalie nicht bedenkenlos zu denen zählen, die wirklich hier waren.

Harte Zeiten für Johnny Melitzky.

Aber auch Edin stöhnte unter dem leeren Gewicht der Sommerferien. Und dass sich der Dachboden mit seinem Schlaflager unerträglich aufgeheizt hatte, machte die Wochen nur noch anstrengender. Die Nächte verbrachte Edin deshalb unten im Wohnzimmer auf dem durchgesessenen Samtsofa, das anderthalb Zentimeter zu kurz für ihn war, während sich die Ferien sechseinhalb Wochen zu lang für ihn anfühlten.

Die Wohnzimmernächte waren nicht kühl, aber eben auch nicht heiß und stickig und deshalb gerade noch auszuhalten. Edin deckte sich nur mit einem Bettbezug zu, hatte schweißnasse Haare und wachte zwei, drei Stunden nach dem Einschlafen jedes Mal wieder auf. Lange, viel zu lange lag er dann wach, jede einzelne Nacht, und er hätte schwören können, dass es dieses sonderbare graue Gänsetier war, das ihn aus dem Schlaf gerissen hatte, Blödsinn, eine Gans machte keinen Lärm! Schon gar nicht wenn sie den Schnabel geschlossen hielt und für Geräusche nur die Füße benutzte.

Und doch konnte Edin jede Nacht hören, wie sie vor dem Haus hin und her watschelte, auf behutsam schmatzenden Sohlen. Es war ein leise gestellter Sommerton und klang wie das schwitzige Flappen von Flipflops, rauf und runter, hin und her. Hin. Hin. Weiter so, weiter. Der zarte, monotone Klang übertönte sogar das Knacken, das das alte Haus mit seinen locker sitzenden Knochen immer noch nicht losgeworden war, das Hämmern und das Poltern, das Klappern und das Scheppern, die Scheren, die nach Luft schnappten. Seltsam war aber, dass Edin sich mittlerweile an all das Laute gewöhnt hatte, jeder im Haus, dachte er, schien die Geräusche bereitwillig in sein Leben eingebaut haben, sie waren nicht mehr der Rede wert, nicht mehr des Aufwachens.

Nur das Leise riss Edin noch aus dem Schlaf.

Und dass Soscha hier jetzt Hausverbot hatte.

Erteilt hatte es ihr die eigene Großmutter, das hatte Edin gehört, als er Soscha noch einmal, vielleicht ein letztes Mal, zufällig im Ort begegnet war. Und Soscha hielt sich an das Verbot. Edin hätte noch nicht einmal sagen können, ob sie überhaupt noch nach Kamp-Cornell kam.

Auch sonst gab es vieles, das er nicht sagen konnte. Weil er so müde war. Morgens, wenn er die Nacht überstanden hatte, war er wie gerädert, immer aufs Neue, immer auf die gleiche Weise: mit Kopfschmerzen, brennenden Augen und einer lächerlichen Andeutung von Gehirn. Und jedes Mal saß seine Cousine Lu schon vor ihm in der Küche, ebenfalls mit wenigen Variationen: die Beine angewinkelt, die Knie gegen den alten Holztisch gedrückt, den Männerhut tief ins Gesicht gezogen.

Nur ein einziges Mal besprachen Lu und Edin am Frühstückstisch den nächtlichen Lärm, danach nicht mehr, weil es sofort zu Missverständnissen gekommen war und jeder etwas anderes gehört haben wollte, »Watscheln?«, hatte Lu am Ende gesagt, »was denn für ein Watscheln, du hast sie ja nicht alle!«

Es war das Rebellischste, das ihr in dieser Zeit über die Lippen kam, denn sie tat etwas, das ihr fernlag, zumindest wäre es normalerweise im streng Geheimen geschehen: Lu Winnefeld ergab sich. An ihrem Wunsch, die Sommerferien in ihrer alten Wohnung zu verbringen, hatte sie schon früh nicht mehr weitergearbeitet, was nur teilweise an ihrer Mutter lag. Bernadette Winnefelds Sommer war gut gefüllt mit Geschäftsreisen, und wer sollte sich um die Tochter kümmern, wenn Bernadette nicht da war? Darauf hatte sie zwar auch früher nicht geachtet, aber die Zeiten änderten sich, wendeten sich, machten woanders weiter, und Ende der Diskussion.

Es war nicht das erste Ende der Diskussion, das Lu erlebte. Und sie diskutierte tatsächlich nicht weiter. Aber das lag eben nicht nur daran, dass ihre flüchtige Mutter sie überzeugt hatte. Es hatte höchstens damit zu tun, dass Lu, ehemalige Bassistin von *Lost Minute*, Fachfrau für Anarcho-Punk, nach einigen vergeblichen Kontaktaufnahmen endgültig begriffen hatte, dass zu Hause niemand mehr auf sie wartete, und wie schnell, dachte Lu Winnefeld an manchen Abenden kurz vorm Einschlafen, wie schnell vergaß man, wie schnell man vergessen war.

Auch ihre Cousinen Penelope und Gabriella vergaßen in den ersten Wochen dieser Sommerferien etwas, hin und wieder, alle paar Tage. Sie vergaßen, eine Lücke für Lydia zu lassen. Oder konnte es sein, dass sie es sogar mit Absicht taten, weil sie ihrer Schwester *das hier* nicht zeigen wollten, die Ödnis dieser warmen, langen Zeit? Oder wollten sie diese Lücke in solchen Momenten ihrer Mutter Kalinka überlassen, damit sie sie auf ihren Spaziergängen durch den Ort tragen konnte?

Penelope verbrachte die Tage damit, Hühnergänse zu zeichnen, was auf die Dauer eine eintönige und etwas graue

Beschäftigung war, und Gabriella rüttelte hinterm Haus an den Zaunlatten, suchte einen Zugang zum Labyrinth, doch vergebens. Aber das Interesse an dem sonderbar verschnörkelten Irrgarten war ohnehin kurz nach seiner Entdeckung weitgehend erloschen. Man kam nicht ran, also schwand der Garten wieder und nahm seine verborgenen Schätze mit.

Penelope und Gabriella vermissten in dieser Zeit sogar die Schule, sehnten sich nach dem Schulbus, der sie wochentags jeden Morgen in den Nachbarort gebracht hatte, zusammen mit Johnny, der allen aufgefallen war, und mit Lu, die die lauteste Kaugummikauerin gewesen war, und mit Edin, der keinen Ton von sich gegeben hatte, und ohne Lydia, aber alles war besser, als in den Sommerferien in Kamp-Cornell zu sein!

Selbst die Zeit in der Schule, die Minuten im Bus.

Alles war besser.

Als das.

Mit den Wochen verging auch die laue Kühle in den unteren Stockwerken, das Haus heizte sich auf durch die Unerbittlichkeit des Sommers und durch die Unerbittlichkeit der vier erwachsenen Schwestern, die die ausgeleierte Zeit dazu gebracht hatte, sich noch besser an ihren jahrelangen Streit zu erinnern und an die ewige, bis heute nicht beantwortete Frage, wer von ihnen die Schuld trug.

Und woran?

Sie würden erst von hier verschwinden, wenn alles zugegeben und verziehen, alles entschlüsselt und gelöst worden war, die ganze Angst und der ganze Tod, der eingetretene und der beinahe gestorbene. Die jahrelange Funkstille. Die

Mutter Ernstina, die nicht alt geworden war, der alte Vater und die unbegreiflichen Geräusche, die die Zeiten überdauert hatten und an die sich in Wirklichkeit niemand hier gewöhnt hatte, auch wenn man nicht mehr darüber sprach. Es war eine stickige Feindlichkeit, die in den Räumen und den Schwestern festhing, und das war alles.

Viel mehr geschah nicht in dieser Zeit.

Kaum etwas veränderte sich.

Das weiße, mit zittriger Hand geschnitzte Pferd war eine Weile im Wohnzimmer geblieben und hatte mit beiden Beinen fest auf dem alten Buchentisch gestanden. Alle im Haus hatten um das Holztier herumgelebt, keiner hatte gewagt es zu berühren, keiner außer Johnny Melitzky, und der hatte es für alle anderen gleich mitberührt, siebenmal pro Durchgang. Aber eines Tages war es weg gewesen und seitdem nicht wieder aufgetaucht.

Es fehlte niemandem, im Gegenteil.

Eine Last weniger.

Was in den ersten Wochen der Sommerferien sonst noch geschah, war, dass der alte Toaster qualmend seinen Geist aufgab und auch der klapprige Kühlschrank gegen eine moderne Kühl- und Gefrierkombination in Schwarz ausgetauscht werden musste. An die altzitronige Küchenwand hatte jemand Sträuße aus dem ersten Lavendelschnitt des Jahres gehängt, und auf anderen Wänden im Haus waren nach wie vor neununddreißig CGs verteilt, für die sich nicht einmal Edin mehr richtig interessierte. Und lange, wochenlang bekamen diese neununddreißig frei schwebenden Ohren hier nichts anderes zu hören als die entsetzliche Ruhe der Sommerferien, die nur durch die Nachtgeräusche und durch das Watscheln der Hühnergans unterbrochen wurden, eine Ruhe, die keine *Lass-mich-in-Ruhe*-Ruhe war und keine Seelenruhe und auch nichts mit Geborgenheit zu tun hatte und die niemand im Haus als die erkannte, die sie war.

Sie war die Ruhe vor dem Sturm.

Ⓖ

Die Luft stockte wie warmer, qualliger Brei. Ein starkes Gewitter war angekündigt, amtlich sogar. Es konnte also auf gar keinen Fall unverrichteter Dinge vorüberziehen, das ging schon aus behördlichen Gründen nicht. Und das tat es auch nicht! Denn es deutete wirklich alles darauf hin, dass es in Kamp-Cornell bald ordentlich krachen würde. Die Schwalben hielten sich bodennah, Gewitterwürmchen flogen den Passanten zu Dutzenden ins Gesicht und schon jetzt war das Blau strähnig aus dem grauen Himmel herausgewachsen.

Klebrige Haut, Schweiß über der Oberlippe.

Leichter Tropenwind.

Auch drinnen, im Haus des alten Viktor Melitzky, braute sich etwas zusammen. Und es war ein Wunder, dass das Licht noch funktionierte und das Radio mit der leicht bekömmlichen Klassiksendung. Ein Stromausfall hätte nämlich gerade noch gefehlt, die Stimmung war auch so schon schlecht genug an diesem vierten Dienstag der Sommerferien.

Ja, zugegeben: Ab und zu flackerte das Licht, was angesichts des bevorstehenden Unwetters aber auch kein Wunder war. Das elektrische Licht spürte eben, dass sein naturbelassenes Pendant draußen in Gefahr war, und verbündete sich mit ihm. Zum Glück hatte Rosalie Melitzky vorsorglich den Klempner Andasch ins Haus geholt, und der würde beim kleinsten Verdacht auf Stromausfall ohne zu zögern einschreiten, darauf konnten sich alle verlassen.

Von draußen konnte man das erste Räuspern des Gewitters hören, noch weit entfernt. Es herrschte eine Unruhe, als würde jemand unermüdlich Biotonnen vors Haus rollen. Etwas störte, etwas war zu viel, ein Staubkorn im Auge, ein Stein im Schuh, und die Störung reichte bis ins *ungenutzte Zimmer* hinein. Das Zimmer war in Benutzung, auf seinem Dielenboden saßen fünf Jugendliche, zuzüglich einer weiteren jugendlichen Person im Türrahmen, die es auch jetzt, nach einem halben Jahr in Kamp-Cornell, nicht übers Herz brachte, gegen die Regeln der Ungenutztheit zu verstoßen.

Im Raum war es heller als sonst. Es gab hier zwar immer noch keinen Strom und keine Lampen, dafür aber mehr Kerzen als je zuvor, dünn oder gedrungen, mit oder ohne Duft, weiß oder rot oder honigfarben, alle aus der Küche, aus einer spät entdeckten Schublade der Glasvitrine.

Penelope hatte die Kerzen mit heißem Wachs auf Teller geklebt, und ein paar hatten sich schon nach Pisa-Art zur Seite geneigt. Und doch ergaben sie insgesamt ein akzeptables Lichtermeer und zeigten endlich, wie das *ungenutzte Zimmer* wirklich aussah: genutzt. Jedenfalls musste das mal so gewesen sein, vor sehr langer Zeit. Denn damals hatte jemand den Raum hingebungsvoll mit weinroter Tapete verkleidet. Die Farbe war kaum verblichen, und auch die goldenen Ornamente konnte man im Kerzenschein gut erkennen. Sie hätten es mit Leichtigkeit in die Quartalsausgabe von *Splendid Living Compact* geschafft, wenn sie nicht so entsetzlich versteckt gewesen wären und wenn ihre geschmackvolle Musterung nicht durch fünf eingeritzte und ausgemalte CGs verunstaltet worden wäre, ein blaues, ein gelbes, drei andere.

Alles in allem sah das Zimmer im Kerzenlicht aber beinahe vornehm aus. Königlich. Und in genau diesem Zimmer machte Lu Winnefeld ihrem Cousin Edin Melitzky schon seit einer Weile schwer zu deutende Zeichen – ihr Empfänger jedenfalls saß in dieser Hinsicht leider auf dem Schlauch. Lu kreuzte umständlich die Arme vor dem Oberkörper, zog an den Ärmeln ihres T-Shirts und verzog dabei so angewidert das Gesicht, als hätte sie ein gefülltes Lakritzbonbon im Mund.

Dabei hatte sie nur etwas im Auge.

Sie hatte den Anblick von Edins kurzärmeligem Hemd im Auge, dessen ohnehin schon kurze Ärmel aus Hitzegründen hochgerollt waren und mit viel Fantasie an die weggelassenen Ärmel eines Muskelshirts erinnerten, *Edin!*, rief Lu rein pantomimisch, *Mach das weg!*, zeigte sie ihm in verzweifelten Gebärden, *Sofort!*, und es war mit Abstand das Freundlichste, dass Lu in den letzten sechs Monaten für ihren Cousin getan hatte.

Denn direkt neben ihm saß Soscha.

Soscha, die das nicht sehen durfte!

Im Grunde hatte erst Soschas Besuch dazu geführt, dass sich alle Jugendlichen des Hauses im oder am *ungenutzten Zimmer* eingefunden hatten und dass Penelope den häuslichen Kerzenbestand geplündert hatte. Gret Torrinas Enkelin war vor einer Stunde hier aufgetaucht und hatte verkündet, dass sie gern ihre Großmutter verärgern und trotz des Verbots ins Haus kommen wolle, warum, das wusste nur der Wind, und der war gerade beschäftigt.

Da saß sie nun, direkt neben Edin und seinen Ärmeln, hatte sich im Schneidersitz auf einem der Bodenkissen niedergelassen und schwieg. Von ausgelassener Partystimmung konnte tatsächlich keine Rede sein, auch nicht seit die beiden Drillinge und Johnny dazugestoßen waren. Mit Edin war nicht viel anzufangen, dem hatte es die ohnehin nicht sehr geräuschlastige Sprache verschlagen, aber auch allen anderen machten die Hitze, die Ferien oder was auch immer zu schaffen – vor allem Johnny, der sich gelenkstarr in den Türrahmen geklemmt hatte und immer wieder die Augen schloss, weil er etwas, etwas sehr Bestimmtes, auf gar keinen Fall sehen wollte.

Da war im Eingangsbereich schon mehr los.

Dieser füllte sich nach und nach mit durchnässten Menschen, die entweder zum Haus oder zum örtlichen Nagelstudio gehörten. Ein Starkregen hatte eingesetzt: gut für die Kornelkirschen von Kamp-Cornell, aber schlecht für die Frisuren des Ortes, zum Beispiel für die Haare von Kalinka Melitzky.

Nach Soscha war Kalinka die Erste, die von draußen ins Haus kam. Sie hatte ihren Spaziergang abgebrochen und sah aus, als hätte sie den Inhalt einer ganzen Wolke auf den Kopf bekommen. Danach stürmte Ann Melitzky ins Haus, schüttelte sich vor Stiwa Oblonskis Augen wie ein nasser Hund und rief mit einem gewissen Stolz: »Die haben alle in der *Holzhofklause* nach Hause geschickt, sogar die Dauerbrenner vom Stammtisch, der Chef sagt, das wird der Sturm des Jahrhunderts«, und schließlich stand völlig überraschend und ohne Termin die Nageldesignerin Inge vor der Tür und sagte schnaufend: »Kinder, holt mir doch mal ein Handtuch, zur

Not geht auch ein löchriges kariertes Geschirrtuch, ich bedanke mich herzlich.«

Die Hühnergans, deren Gefieder durch den Regen dunkelgrau glänzte, war heimlich mit Inge ins Haus geschlüpft, und niemand tat etwas dagegen, keine der drei erwachsenen Schwestern, die soeben *Kinder* genannt worden waren, Kalinka, Ann, Bernadette. Denn bei diesem Wetter jagte man keine Gans vor die Tür. Und auch keine Nageldesignerin.

Es gehörte sich nicht.

Dabei sah Bernadette Winnefeld so aus, als wollte sie sehr wohl eine von beiden schleunigst wieder nach draußen schicken. Sie warf Inge einen vernichtenden Blick zu und brachte ihre eigenen Hände und Fingernägel hinterm Rücken kurz in Sicherheit. Dann ging sie in die Küche, wo im Schutz der besinnlichen Klassiksendung Rosalie und Andasch standen, reglos, wortlos, *zu viel!*, dachte Bernadette, *zu viel von allem*, und suchte für Inge das löchrigste und karierteste Geschirrtuch heraus, das die Glasvitrine geladen hatte.

Inge trug ein durchsichtiges Plastikkopftuch und konnte froh sein, dass sie von Lu Winnefeld keine geheimen Zeichen bekam, durchsichtige Plastikkopftücher rangierten auf der Liste der gewagtesten Bekleidungsideen immerhin noch vor gemusterten Wollpullovern und hochgekrempelten kurzen Ärmeln, nicht nur in Lus Welt.

Sehr vorsichtig kletterte die Inhaberin von *Inge's Nagelstudio* über Johnny Melitzkys Welt im Türrahmen, trat ihm trotzdem auf die Zehenspitzen und stand dann im *ungenutzten Zimmer*, band sich das nasse Kopftuch ab, nickte allen zu und sagte: »Da wäre ich also.«

So als hätte sie sich vorher angekündigt.

Oder als hätte hier irgendjemand auf sie gewartet.

Irgendjemand außer Johnny.

Johnny allerdings erinnerte sich gerade nicht daran, wie inständig er auf Inge gehofft hatte, sogar wochenlang. Stattdessen zerdachte er das Weiß ihres Geschirrtuchs und das Weiß von etwas anderem und noch etwas anderem, er wusste nicht, wo er hinsehen sollte, nur weg, nur woandershin, wegwohin. Er musste seinen Blick auf der Stelle in Sicherheit bringen. Also schaute er zum Hund des Klempners und dann nach drüben zur Küche, in der er den Klempner zum Hund sah und die Mutter zu ihm selbst, Johnny Melitzky.

Es war ein Bild, das er schon oft gesehen hatte, seine Mutter, die jemanden umarmte, *irgend*jemanden, und in diesem Falle umarmte sie eben Andasch, einen Menschen immerhin, den Johnny mochte, den er zum ersten Mal mochte, aber er kannte das schon, erkannte es sofort – und konnte doch in Wahrheit gar nicht sehen, *was* er da sah: eine Umarmung, die so liebevoll und sacht war, so über die Maßen leicht, dass die beiden Mitwirkenden darin getrost weiteratmen durften. Rosalie, die einen halben Kopf größer als Andasch war, beugte sich wie zur Verneigung zu ihm herunter und ließ eine graublonde Haarsträhne über den Träger seiner blauen Klempnerhose fließen, zu spät. Zu spät. Und Johnny konnte von seinem Türrahmen aus auch nicht *hören*, was er da sah, eine Umflüsterung mit der Frage: *Könnten wir nicht alte Freunde werden?*, aber so war es, genau das wurde Rosalie und Andasch in diesen Sekunden geschenkt, und es war egal, wer hier wen fragte, denn näher als jetzt würden sich die beiden in diesem Leben nicht mehr kommen, weicher und wärmer als jetzt würden sie sich in diesem Leben nicht mehr begegnen.

Aber das sah nicht nur Johnny nicht.

Das sahen vor allem sie selbst nicht.

Inge hatte sich mittlerweile auf eines der Kissen gesetzt, allerdings nicht wie die anderen im Schneidersitz, sondern mit leicht angewinkelten Beinen, die zur Seite geneigt waren. Auffallend umständlich trocknete sie sich das Gesicht und ein paar einzelne Haarsträhnen ab, die nicht mit ins Plastikkopftuch gepasst hatten. Sie rieb sich die Unterarme ab und die Waden, denn sie war in T-Shirt und Dreiviertelhosen gekommen und ohne ihre pinkfarbene Schürze, also mit viel freier Haut.

Und immer wieder wischte sie sich auch über die Augen, aber nur weil sie draußen zu viel Regenwasser aufgenommen hatten. Inge war stiller als sonst. Inge war weniger Inge als sonst. Und es passte nicht zu ihr, dass sie kaum etwas sagte. Dass sie nicht ruppig klang. Und nicht nach Nagellackentferner roch. Schnaufend trocknete sie sich immer weiter ab, vor allem dort, wo sie schon längst trocken war.

Inge war so halb wie ein halber Apostroph.

Sie hatte etwas auf dem Herzen.

Etwas brannte ihr auf den Nägeln.

»Können wir«, fragte Lu Winnefeld und unterbrach ihre Frage, um eine aufwendige Kaugummiblase zu machen, »irgendwie helfen? Ein Glas Wasser holen? Oder mal ein richtiges Handtuch?«

Sie war die Einzige, die etwas fragte.

Alle anderen schauten die Nageldesignerin nur mit einem Gesichtsausdruck an, der irgendwo zwischen Verwunderung und Entsetzen eingefroren war, auch Johnny, dem Inges verändertes Wesen am meisten Angst machte und der sich noch viel mehr davor fürchtete, dass sie auf Lus Frage tatsächlich etwas sagen könnte. Dass sie überhaupt *irgendetwas* sagen könnte. Aber Inge starrte nur vor sich hin. Nickte. Schüttelte den Kopf. Starrte weiter. Rieb mit dem löchrigen Geschirrtuch noch mal über ein Fleckchen Unterarm.

Draußen war das Gewitter schon näher gekommen und hing schätzungsweise über Wellach, möglicherweise war es sogar noch näher gerückt, *im Zweifel schnell / nach Kamp-Cornell!* Die Schwalben schrien jetzt, hin und wieder rumpelte es, kam etwas Gleißendes durch die Fenster des Eingangsbereiches und arbeitete sich bis ins *ungenutzte Zimmer* vor. Vom Sturm des Jahrhunderts war aber trotzdem noch nicht viel zu hören.

Erst nach sehr vielen Minuten, als das erste wirklich laute Donnern und das erste Bellen von Stiwa Oblonski in die Stille krachten, rief Inge: »Ja doch! Aber ja doch! Dann erzähl ich's eben. Dann fang ich eben damit an. Wenn ihr's unbedingt wissen wollt, kann ich es euch auch sagen.«

Und dann fing sie damit an.

Dann fing sie mit den Broten an.

Inge legte sich das nasse Plastikkopftuch auf den Schoß, drückte mit der Zeigefingerkuppe auf einzelne Tropfen, verrieb sie nachdenklich und sagte: »Die Übergabe damals, nachts im Park. Ihr erinnert euch, ich hab euch davon erzählt. Fast vierzig Jahre ist das jetzt her. Ein halbes Leben. Und diese Päckchen, wisst ihr. Ich wollte euch noch sagen: Es waren nur zwei. Nur zwei Päckchen. Ich glaube, das ist wichtig.«

Es klang so unwichtig, dass Penelope die Einzige war, die etwas dazu sagte, selbst Lu hatte sich ausgeklinkt. »Hattest du nicht«, fragte Penelope, »was vom Drogendeal des Jahrtausends gesagt?«

Unterstützt von einem neuen Donner, den der angebliche Sturm des Jahrhunderts losgeworden war, rief Inge aufgeregt: »Das ist es ja! Verflucht noch mal, ja! Es waren zwei ausgesprochen große Päckchen. Aber es konnten nun mal keine Drogen sein. Außerdem sahen die Päckchen aus wie eingewickelte Dreikilobrote, stellt euch vor, die lagen sogar in einem ... in einem ... Brotkorb. Einem riesigen Brotkorb.«

Es wurde unruhig im Publikum, niemand hier konnte mit Inges Backwaren etwas anfangen, und Edin fragte vorsichtig: »Hatten Sie ... hattest du nicht was von einem Schatz gesagt? Und dass dich das Labyrinth drauf gebracht hat? Weil der Schatz dort versteckt liegen könnte? Und auf einmal sollen es Brote gewesen sein?«

»Jetzt hört mir doch mal zu«, rief Inge, sie schrie es fast. »Wen interessiert denn hier noch dieser dumme Schatz? Den hab ich mir neulich doch nur eingeredet, das ist mir hinterher klar geworden. Und euch wollte ich ihn auch gleich noch einreden. Ein Schatz hat sich besser angefühlt als ... als ... hört mir doch gefälligst mal zu! Die Brote ... die beiden Päckchen ... die waren in Stoff eingewickelt. In weißen Stoff, so hat es von Weitem ausgesehen. Und wisst ihr, was das Schlimme war? Was das wirklich Fürchterliche war? Die Päckchen im Korb, die ... die ... haben sich bewegt!«

Das Gewitter war jetzt endgültig in Kamp-Cornell angekommen. Stiwa Oblonski saß im Eingangsbereich und bellte bei jedem Donner, also beinahe durchgehend. Es war, als wollte der Hund die Geräusche des Gewitters gleich ganz übernehmen und als hätte es der Donner nur noch nicht kapiert.

Er sollte es lange nicht verstehen.

Aber wer verstand hier im Haus schon noch irgendwas?

Draußen prasselte der Regen auf die Kornelkirschsträucher, fegte der Sturm durch die Kornelkirschsträucher, wackelten die Kornelkirschen an den Kornelkirschsträuchern. Im *ungenutzten Zimmer* bekam man davon aber wenig mit. Alles, was man hörte, war die nachhallende Stimme der Nageldesignerin und die feste Stimme von jemanden, der schon eine Weile mitgehört hatte und jetzt zu reden anfing und wütend sagte: »Inge, du gehst jetzt. Verschwinde von hier. Du machst alles nur noch schlimmer.«

Es war die Stimme von jemandem, der am Türrahmen stand, am festgeklemmten Johnny, die Stimme von jemandem, der gar nicht daran dachte, wie Viktor Melitzky zu klingen und der immer weiter- und weitermachte und sagte: »Raus jetzt, ein für alle Mal. Wir geben dir einen Schirm mit. Und ihr anderen verlasst dieses Zimmer jetzt auch. Was macht ihr eigentlich hier? Ihr habt hier nichts zu suchen!«

Viktor Melitzky war rot im Gesicht, Zorn und Angst hatten sich zu einem kräftigen Fuchsiaton vermischt, der nach unten hin in ein modisches Magenta überging. Er war nun endgültig zu den Lebenden zurückgekehrt und übertrieb es gerade mit dem Weiterleben. Leicht gebeugt stützte sich der alte Mann auf einem Gehstock ab und hätte die anderen wahrscheinlich mit eben diesem Stock verjagt, wenn ihm sein Enkel Johnny durch die Wahl seiner Sitzposition nicht versehentlich den Weg versperrt hätte.

Und was zu viel war, war zu viel.

Für Johnny Melitzky reichte es jetzt, all die Aufregung und das Gewitter, die keifenden alten Leute und die lebendigen Dreikilobrote, das alles war ab sofort nicht mehr auszuhalten, auf jeden Fall nicht von ihm.

Nicht von ihm!

Er löste sich aus seiner Erstarrung und aus dem Türrahmen, stand auf, stampfte durch das kerzenhelle Zimmer und rief wütend: »Sorgen sind keine Probleme!« Dann berührte er nacheinander und je siebenmal Soschas weiße Tennissocken, Lus weiße Schnürsenkel, Inges grau-weiß-kariertes Geschirrtuch, sieben schiefe weiße Kerzen, neun weiße Teller, Edins kurzärmeliges weißes Hemd und zuletzt das weiße CG an der hinteren großen Wand, das ihn halb wahnsinnig gemacht hatte.

Oder anders, ganz anders.

Das weiße CG berührte er nur ein einziges Mal. Die anderen sechs Male, die es gebraucht hätte, um das Schlimme, Schlimmste abzuwenden, schaffte er nicht mehr, weil ihm etwas dazwischenkam: ein Chor aus entsetzten Menschen und ein abendbetäubender Donner und ein Protestbellen von Stiwa Oblonski und schließlich noch das, was eigentlich zuerst hätte genannt werden müssen, weil es auch als Erstes geschah – eine rote Wand, die sich, gold- und buchstabendurchwirkt, um einen Meter zur Seite schob, weil ein fast gewöhnlicher Dreizehnjähriger den genau richtigen Knopf gedrückt hatte.

14

Ein ganzes Haus in Aufruhr.

Ein Haus, das nach unten hin größer wurde.

Ein Haus, das endlich den Mund aufmachte.

Das Gebrüll derer, die die Wand hatten aufgehen sehen, war auch zu Kalinka und Ann und Bernadette vorgedrungen, zu Andasch und Rosalie, die sich für immer aus ihrer Umarmung lösten, und nicht zuletzt zu Stiwa Oblonski und der Hühnergans. Am Ende waren es exakt zwölf Personen und zwei Tiere, die den kleinen Raum hinter der Wand entdeckten – plus eine Person, die den Raum längst kannte, seit Jahrzehnten schon, und sich deshalb an allen anderen vorbeiquetschte und dann die lange Holztreppe dahinter hinabstieg. Viktor Melitzky tat das stumm, zog mit seinem Schweigen die anderen hinter sich her wie ein Rattenfänger, denn er hatte augenblicklich verstanden, dass es Zeit war.

Dass es vorbei war.

Und losging.

Die Treppe knarrte sich die Jahrzehnte aus den Stufen, als die Delegation wie in Trance nach unten schlafwandelte, keiner der Wandelnden sprach oder bellte oder schnatterte, nur Andaschs Weinen war zu hören und Inge, die den Klempner mitfühlend fragte: »Stauballergie, mein Lieber? Diese Keller sind immer so schmutzig!«

Doch da irrte Inge.

Dieser Keller war alles andere als schmutzig, und er war

auch alles andere als ein Keller. Das verborgene Geschoss, das die Gruppe betrat, war eine ferne, weiße Welt, die sich weigerte, nach eingelagerten Kartoffeln oder alten Luftmatratzen zu riechen. Stattdessen trug sie einen künstlichen und etwas giftigen Blumenduft, und wer in dieser wankenden Gruppe konnte die bittere Luft am längsten anhalten, wer konnte sich das Herz am längsten zuhalten?

Während der Klempner Andasch dabei war, weinend die Rohre abzuklopfen und die Werkzeuge, die überall an den sauber gekalkten Wänden hingen, in der Hand zu wiegen, blieben Viktor Melitzky und die Hühnergans reglos stehen. Alle anderen betraten das erste Zimmer, das auf ihrem Kellerweg lag: einen großen, elektrisch hellen Raum, der wie die Social-Media-Filterversion des *ungenutzten Zimmers* aussah. Auf dem Boden lagen im Kreis mehr als zwanzig flache, runde Kissen um ein größeres Kissen herum, standen überall Schalen mit wuchtigen Kerzen, und alles war wer weiß wie weiß, nur nicht die großen Buchstaben an der Wand, die in ihrem Naturholzton belassen worden waren.

CG.

Cilliahs Gefährten.

Und wenn sich das Haus all die Jahre seine verteilten Ohren zugehalten hatte, dann dieses besonders. Dieses besonders! Und es war auch besser so, weil es andernfalls einiges zu hören gekriegt hätte. Es hätte einiges wieder vergessen müssen. Und es wäre ihm nicht gelungen.

Wie automatisch presste Bernadette Winnefeld ihre Handflächen vor der Brust zusammen und stellte ihre Füße hüftbreit auseinander, um dann ihre Fersen zum Hatha-Yoga-Zehenspitzenstand anzuheben, eine alte Gewohnheit, die gut fürs Gleichgewicht war und für die sie hin und wieder ein Zeitfenster hatte. Aber Bernadette hielt es nicht lange durch, weil ihr Geschäftsrock zu eng war und weil Rosalie jetzt flüsterte: »Ich krieg hier keine Luft! Ich muss hier sofort raus. Bitte, ich halt das nicht aus.«

Auch die anderen fühlten sich unwohl. Der weiße Raum ließ niemanden hier zur Ruhe kommen, verpasste keinem eine innere Grundreinigung, im Gegenteil. Einer nach dem anderen verließ das Zimmer, das so gar nicht zum Haus von Viktor Melitzky passen wollte, nur Johnny blieb, hatte noch zu tun und war derjenige von allen, den das weiße Zimmer am wenigsten beruhigte.

Rosalie nahm einen tiefen Atemzug, so als wäre die Luft im restlichen Keller besser – und als wäre die Luft das Problem. »Hier ist ja alles hell«, flüsterte sie, »überall ist Licht an«, und Bernadette, die sich seit Monaten um die Rechnungen und Daueraufträge ihres Vaters kümmerte, sagte: »Das erklärt auch die hohen Stromrechnungen, und dauernd diese Stromausfälle. Und ich wundere mich noch ...«

Das Gewitter war auch hier unten zu hören, am meisten von Stiwa Oblonski, der immer noch bei jedem Donnern bellte. Erstaunlicherweise konnte man von weiter hinten sogar den Regen hören, das Geräusch kam aus einem anderen Zimmer, dessen Tür geschlossen war. Das Gewitter war die einzige Verbindung zur richtigen Welt, die allen noch geblieben war, der einzige Steg zu einem früheren, unwissenderen, unschuldigeren Leben, das doch erst wenige Minuten her war.

Die Besichtigungsgruppe verteilte sich, trieb auf schockschlackernden Beinen auseinander, von irgendwo rief Lu:

»Hier gibt es sogar ein Klo«, und Ann war an einigen Möbeln vorbeigekommen, die sie oben im Haus vermisst hatte und die jemand umgebaut und gestrichen hatte, »Ich glaub's nicht«, stieß sie hervor, »diese Kommode suche ich schon seit Monaten!«

Viktor Melitzky stand immer noch wie angewurzelt da, hatte aber mittlerweile die Augen geschlossen. Auch für ihn war ein früheres Leben zum Halten gekommen, aber es unterschied sich von dem der anderen schmerzlich, weil es im Verschwiegenen stattgefunden hatte. Er war allein. Die Gans stand jetzt nicht mehr neben ihm, sondern watschelte irgendwo im Keller herum, meistens dort, wo Penelope war. Der Klempner Andasch prüfte immer noch die Rohre, probierte nach wie vor die Werkzeuge aus, klopfte gegen die vielen Gegenstände und Regale aus Metall, hatte sich in eine feine Rage gearbeitet. Es ging ihm nicht gut. Seine Augen hörten nicht auf zu tropfen, und schon wieder bellte das Gewitter, es war noch nicht weitergezogen, alles blieb, alles, alles blieb.

Alles blieb.

Man wusste bloß noch nicht, was.

Man wusste bloß nicht, wie.

Mittlerweile waren alle außer Andasch und dem alten Viktor Melitzky zu dem hinteren Zimmer vorgedrungen, aus dem das Regenprasseln kam, auch Johnny hatte seine Arbeit im weißen Raum beendet, und er war sogar derjenige, der die Tür öffnete, mit einem Ruck, der wie ausgedacht wirkte. Trotzdem war Johnny nicht der Erste, der das Zimmer betrat, jemand kam ihm zuvor, eine halbe Portion auf roten Beinen und schwarzen Füßen, die an ihm vorbeiwatschelte und sich endlich so zeigte, wie sie in der *Enzyklopädie der achtzehntausend Vogelarten* auch gemeint war, nämlich als zuschnappendster Schnappvogel vor dem Herrn. Wie eine Furie stürmte die Hühnergans ins Zimmer, direkt auf zwei Gestalten zu, die im hinteren Bereich gestanden hatten, jetzt panisch eine Leiter hochkletterten und oben durch eine Luke verschwanden.

Sie ließen sie offen.

Sie ließen den Starkregen ins Zimmer fallen.

Sie ließen jemanden zurück.

Ein Mensch stand da noch, einer nur, der war übrig geblieben. Ein Mensch stand da noch, mit dem Rücken zu den anderen, und der Mensch ließ eine Auflaufform fallen, »Nein!«, schrie Soscha, »oh nein!« Dann fügte sie, weil sie etwas begriffen hatte, leise hinzu: »Es ist ein Milchreisauflauf. Bestimmt mit Kornelkirschsoße. Es ist ein Milchreisauflauf mit Kornelkirschsoße.«

Ein Mensch stand da noch.

Er drehte sich nicht um.

Blieb stehen, wie er dagestanden hatte.

An der Leiter unter der Luke hatte sich eine große Pfütze gebildet, aber niemand kümmerte sich darum. Es regnete weiter herein. Man konnte das Donnern und Stiwas Bellen jetzt wieder gleichzeitig hören, beide hatten eine ähnliche Lautstärke, anders als Viktor Melitzky, der jetzt ebenfalls im Zimmer stand und gar keine Lautstärke hatte, immer noch nicht. Aber gab es noch eine Verbindung zu der Welt da oben? Gab es überhaupt noch eine Welt da oben?

Der Mann drehte sich um.

Drehte erst seinen Kopf, dann seinen Rest.

Und sah in die fremde Menge.

Rosalie Melitzky schluchzte und hielt Johnny fest, der wieder Weiß gesehen hatte, Kalinka suchte unverzüglich ihre zwei verbliebenen Drillinge zusammen und drückte sie so entschuldigend an sich, wie sie es seit drei Jahren nicht mehr getan hatte, während sich Lu und Bernadette Winnefeld sogar noch weiter voneinander wegstellten. Edin nahm Soschas Hand. Edin nahm Soschas Hand! Ann Melitzky drehte sich ruckartig um und schrie ihren Vater an: »Warum gehst du denn auf einmal am Stock, seit wann hast du diesen Stock, den hattest du doch früher nicht?«, und ausgerechnet Inge, die Inhaberin von *Inge's Nagelstudio*, ging nach hinten, quälte sich die Leiter hoch, schloss die Luke und rief dann von oben mit einer kraftlosen Stimme herunter: »Falls noch irgendwer am Zugang zum Labyrinth interessiert ist – der wäre dann genau hier.«

Jetzt trottete auch Stiwa Oblonski ins Zimmer, lief auf den fremden Mann zu und wich zurück, winselte. Verstand die Welt nicht mehr. Edin hielt immer noch Soschas Hand. Johnny hatte sich aus den Armen seiner Mutter befreit, stand aber da wie gefroren. Und endlich betrat auch Andasch den Raum, der einzige Klempner von Kamp-Cornell, der einzige Andasch, dem Rosalie Melitzky je hatte begegnen dürfen. Alle traten zur Seite, um ihn durchzulassen wie jemanden, der zum Schafott geht oder sich verheiraten will, nur Rosalie versuchte ihn am Ärmel zu fassen und flehte: »Nicht, geh nicht, geh da nicht hin. Schau ihn dir gar nicht erst an.«

Aber Andasch ging da hin.

Unterwegs legte er Johnny noch kurz die Hand auf den gefrorenen Kopf und sagte zum letzten Mal »Chef«, dann schritt er mühsam auf den anderen Mann zu, während Viktor Melitzky mit nassem Gesicht und scheinbar allerletzter Kraft krächzte: »Er hätte immer gehen können. Immer hätte er einfach verschwinden können. Die Luke war nie verschlossen und der Garten auch nicht, Cilliah ist gern bei uns, Cilliah war immer freiwillig hier. Cilliah ist ...«

Ann Melitzky würgte, hielt sich die Hand vor den Mund, rannte aus dem Zimmer und zu der von Lu entdeckten Toilette, um sich lauthals zu übergeben. Man hätte es hören können, alle im Raum hätten es hören und sich anschließend um Ann kümmern können. Aber jeder hier konzentrierte sich nur auf Andasch und auf den Fremden, der Andaschs Ebenbild war, ein trübes Spiegelbild, das von Sekunde zu Sekunde klarer wurde.

Vielleicht war der andere etwas fülliger als der Klempner, so um den Bauch herum, und ein wenig ergrauter, so um das Haupt herum, und er trug auch keine blaue Latzhose, sondern war von oben bis unten weiß gekleidet, sogar sein Gesicht war weiß, weiß wie das Licht nach Neulicht.

Andasch hatte aufgehört zu weinen. Langsam und ohne zu stolpern, ging er auf sein Spiegelbild zu und legte ihm zögernd eine Hand auf die Schulter, wenigstens sah es anfangs so aus. Aber tatsächlich entfernte er nur ein Klümpchen Milchreisauflauf, das von seiner natürlichen Flugbahn abgekommen war, als guter Klempner musste man immer alles im Blick haben. Dann knickten Andasch die Beine weg und er sank, ging ein, fiel seinem Spiegelbild vor die Füße. Er hatte es seit fast vierzig Jahren nicht mehr gesehen.

Der Abend war spät und der Regen nicht weitergezogen. Es gewitterte immer noch, aber leiser jetzt, ferner, und Stiwa Oblonski bellte auch nicht mehr mit, zumindest konnte man das oben in der Küche nicht hören. Der Hund und die Gans und besonders der Klempner, der sich verdoppelt hatte, sie waren unten im Keller geblieben. Alle anderen saßen schweigend am alten Küchentisch. Jemand hatte das Radio ausgemacht, in dem zu dieser Uhrzeit nur Walzer ohne Moderation liefen, und die Küche, die vor wenigen Stunden noch etwas so Zartes, Liebevolles geborgen hatte, stöhnte jetzt unter der Last, die alle zu tragen hatten. Vielleicht war es auch kein Stöhnen, sondern nur das Brummen des neuen Kühlschranks, der für sein junges Alter ungewöhnlich laut war. Die Stimmung hatte auf alle Fälle nichts Einladendes an sich, und wer die Möglichkeit hatte, der bangen Tischgesellschaft fernzubleiben, dem konnte man nur dringend empfehlen, dass er es auch tat.

Denn jetzt tropfte auch noch der Wasserhahn.

Rosalie Melitzky sprang auf, stürzte zu ihm hin, rief: »Nicht jetzt, Verräter!«, und drehte ihn weit auf. Und weil ihre Schwester Bernadette nicht nur mit den Strom-, sondern auch mit den Wasserrechnungen dieses Hauses vertraut war, erhob sie sich ebenfalls, ging zur Spüle, schob Rosalie sanft zur Seite und drehte das Wasser wieder ab. Sie sah zu den anderen und strahlte jetzt etwas so ungewohnt Mütterliches aus, dass dieser Anblick ihrer Tochter Lu sofort einen Stich versetzte.

»Wie sieht's aus?«, fragte die ungewohnt Mütterliche die anderen. »Wann habt ihr eigentlich das letzte Mal was gegessen?«

Von hier und da kamen müde Bemerkungen wie »Ich hab keinen Hunger« oder »Wer kann denn jetzt an Essen denken?« oder »Heute früh«, und zum Glück hatte Bernadette Winnefeld, Senior Consultant und Fachfrau für Situationsanalysen, ohnehin nicht mit einer zufriedenstellenden Antwort gerechnet. »Gut, dann mal schauen«, sagte sie mehr zu sich selbst als zu den anderen. »Was haben wir eigentlich im Haus? Hier wären schon mal zwei schöne große Bäckerbrote.«

»Nein!«, kam es aus sechs jugendlichen Mündern, und Bernadette hob irritiert und beschwichtigend die Arme. Sie öffnete den Kühlschrank und rief über ihre rechte Schulter hinweg: »Ich könnte ansonsten noch Quarkpfannkuchen anbieten. Von meinen Proteinwochen habe ich jede Menge Eier und Quark übrig, nämlich ...«

»... zweiundzwanzig Eier und dreizehn Packungen Magerquark«, ergänzte Johnny Melitzky lustlos, aber korrekt.

»Stimmt«, sagte Bernadette. »Ein paar Handvoll Zucker und Mehl und den anderen Schnickschnack werden wir hier sicher auch noch irgendwo auftreiben.«

Dann endlich war sie in Sicherheit. Bernadette Winnefeld durfte sich um das Essen kümmern, auch wenn sie dafür ihre restlichen Diätzutaten opfern musste, doch was kümmerten sie restliche Diätzutaten? Hauptsache, sie brauchte jetzt nicht mitzureden, mitzuschimpfen, mitzufühlen. Das könnte sie nicht ertragen. Außerdem hatte sie vor Jahren in einem Buch gelesen, dass es, wenn die großen Katastrophen einsetzten, eine *kleine, gute Sache* war, zusammen zu essen, und es konnte doch sein, es konnte doch wirklich sein, dass da was dran war, bitte, dachte Bernadette, bitte lass da was dran sein.

Der alte Küchentisch, der in den letzten Monaten schon einiges hatte mitmachen müssen, zuckte zusammen. Ann hatte mit der flachen Hand auf das arglose Holz geschlagen, und der Knall hatte Viktor Melitzky dazu gebracht, den Kopf einzuziehen. Inge hielt sich die Hände mit zehn krumm und schief geschnittenen Fingernägeln vors Gesicht. Bernadette ließ zwei Eier fallen.

»Wie konntest du nur?«, flüsterte Ann Melitzky und war immer noch so bleich wie vorhin, blasser sogar, leinenblass. »Was hast du dir nur, wie seid ihr, warum warst du nicht? Warum hast du nicht? Wieso um alles auf der Welt bist du?« Ann zitterte, bebte, trauerte. Und es war nicht klar, um wen sie mehr trauerte, um Cilliah oder um sich selbst, um all die verlorenen Jahre und Jahrzehnte. Um das Rätsel, das gelöst war und nichts Harmloses mehr in sich tragen konnte. Um die Zeit, die sie an die Angst verloren hatte und an das ständige Gefühl, dass etwas in diesem Haus ganz gehörig nicht stimmte, ein Gefühl, das ja auch ihr Leben gewesen war.

»Ich habe es doch versucht«, flüsterte Viktor Melitzky, immer noch gebeugt, immer noch mit Blick auf den Tisch. »Annchen. Ich hab es immerhin versucht. Ich wollte das nicht mehr. Aber dann bin ich krank geworden. Und früher hat auch schon Ernstina ...«

»Nein«, rief Gabriella. »Die haben euch vergif...«

Sie war ihrem Großvater ins Wort gefallen, und der wiederum fiel seiner Enkelin ins Wort und rief: »Schlag dir das aus dem Kopf, Mädchen, schlagt euch das alle aus dem Kopf, das ist Unsinn, davon ist nichts wahr!«

»Na dann.« Gabriella sprang von ihrem Stuhl auf und sah aus, als würde sie gekränkt aus dem Zimmer rennen. Stattdessen fing sie an, gekränkt den Tisch zu decken, auch wenn Bernadette noch nicht sehr weit gekommen war und immer noch den Pfannkuchenteig anrührte.

Obwohl Kalinka nicht zu den beiden Schwestern gehörte, die ihrem Vater niemals oder nur halb verzeihen würden, fragte sie: »Was macht dieser Zwillingsbruder in unserem Keller? Was fällt dir ein, einen Zwillingsbruder im Haus zu haben? Wie alt war der, als er hier eingezogen ist?«

Viktor Melitzky schwieg.

Der Wasserhahn tropfte.

Kein Klempner in der Nähe.

»Der Junge war ... ein Baby«, sagte jetzt Inge gedämpft hinter vorgehaltenen Händen, weil sie schließlich schlecht behaupten konnte, dass er eines von zwei synchronschlafenden Dreikilobroten gewesen war, »er war ein Baby damals, und ich habe es gesehen. Ich habe es gesehen und gesehen und gesehen. Zwei Babys habe ich gesehen und sie einfach nicht begriffen. Nicht das eine und nicht das andere.«

Vor dem Gesicht unter ihren Händen rann Regenwasser, das sie vorhin, vor vielen Stunden, vergessen hatte abzutrocknen, oder unten im Keller, als sie die Luke geschlossen hatte. »Viktor«, sagte sie schluchzend. »Ich habe es gesehen. Ich habe die Übergabe damals gesehen.«

Viktor Melitzky richtete sich jetzt auf, im ersten Duftanflug von heißem Sonnenblumenöl, und zog die Nase hoch. Dann rieb er die Hände aneinander, verschränkte sie, drehte kurz Däumchen und legte die Handflächen wieder auf dem Tisch ab, sagte: »Ghuka hat die Säuglinge zum Denkmal gebracht. Keiner hat gewusst, woher sie kamen, vermisst hat sie in all den Jahren niemand. Die Mutter muss aus der Gruppe gewesen sein. Aus der Gruppe in Theklamünd. Niemand hat je nach den Jungen gefragt.«

Ann schlug wieder auf den Tisch, aber viel zu zaghaft.

Kalinka schluckte, aber viel zu verschluckt.

Bernadette gab den ersten Teig in die Pfanne.

Und Rosalie sprach.

Viktor Melitzkys jüngste Tochter fragte mit einer Strenge, die etwas Gespieltes, Künstliches hatte und nicht nach Rosalie Melitzky klang: »Und wer ... also ... jetzt mal: Wer hat denn festgelegt, wer wer ist? Wer hat gesagt: *Du wirst frei sein – und du nicht*? Wer hat gesagt: *Du hast ein normales Leben – und du wirst nur rumsitzen und nie rauskommen*? Wer hat gesagt: *Du bist Andasch – und du Cilliah*? Oder hießen die beiden schon vorher so? Vor ihrer ... Lieferung?«

Erst ab *Andasch* war Rosalies Stimme wieder freundlicher geworden, es war, als hätte sie der Name aus einer kurzen, bitteren Hypnose zurückgeholt, Rosalie konnte nicht bitter klingen, wenn sie *Andasch* sagte.

»Ghuka hat das festgelegt«, flüsterte Viktor Melitzky und nickte dabei. »Ghuka hat die Namen verteilt und die ... und die ... Kinder. Andasch ist zu einer Familie im Ort gekommen, die waren auch von uns, aber aus dem ... ersten Kreis. Beide schon verstorben.«

»Das ist illegale Adoption«, rief Bernadette vom Herd aus. Sie redete jetzt doch mit und sagte ergänzend: »Himmeldonnerwetter noch mal. Verbrannt! Den kann ich gleich wegschmeißen. Den Biomüll müsste auch mal jemand rausbringen. Nein, ich versteh's nicht. Ich versteh's einfach nicht. Wofür habt ihr diesen Zwilling denn bloß gebraucht? Diesen ... Cilliah? Und was hat der euch getan?«

Es war gut möglich, dass zwei oder drei Tränen im Pfannkuchenteig gelandet waren. Aber eine gute Prise Salz hat ja noch keinem süßen Teig geschadet! Viktor Melitzky weinte hingegen nicht, wenigstens nicht so, dass man es von außen sehen konnte. Er war müde, viel müder als je zuvor, hier, gebeugt am Küchentisch.

Er war so müde.

Er hatte ausgedient.

»Cilliah war ... der Junge hat es gut bei uns«, sagte er mit schwacher, ungebügelter Stimme. »Der hat alles, was er braucht, und immer Besuch, das kann ich euch sagen, viel Besuch, sogar einen Spielkameraden hatte der früher, unseren Fleischersohn. Das einzige Kind, das Bescheid wusste. Cilliah hat Lesen und Schreiben gelernt und konnte raus in den Garten, bloß still musste der sein, das war die Bedingung. Cilliah, schhh! Ich hab mir gesagt, der wohnt eben bei uns, nur das. Wir haben ihn bei uns aufgenommen. Der wohnt bei uns, und wir reden nur nicht drüber.«

»Aber wozu?«, flüsterte Rosalie »Wozu das alles?«

Gabriella knallte Gläser mit Schokocreme und Marmelade auf den Tisch. Bernadettes Pfannkuchenberg neben dem Herd wuchs wie das Gewicht der versammelten Herzen, und das Gewitter war nun endgültig weitergezogen, nur der Regen prasselte geduldig ans Fenster, dieser dunkle Abend, dieses ganze dunkle Leben, alles floss und floss, blieb.

»Cilliah war ... er ist unser Licht«, sagte Viktor Melitzky. »Er hat uns Glück gebracht. Er sollte uns nur Glück bringen. Und wir hatten Glück. Immer mal wieder. Einige von uns. Einige von uns hatten manchmal Glück. Wenn wir uns um Cilliah gekümmert haben, dann haben wir auch unser ... Glück gepflegt. Sein Glück muss man pflegen. Man muss was dafür tun. Das Glück kommt nicht einfach so von selbst.«

»Er war also all die Jahre euer beschissener menschlicher Glücksbringer?«, rief Ann Melitzky, die in einem Haus aufgewachsen war, das sie eher mit der Abwesenheit von Glück verband, mit Angst und verschluckten Antworten. »Er war also so eine Art Schornsteinfeger, ja? Oder ein lebendiger ... Buddha? Und was musste er machen, singen? Tanzen? Zehnmal den Sonnengruß?«

»Annchen. Annchen.« Es war ein trotziges Flehen, das in Viktor Melitzkys Worten lag und das ein oder zwei andere Personen in der Küche erreichen mochte, aber mit Sicherheit nicht Ann Melitzky.

»Er muss nur da sein. Da sein, das ist seine Aufgabe. Einmal im Jahr muss er in der *Stätte* sitzen, das ist der weiße Raum, den habt ihr gesehen. Nur sitzen. Und dann kommen Ghuka und einige vom nullten Kreis in Theklamünd, also sozusagen der Hauptstelle, dann noch ein paar von uns, und wir sitzen da auch nur, also, so ist das mal gewesen. Letztes Jahr noch. Jedes Mal sind neue Buchstaben ins Haus gekommen. Das C und das G, immer auf die schönen Wände. Immer einfach reingeritzt. Ernstina hat das wahnsinnig gemacht. Und Christian war der Erste, der keine Lust mehr hatte. Auch nicht auf die Treffen nachts am Denkmal. Der hat als Erster nicht mehr mitgemacht. Und das ... und Cilliahs weißes ... Cilliahs weißes Pferd muss er damals einfach mitgenommen haben.«

Kalinka saß da, als hätte sie Angst umzufallen. Sie hielt sich an Penelope und Gabriella fest und flüsterte: »Dieser Junge ist mit uns ... aufgewachsen. Nur eine Etage unter uns. Wie ein geheimer Bruder. Ich versteh es nicht. Ich versteh es einfach nicht. Nichts verstehe ich. Und wieso hier, wieso ausgerechnet hier?«

»Weil das Haus«, sagte Viktor Melitzky, »weil das Haus nun mal ein energetisch wichtiger Ort ist.«

Es klang wie abgelesen.

Bernadette drehte den Herd ab und rief über ihre Schulter hinweg: »Das würde auf jeden Fall die hohen Energiekosten erklären. Ansonsten erklärt es eher gar nichts. Kann doch nicht sein, dass du wirklich an so was glaubst. Also entschuldige, aber wo sind wir denn hier?«

Zu Lus Erleichterung hatte ihre Mutter alles Mütterliche wieder verloren. Bernadette Winnefeld klopfte sich das mehlbestäubte Kostüm aus, drückte sich beim Entstauben den dritten Fettfleck auf den Blazer und verhielt sich jetzt so, als würde sie einem Meeting vorstehen. Lieblos stellte sie zwei Teller mit Pfannkuchen auf den Tisch, und wer nur mit halbem Auge hinsah, der konnte meinen, sie legte in Wirklichkeit Aktenstapel aus, die dringend noch durchgegangen werden mussten.

Ann Melitzky fuhr von ihrem Stuhl hoch.

»Die Pfannkuchen sind fertig? Dann geh ich jetzt nach oben. Keinen Bissen würde ich runterkriegen. Im Hals würde er mir stecken bleiben. Und morgen rufen wir die Polizei an. Morgen zeigen wir dieses Baby ... dieses Kind ... diesen Jungen ... diesen ... Mann der Polizei.«

Dann stampfte Ann zur Küchentür, riss sie dramatisch auf und knallte sie hinter sich zu. Alles bebte, wackelte, klirrte nach. Bernadette Winnefeld seufzte und nahm sich einen Pfannkuchen vom Teller. Während sie ihn einrollte, sagte sie in die Runde: »So sehe ich das auch. Wir rufen die Polizei an –

morgen, wenn wir wieder einen klaren Kopf haben. So, und nun entschuldigt mich. Ich habe noch zu arbeiten.«

Sie machte die Küchentür wieder auf, ließ sie hinter sich offen, stieg die Treppenstufen hoch. Und es dauerte höchstens eine Minute, bis draußen erneut Schritte zu hören waren, die direkt vor der Küche anhielten und eindeutig nicht auf Bernadettes Konto gingen.

Ann Melitzky war noch einmal zurückgekehrt.

Sie war hier, um die Tür ein zweites Mal zuzuknallen.

G

Vieles hatte sich verändert.

Die Lücken waren anders geworden.

Sie hatten sich zwischen Menschen niedergelassen, bei denen sie eigentlich gar nichts zu suchen hatten, oder sie waren schlicht und einfach von der falschen Person ausgefüllt worden. In der Lücke zwischen Gabriella und Penelope saß ihre Mutter Kalinka und kaute an einem zu großen Stück Quarkpfannkuchen. Lange war sie ihren Töchtern nicht mehr so nah gewesen wie jetzt. Sie konnte die feinen Härchen auf Gabriellas Unterarmen wachsen hören, sie konnte auf den Nanometer genau sehen, wie weit das Türkis aus Penelopes Haaren herausgewachsen war. Sie lächelte. Lydia hätte die Farbe gefallen, dachte Kalinka in ihrer Lücke. Türkis war Lydias Farbe, Türkis war die Farbe des Todes, nein. Nein!

Es war das Leben, das die Farben mischte.

Erst im Keller war ihr das wieder eingefallen.

Sie wusste nicht, dass ihre Schwester kochen konnte.

Aber auch zwischen Edin und Soscha klaffte eine Lücke. Sie war schmal, aber gerade noch breit genug, dass ausgerechnet Johnny Melitzky darin Platz hatte. Und Johnny passte in die Lücke, oh ja. Er war wie gemacht dafür! Starr und steif saß er da, mit einem kaum erkennbaren Unterarmbeben und einem ausgestreckten Zeigefinger, der in der Küche komplizierte Zählungen durchführte. Johnny saß so da, wie Edin sich fühlte. Und es war weniger der entdeckte Cilliah, der Edin einquetschte und ihm die Luft nahm, für Cilliah brauchte Edin noch Zeit, Cilliah musste er erst noch begreifen.

Es war Soscha, die ihm zu schaffen machte.

Soschas warme, raue Hand.

Sie hatte sie vorhin im Keller irgendwann von seiner Hand weggezogen, mit einem heftigen Ruck, ohne Vorwarnung, und gleich danach hatte sich Soscha woanders hingestellt, zu seiner Tante Kalinka und zu Gabriella und Penelope. Höchstwahrscheinlich war ihr klar geworden, dass sie mit Edins Hand nichts zu tun haben wollte, dass sie Edins Hand nicht mochte, dass ihr Edins Hand zu still und zu langweilig war. Etwas anderes konnte es nicht sein, Edin wusste das, er kannte sich aus mit zu stillen Händen, seine Hand hatte Soschas Hand in die Flucht geschlagen.

In die Flucht berührt.

Soscha, die auf der anderen Seite der Lücke saß, direkt neben Johnny, fühlte sich aber auch nicht viel besser. Ganz gleich was Edins Großvater getan und verschwiegen hatte, es konnte nicht annähernd so entsetzlich sein wie das, was ihre eigene Großmutter angerichtet hatte, das hatte Soscha vorhin im Keller an dem heruntergefallenen Auflauf ablesen können: Jeder Scherbe der vertrauten Keramikform war Gret

Torrinas Verbrechen eingeschrieben gewesen, und sie, Soscha, hatte alle die Jahre nichts davon bemerkt. Hatte »Viel Spaß!« gerufen, wenn ihre Großmutter auf dem Weg zu Cilliah gewesen war, hatte sich über das verhuschte Schweigen gewundert, wenn sie sie auf die CGs in Viktor Melitzkys Haus angesprochen hatte, und war mit halbem Herzen Geheimnissen auf der Spur gewesen, ohne sich wirklich für sie zu interessieren, sie schämte sich, schämte sich entsetzlich, und am meisten schämte sich Soscha vor Edin.

Wie sehr sie das schon vorhin im Keller gespürt hatte!

So sehr, dass sie ihre Hand aus Edins warmen, schwitzigen Fingern gezogen hatte. Dass sie weggegangen war und sich später in der Küche nicht neben ihn gesetzt und kein einziges Wort gesagt hatte, zu niemandem hier. Und jetzt war es ausgerechnet Edins überdrehte Cousine Lu, der sie etwas erzählte. Soscha riss ihren Pfannkuchen in kleine, fettige Fetzen, ohne auch nur einen davon zu essen, und sagte leise zu Lu: »Meine Oma hat da mitgemacht. Kannst du dir das vorstellen?«

Lu Winnefeld, die seit der Entdeckung im Keller ebenfalls nicht gesprochen hatte und der einzige Mensch auf Erden war, der gleichzeitig Kaugummi und Pfannkuchen kauen konnte, rief schmatzend und in Küchenlautstärke: »Frag mich mal. Meine Oma hat da auch mitgemacht. Und mein Opa auch.«

Hier kam nun die dritte und längste Lücke dieses Abends zum Einsatz, oder jedenfalls taten es die beiden Personen, die sich an den Rändern dieser drei Meter großen und wurmzerfressenen Lücke niedergelassen hatten, an den Enden des ausgedehnten Küchentisches. Am vorderen Ende saß Viktor

Melitzky zusammengesunken wie ein ungebetener Gastgeber. Er zerknüllte gewissenhaft einen Quarkpfannkuchen und breitete ihn dann wieder ordentlich auf seinem Teller aus, sagte »Nein«, sagte »Nie« und strich mit dem Zeigefinger vorsichtig über den Pfannkuchen. »Nie haben wir ihn schlecht behandelt. Er hat ... die ganze Zeit gebaut. Schon früh, als er noch klein war. Er hatte immer irgendwas zu hämmern oder zu schrauben, sogar nachts, am liebsten nachts, mit der Ruhe hat es dann also doch nicht so geklappt, es ist wirklich ein Wunder, dass ihr nichts gehört habt. Die Bausubstanz ist speziell, die Geräusche haben sich in manchen Nächten im ganzen Haus verteilt.«

»Wir!«, stieß Kalinka so heftig hervor, dass Penelope und Gabriella links und rechts von ihr wackelten. Die beiden fügten dem *Wir* ihrer Mutter nichts Angemessenes hinzu, niemand in der Küche tat das, es hätte auch keinen Sinn gehabt und außerdem Jahre gedauert, um die richtigen Worte für den nächtlichen Lärm dieses Hauses zu finden.

»Armer Kerl. Er hat alles aus seiner Welt herausgeholt, was ging«, sagte Rosalie, die sich mit genau diesen Dingen auskannte. »Alles, was ging.«

Rosalie benutzte die kleinste Stimme, die sie hatte.

Die zerfurchtetste.

Und kurz hellte sich Viktor Melitzkys Gesicht auf, so als wäre er soeben begnadigt worden. Er hob seine Mundwinkel zu einem Lächeln, leitete sie auf halber Strecke um und erzählte dann stockend von angehämmerten Stromleitungen und Stromausfällen, sprach von allem, das Cilliah gebaut hatte, und immer wieder veränderte sich das Gesicht des alten Mannes. Sah es im einen Moment angerührt aus, legte sich im nächsten runzlige Schuld auf Viktor Melitzkys Wangen, die schon im Augenblick danach von etwas Rötlichem, Wütendem ersetzt wurde, und so ging das weiter und weiter und nicht weit genug. »Und das Labyrinth?«, fragte Edin, hauchte Edin, er hätte es sich auch einfach sparen können. Denn Viktor Melitzky sprach und knarzte ungestört weiter, zitterte und flammte auf, erlosch, strich besänftigend über seinen jetzt lädierten Pfannkuchen.

»Und das Labyrinth?«, rief Soscha, und Edin wurde rot.

»Der Irrgarten, ja«, sagte Viktor Melitzky. »Unser Irrgarten. Unser kleiner Irrgarten.«

»Wie du das sagst!« Kalinka schlug mit der Faust auf den Tisch. »Du sagst das, als wäre der etwas ... Schönes. Mein Haus, mein Keller, mein Irrgarten. Mein eingesperrter Mensch.«

Viktor Melitzky atmete jetzt nur noch. Erst gleichmäßig, dann schneller. Schwerer. Er hatte heute mehr geredet als an allen Tagen der letzten Monate zusammen, viel war nicht mehr übrig in ihm. Erst nach einer Weile sagte er leise: »Der Garten war eine Idee von ... ach, das spielt doch keine Rolle ... er war ein Geschenk für Cilliah. Damit er längere Wege hat, die Wege in einem Irrgarten sind lang. Stundenlang läuft er drin rum ... ist er drin rum gelaufen ... und man kann von draußen rein ... und von drinnen raus ... Cilliah kannte die Stelle, er hat sie nur nie genutzt ... und immer ist das Labyrinth nachgeschnitten worden, in letzter Zeit wahrscheinlich nur nachts ... wie gesagt ... er ist das Herz ... Cilliah ist das Herz von allem ... Ghuka hat uns das Herz gebracht, und das Herz hat uns Glück gebracht.«

Hatte Inge ein Stichwort gebraucht?

Hatte *Glück* gereicht, oder *Herz*?

War Inge jemand, der bei so billigen Stichworten anschlug?

Sie hatte, seit sie in der Küche war, schweigend am anderen Ende des Tisches ausgeharrt, das Fenster im Rücken, das Gesicht hinter den Händen verborgen. Möglicherweise hatte sie heimlich geplant, schleunigst einen weiteren Türsteher vor ihrer Seele zu platzieren.

Aber jetzt nahm Inge endlich die Hände vom Gesicht. Und wer gedacht hatte, dieses Gesicht wäre hinter seiner Verdeckung um Jahre gealtert oder sogar verschwunden, der wurde enttäuscht: Es war nur rot und ein wenig angeknittert. Es war immer noch Inges Gesicht.

Verwundert blickte die Nageldesignerin auf den Quarkpfannkuchen, den ihr Gabriella vorhin auf den Teller gelegt hatte. Dann fuhr sie mit den Fingern nicht weniger erstaunt über die Buchstaben, die in das alte Holz des Küchentisches geritzt waren,

RM

AM

KM

BM,

Initialenpaare, von denen zwei schon nach oben gegangen waren mit unterschiedlich lauten Schritten, und Inge konnte nicht fühlen, wie weit diese Buchstabenpaare voneinander entfernt waren, und wie lange schon. Sie ahnte nicht, wie lange die vier Buchstabenpaare auf eine Erklärung gewartet hatten, auf einen Grund für alles, auf den entscheidenden

Hinweis. Ein Leben lang hatten sie einer Auflösung entgegengehofft, und nun, da sie endlich da war, machte sie nichts besser.

Oder leichter.

Begreiflicher.

Denn was nützte es, wenn die einen Antworten zu spät kamen oder die anderen ganz ausblieben, was brachte es, wenn Ernstinas Tod nicht mehr lebendig gemacht werden konnte, weil aus Viktor Melitzky einfach nichts herauszukriegen war, auch nicht, wer diesen Tod hätte verhindern können, und ob überhaupt jemand, und wann?

Das Initialenpaar KM rieb sich die Augen, das Buchstabenpaar RM gähnte ausschweifend, es war weit nach Mitternacht. Der neue Tag hatte begonnen und war doch weit entfernt, er war ein Kloß im Hals, Blei auf dem Herzen, mehr noch nicht.

Er war noch Nacht.

Dann stand Inge an ihrem Tischende polternd auf und rief: »Wir hätten das wissen müssen, Viktor. Wir hätten wissen müssen, was aus so einer Gruppe werden kann. Du hättest es wissen müssen.«

»Wissen, wissen«, knurrte Viktor Melitzky gekränkt und ertappt. »So was gibt's nicht. Niemand ist allwissend. Restlos niemand.«

Inge stützte sich mit den Händen auf dem Tisch ab, machte sich krumm, machte sich leiser.

»Hörst du, Viktor? Solche Gruppen sind ja nie nur schlecht, die haben ja auch was Gutes. Die tun einem gut. Weiß ich. Weiß ich doch alles. Na, hör mal, wer wäre ich denn, wenn ich das nicht wüsste? Aber wenn ein Guru im Spiel ist, dann ist was faul. Wenn sich so ein Guru eine Gruppe heranzüchtet oder ein Vereinsdings oder meinetwegen sogar eine Partei, denn so was soll's ja auch geben, heutzutage gibt es ja alles Mögliche, na, dann jedenfalls: gute Nacht.«

Bei Inge war das Licht schon aus. Nichts blitzte mehr in ihren Augen. Nur ihr Mund sprach noch.

»Wobei ja nicht mal klar ist, wer eigentlich bei euch der Guru ist. Volker? Cilliah? Hat sich da ein Guru einen Guru herangezüchtet?«

Falls Johnny Melitzky die Antwort darauf hatte, dann behielt er sie vorerst für sich. Er stand jetzt von seinem Platz auf und ließ wieder Leere in die Lücke zwischen seinem Cousin Edin und Soscha. Es gab nichts mehr für ihn zu tun, nichts mehr für ihn auszuhalten, aufzufüllen. Er hatte gezählt, was es zu zählen gab, und nichts Weißes berührt.

»Johnny«, rief ihm seine Mutter Rosalie hinterher. »Geh gleich nach oben«, sagte sie. »Geh nicht nach unten. Lass sie ankommen da unten. Lass ihnen noch ihre Ruhe. Sie haben sich eine kleine Weile nicht gesehen.«

Johnny drehte sich nicht um.

Er verließ die Küche schweigend, ohne Berührungen.

Als Nächstes stand Viktor Melitzky auf. Für ein paar Sekunden beugte er sich zu Soscha herunter, in deren Nähe er die ganze Zeit gesessen hatte, flüsterte »danke«, dann richtete er sich wieder halbwegs auf.

Viktor Melitzky war ein alter Mann. Die letzten ein, zwei Stunden hatte er sich noch einmal aufgebäumt und seine Schuld vertagt, aber jetzt sagte er zu allen: »Das ist mein Leben. So hab ich's gelebt. Macht mit mir, was ihr wollt. Ruft die Polizei an. Erzählt ihnen von mir und von den anderen.

Alles, was kommt, habe ich verdient. Alles, was kommt, wird auch kommen. Aber vorher gehe ich schlafen.«

Und warum jetzt ausgerechnet Penelope und Lu aufstanden und in einem neuen stillen Einverständnis den Tisch abräumten? Warum Kalinka und ihre Tochter Gabriella einfach die Küche verließen, ohne Penelope mitzunehmen? Warum Rosalie zu Soscha ging, sie an den Schultern fasste und sagte: »Komm, du schläfst bei uns auf dem Sofa, Edin kann wieder hoch auf den Dachboden, der müsste jetzt kühl genug sein«? Warum Inge sich, bevor sie das Haus verließ, umständlich das durchsichtige Plastikkopftuch umband, um es dann draußen, in der Nacht und im immer noch strömenden Regen, einfach wieder abzunehmen? Warum Lu ihrer Cousine Penelope so lange beim Abräumen half, bis der Tisch leer war, obwohl sie kein Nachtmensch war?

Es war zu dunkel jetzt und es herrschte zu viel Nacht, um sich mit all diesen Fragen zu beschäftigen. Man wusste es eben nicht. Fest stand nur, dass Edin und Penelope die letzten in der Küche waren. Sie saßen einander schräg gegenüber und gähnten abwechselnd oder gleichzeitig, mussten beide dringend schlafen gehen. Seit Lu den Wasserhahn auf- und wieder zugedreht hatte, um den Tisch abzuwischen, gab es hier kein Tropfgeräusch mehr, und auch der Kühlschrank befand sich in seiner Ruhephase.

»Von wegen Gefährten«, sagte Penelope.

»Von wegen Glück«, sagte Edin.

»Hab ich schon beim ersten Mal gehört.«

»Ich habe es doch auch nur einmal gesagt.«

In der Küche roch es immer noch nach den Pfannkuchen, süß und behaglich, vergangen. Es war kein einziger mehr übrig. Sogar Viktor Melitzky hatte seinen mehrfach zerknüllten Pfannkuchen am Ende in kleine Stücke geteilt und doch noch gegessen, sogar mit Messer und Gabel, was in Anbetracht seiner von den Knüllarbeiten gut gefetteten Hände ein wenig sinnlos war.

»Wir haben nichts für die beiden aufgehoben«, sagte Edin. »Andasch hat sicher Hunger. Und Cilliah, irgendwann gewöhn ich mich noch an den Namen, dieser Cilliah hat seinen Auflauf fallen gelassen. Der muss doch auch irgendwann Hunger bekommen haben.«

Penelope dachte eine Weile nach, erst dann winkte sie ab. »Lass mal«, sagte sie zu Edin. »Weißt du, ich stell mir das irgendwie so vor: Wenn wir denen Pfannkuchen gebracht hätten, dann wäre diese Sache im Keller ... dann wäre das alles ... echt gewesen. Dieser Cilliah, der wäre dann wirklich da gewesen. Und jetzt können wir hoffen, dass es doch nur ein blöder Traum war. Deinen Träumen kannst du ja schlecht Pfannkuchen bringen, vielleicht ist das ja alles gar nicht wahr und – da! Da! Hörst du das? Hör doch mal.«

Edin legte beide Arme auf dem Küchentisch ab und konzentrierte sich, wartete auf das feine, schmatzige Flipflop-Geräusch der Hühnergans, auf das Hämmern und das Scheppern, auf das Quietschen und das Pochen, auf das gänsehafte Zuschnappen der Gartenscheren, wartete auf den unerbittlichen Rhythmus, der sich von Anfang an in jede Nacht geschlagen hatte. Aber das Einzige, was er hörte, war seine Cousine Penelope, die flüsterte: »Jetzt hör doch mal hin! Hörst du denn nicht, wie still es ist?«

15

Rosalie Melitzky war die Einzige, die die beiden Männer gehen sah. Als der Klempner Andasch und sein Zwillingsbruder Cilliah das Kapitel Kamp-Cornell in aller Frühe für beendet erklärten, stand Rosalie Melitzky oben am Fenster und wusste, dass sie weg vom Fenster war. Wie Einbrecher schlichen sich die Brüder im Morgengrauen aus dem Haus, dabei hatten sie nichts gestohlen als sich selbst. Keiner drehte sich noch einmal um. Nur der Hühnergans unter der lichtlosen Laterne warfen sie einen kurzen Blick zu, den diese offenbar als Aufforderung verstand, sich den Männern und dem Teppichhund Stiwa Oblonski anzuschließen.

Andasch hatte sein Stolpern im Haus zurückgelassen und stützte seinen humpelnden Bruder, der sich erst noch an unverbogene Strecken gewöhnen musste. Daneben stolzierte die Hühnergans, als wäre sie seit je ein Teil dieser sonderbaren Gemeinschaft gewesen, und hinten lief Stiwa Oblonski wie ein ausgefuchster Hütehund, der dringend dafür sorgen musste, dass keiner der Verschwindenden wieder umkehrte.

Und hätte die Gruppe noch eine Weile mit ihrem Verschwinden gewartet, nämlich ungefähr bis Ende August oder September, dann wären die Kornelkirschen an den Bäumen und Sträuchern endlich reif gewesen. Fuchsteufelsrot hätten die kleinen Kirschen an den Zweigen gehangen, eine Wildobstsorte mit hohem Zierwert, und in jedem Steinkern wären zwei Samen gewesen, synchronschlafend, für immer eins.

Rot und grün hätten die Bäume und Sträucher an den Ufern der Dorfstraße Spalier gestanden, der wankenden, watschelnden, wandernden Reisegruppe zu Ehren, und dem Örtchen Kamp-Cornell hätte in vielen kleinen Tropfen das Herz geblutet, denn auch die Beeren der Berberitzen wären rot genug gewesen, auch die kleinen Früchte des Weißdorns.

Dabei hatte Kamp-Cornell schon jetzt fast kein Herz mehr, denn da vorne lief es ja, auf zwei schlackernden Menschenbeinen, begleitet von vier Hundebeinen, einer Hühnergans und einem Zwillingsbruder, der bis gestern noch Klempner gewesen war, und nicht der schlechteste! Immer weiter entfernte sich dieses Herz von Viktor Melitzkys Haus, wurde kleiner, war schon jetzt nicht mehr wahr, wenigstens von dem Fenster aus, an dem Rosalie Melitzky stand.

Der Regen von gestern hatte aufgehört, der Sturm des Jahrhunderts, der nicht einmal der Sturm des Jahres gewesen war. Und auch das kleine Lächeln, das trotz allem in Rosalies Augen gefunkelt hatte, war ausgegangen. Wie ein Weinen war es ihr trocken die Wangen hinuntergelaufen, bis es ganz weg war, bis Andasch ganz weg war, bis Andasch für immer ganz weg war.

Auch die Hühnergans war für immer weg.

Und man könnte natürlich der Meinung sein, dass sie keine andere als Großmutter Ernstina war, möglich ist schließlich alles. Aber man brauchte es nur ein einziges Mal in eine leere Garage zu rufen, und schon hörte man, wie unsinnig das klang. Andererseits: Was hatte eine Hühnergans ausgerechnet hier, in Kamp-Cornell, zu suchen, wo sie doch auf die Inseln vor der australischen Südküste gehörte? Auf ein Fleckchen Erde, auf dem jeder Kornelkirschstrauch auf der

Stelle eingehen würde? Und warum war die orientierungslose Gans nach verrichteter Arbeit – der Arbeit der *anderen* wohlgemerkt – überstürzt und ohne Gepäck abgereist? Hatte sie jemals existiert oder war sie nur eine Laune dieser Zeit gewesen, eine Randbemerkung mit Gänsefüßen?

Rosalie Melitzky hatte sich, nachdem Andasch und Cilliah mit den beiden Tieren von der Ferne verschluckt worden waren, ins Wohnzimmer gekämpft und dort auf das alte Samtsofa gesetzt. Soscha war schon nicht mehr da gewesen. Leise und ohne Abschied hatte sie das Haus verlassen, nur ihr Bettzeug lag noch auf dem Sofa und war so herzzerreißend klein gefaltet, dass Edin, der gegen sieben ins Wohnzimmer kam, zusammenzuckte, seiner Tante Rosalie in die rot geweinten Augen sah und sagte: »Das war's dann. Hunger hab ich auch keinen. Was soll denn jetzt noch kommen?«

Rosalie starrte an ihrem Neffen vorbei und sagte schwach: »Was kommt, wird auch kommen, hat mal jemand gesagt. Gestern Abend, glaube ich. Und Hunger, ich bitte dich.«

Auch die anderen, die nach und nach im Wohnzimmer ankamen, hatten ihre unruhige Nacht ohne Frühstück gebucht, und ein paar von ihnen konnten froh sein, dass sie gestern Abend noch Quarkpfannkuchen gegessen hatten, ein Mahl aus einer fernen Zeit, in der noch an Essen zu denken gewesen war. Niemand außer Viktor Melitzky hatte gestern wirklich geglaubt, was er im Keller gesehen hatte, und möglicherweise war das immer so: Wahrscheinlich begannen alle großen Tragödien erst ein paar Stunden nachdem sie begonnen hatten.

Denn erst jetzt, im ungelüfteten Wohnzimmer, war die

Wahrheit bei allen angekommen, allerdings in unterschiedlichen Organen. Bei Ann Melitzky zum Beispiel, die nicht viel Farbe im Gesicht hatte, steckte sie immer noch in der Magengegend fest, während sie bei Kalinka eher im Herzbereich hämmerte. Bei Rosalie brannte die Wahrheit in den Augen, und bei Bernadette war das Organ ihr Senior-Consultant-Kalender, den sie gerade mit ausgedachten Terminen füllte. Sie brauchte etwas, das sie überzeugen konnte, so schnell wie möglich von hier wegzuziehen, Donnerstag, neun Uhr dreißig, Strategie-Meeting, Ende: für immer offen.

Rosalie hatte den *Never-give-up*-Bilderrahmen abgehängt, und die *Chaoskönigin* hing so schief wie der Haussegen. Aber war dieses Haus jemals gesegnet gewesen? Viktor Melitzky hätte diese Frage nicht beantworten können, denn er sprach nicht, stand nur da, hielt sich an einer Stuhllehne fest und wartete auf das, was kam. Ein Satz kam, ein Satz seiner Tochter Ann, die ihm unversöhnlich zuraunte: »Du bist ja nicht bei Trost.« Aber niemand im Raum sagte etwas dazu, keiner pflichtete ihr bei, denn die Frage war ja: War hier überhaupt jemand bei Trost? Trost war weit weg, jenseits von diesem Zimmer. Niemand war bei Trost. Niemand hatte einen Grund, getröstet zu sein.

Es war kühler geworden nach dem mickrigen Sturm des Jahrhunderts. Kalinka hatte alle Fenster geöffnet und es roch jetzt nach einem kleinen Rest Asphaltregen, nach einem neuen, noch ungenutzten Tag. Dort, wo früher das Krankenbett des alten Viktor Melitzky gestanden hatte, saßen jetzt vier junge Melitzkys im Kreis, außerdem eine junge Winnefeld, alle auf dem Boden. Edin starrte auf die ledernen Ärmelfransen seiner Cousine Lu, strich sie mit dem Blick glatt, und nie, dachte er, hatte er diese Fransen gemocht, die aus der Jacke wuchsen wie Rasenkanten in Reihenhaussiedlungen. Aber heute mochte er sie. Und er mochte auch seine Cousine Lu. Er mochte seine leicht piepsigen Cousinen Gabriella und Penelope. Und er mochte sogar Johnny. Sogar Johnny! Aber reichte das aus, um noch mal froh zu werden? Im Leben nicht.

»Irgendwie ein starkes Stück«, sagte Penelope, »alles hier. Alles hier ist ein starkes Stück.« Lu versuchte ein Lächeln, und Gabriella sah zu Johnny und fragte Monate zu spät: »Was ist das eigentlich bei dir? Was ist mit dir los?« Sie war die Erste, die ihn je darauf angesprochen hatte, auf ihn selbst. Nicht mal seine Tanten hatten danach gefragt. Johnny saß in seinem dunkelblauen Einteiler mit Ankermuster da und hatte seine Beine schneidersitzgerecht geknickt und zurechtgebogen, es war der erste Schneidersitz seines Lebens, nicht gerade ein Lotussitz, nicht gerade Zen, aber alle Achtung! Er wusste, dass es nichts zu erklären gab und nichts zu verstehen, das hier, das war nur er. Dafür gab es keine Worte. Aber es gab jetzt vielleicht zwei Klempner in Kamp-Cornell, und vielleicht würde der zweite auch *Chef* zu Johnny sagen, oder etwas anderes, man konnte auch andere Dinge zu Johnny sagen, Sorgen, dachte Johnny Melitzky, Sorgen sind noch keine Probleme.

Jetzt, da das Schlimme, Schlimmste eingetreten war, hatte er kurz keine Sorgen mehr. Nur noch Probleme. Und fertige Probleme konnte er aushalten, eine Zeit lang konnte er das, so lange, wie er mit den anderen im Kreis saß. Wenn er mit den anderen zusammen war und mit seiner Mutter und wenn er ab und zu Inge besuchen durfte, konnte er auch eingesperrte und entdeckte Glücksbringer aushalten. Zu fürchten gab es nichts mehr. Nichts konnte noch schlimmer werden.

»Wir würden uns dann jetzt auf den Weg machen«, sagte Ann Melitzky so kühl, dass sie sich die Strickjacke oben zuhalten musste. Sie stand mit Bernadette an der Wohnzimmertür und sagte: »Die Polizei anrufen hat ja keinen Sinn. Die Sache ist viel zu kompliziert. Die halten uns doch für verrückt. Ich halte mich ja selber schon für verrückt.«

»Und deshalb«, sagte ihre Schwester Bernadette Winnefeld, »fahren wir jetzt nach Wellach aufs Polizeirevier. Der Klempner und dieser ... dieser Cilliah ... die werden bestimmt wach sein, wenn wir wieder da sind.«

Und da stand Rosalie vom Sofa auf.

Rosalie, die so lange still gewesen war.

Sie nahm Soschas klein gefaltetes Bettzeug und drückte es sich an die Brust. Das Weiß ihrer Augen war von roten Fruchtfäden durchzogen, trotzdem waren diese Augen bisher trocken gewesen, vorbei, vorbei jetzt, Tränen, überall Tränen in Rosalie Melitzkys Gesicht. Sie weinte, weinte, und sie weinte so laut und so lange, dass sich Viktor Melitzky setzen musste und Johnny aufsprang und zu seiner Mutter rannte und Edin, ausgerechnet Edin, ohne Tränen mitweinte und Lu die Einzige war, die das sah und ihn für ein ehemaliges Mitglied einer Anarcho-Punkband erstaunlich unbeholfen am Arm streichelte; Rosalie weinte, weinte, und viel besser hätte es niemand ausdrücken können und viel besser *hatte* es auch niemand ausgedrückt seit gestern Abend und in den letzten vierzig Jahren, »Wartet«, schluchzte Rosalie, als schon sehr viele Minuten vergangen waren, »Anni, Berni, jetzt wartet doch mal.«

Ann und Bernadette, die gerade aus dem Wohnzimmer gehen wollten, blieben stehen und drehten sich um. Keine der beiden war auf die Idee gekommen, ihre Schwester zu trösten, und auch jetzt machten sie keine Anstalten, weil sie in Gedanken schon auf dem Polizeirevier in Wellach und noch viel weiter weg waren.

»Rosa?«, rief Bernadette. »Ja?«

Und Rosalie, deren linke Hand jetzt von Johnny Melitzkys rechter Hand gehalten wurde, brauchte drei Anläufe, um zu rufen: »Da ist noch etwas, das ihr nicht wisst. Bevor ihr geht, muss ich euch noch was sagen. Die Sache ist komplizierter, als ihr denkt. Andasch und Cilliah, die sind ... nicht mehr da.«

Es gehört zu den erstaunlichsten Phänomenen dieser Welt, dass der Cuvier-Schnabelwal ganze drei Stunden und zweiundvierzig Minuten die Luft anhalten kann, so lang wie kein anderes Säugetier. Und dass eine Gemeinschaft wieder zerbrechen kann. Die Gemeinschaft der Melitzkys und Winnefelds zerbrach wieder. Sie hatte nicht lange gehalten. In großen Teilen brach sie auseinander, an all den Rissen entlang, die auch zuvor schon sichtbar gewesen waren.

Aber nicht nur dort.

Nach der Nacht, in der Cilliah zum ersten Mal im Leben einen brauchbaren Gefährten gefunden hatte, wurde alles anders. Kamp-Cornell wurde anders. Denn der kleine Ort hatte neuerdings keinen Allgemeinarzt mit Verständnis für Naturheilverfahren mehr, der Ärzteschwund machte also auch vor diesem Ort nicht halt. Die Apotheke war, in Ermangelung einer Apothekerin, ebenfalls geschlossen worden, und auch der Ortsvorsteher würde demnächst neu gewählt werden müssen.

Die *Landfleischerei Marco Hebestedt* hatte die Rollläden heruntergelassen. Wenn man an ihr vorbeiging, roch es nicht mehr kalt geräuchert oder gepökelt, und man konnte froh sein, wenn man in der *Holzhofklause* noch eine verschrumpelte Badewasser-Bockwurst bekam, die man aber dann auch schnell essen musste. Sogar auf seine alteingesessene Denkmalpflegerin musste Kamp-Cornell verzichten, aber das machte weiter nichts. Denn das Denkmal des verblichenen Dorfgründers sah ohnehin so ungepflegt aus, dass der arme Cornell Cornell kaum noch zu erkennen war und höchstens noch als seltene Gipsformation durchging, nicht aber als edle Marmorstatue. Dem Dorfgründer fehlten jetzt beide Ohren, drei Locken, der Rest der Nase, zwei Mantelknöpfe, mehrere Zentimeter Faltenwurf und der rechte Arm.

Wenn einem Dorf die Denkmalpflegerin abhandengekommen war, dann musste es leider auch ohne die Enkelin dieser Denkmalpflegerin leben, vor allem Edin musste das, auch wenn er schon nicht mehr zu Kamp-Cornell gehörte. Seine Mutter war nur wenige Tage nach der Cilliah-Entdeckung mit Edin zurück ins Reihenhaus gezogen. Den Umzug hatte sie aber schon länger geplant gehabt, die Untermieter waren bereits wieder weg. Der kleine Umstand, dass Ann Melitzky ihrem Vater nicht mehr verzeihen würde, hatte es nur noch richtiger erscheinen lassen, hier alle Zelte abzubrechen und die Zukunft ruhen zu lassen, zumindest die, die sie mit ihrem Vater hätte haben können.

Edin fühlte, dass es nicht nur Zelte waren, die sie in Kamp-

Cornell abgebrochen hatten, Monate waren das, sechs abgebrochene Monate, ein abgebrochenes Zwischendurch. Ein abgebrochenes Verbrechen. Ein abgebrochener Mensch mit Stupsnase, den Edin nie mehr wiedersehen würde, weil er ihn nicht nach seiner Handynummer gefragt hatte. Für Edin Melitzky fühlte sich das Leben an, als wäre es ein kleines Zuspät unten rechts auf einem zerknitterten Blatt Papier, ein gefaltetes Bettzeug auf einem durchgesessenen Samtsofa.

Nur Cilliah war nicht abgebrochen, obwohl er verschwunden war und so unauffindbar wie sein Zwillingsbruder Andasch. Cilliah war einer, der aufgebrochen war und keine Spuren hinterlassen hatte. Die Brüder hatten kein Gepäck mitgenommen, waren gegangen, wie sie gekommen waren, nur mit sich selbst.

Zu zweit.

Trotzdem hatte später im Keller, als zwei Polizisten in Viktor Melitzkys Haus gekommen waren, nichts darauf hingedeutet, dass hier mal ein Mensch gelebt hatte. Irgendwer musste dort unten aufgeräumt haben. Aber ob es jemand von drinnen oder von draußen oder sogar aus dem örtlichen Nagelstudio gewesen war, das wusste man nicht so genau.

Alles, was die beiden Beamten aus dem Wellacher Dezernat 3 für allgemeine Kriminalität zu sehen bekamen, war eine hoffnungslos überfrachtete Souterrain-Ferienwohnung mit zwei fragwürdigen Zugängen, von denen der eine ein leeres Zimmer mit einer Schiebewand war. Die Polizisten wurden in ein Quartier geführt, das trotz des Meditationsraums nur mittelmäßige Bewertungen von Reisenden bekommen hätte, zweieinhalb Sterne im Durchschnitt, und das einen Zugang zum Garten hatte, den man nicht mal richtig abschließen konnte. Und sie bekamen keinen Mann gezeigt, weil er gar nicht da war, weil es ihn nie gegeben hatte, weil er von niemandem vermerkt oder vermisst worden war. Schlechte Aussichten also für die Aufnahme eines Strafverfahrens.

Aber davon bekamen die Mitglieder des nullten Kreises, die noch lebten und die nicht Viktor Melitzky waren, nichts mehr mit. Sie hatten Kamp-Cornell und ihrem weiß gekleideten Glück den Rücken gekehrt. Und auch die Website des *Zentrums für spirituelle Lebenskunst* hatte endlich ihre längst fällige Generalüberholung erfahren und musste jetzt ohne ihren heimlichen Namen auskommen. *Cilliahs Gefährten.* Es gab sogar das Gerücht, dass sich Ghuka bereits nach einer neuen Immobilie umsah, weit weg von hier. Aber für stillgelegte Ferienanlagen brauchte es Geduld. Stillgelegte Ferienanlagen, die auch noch energetisch wichtig waren, lagen bekanntlich nicht auf der Straße.

Sie zerbrach also wieder, die Gemeinschaft der Melitzkys und Winnefelds, war schon zerfallen hier und da, hatte Menschen hergegeben, Geschichten. Alles, was kam, kam auch. Kurz nach dem Umzug von Ann und Edin Melitzky hatten auch Bernadette und Lu Winnefeld das Örtchen Kamp-Cornell verlassen, nur wenige Wochen bevor die Kornelkirschen reif waren. Aber anders als Ann, die den Kontakt zu allen abgebrochen hatte, schrieb Bernadette gelegentlich ihren Schwestern, dass sie gerade keine Zeit zum Schreiben habe. Nur Viktor Melitzky konnte sie das nicht schreiben, dafür hatte sie keine Zeit.

Auch Kalinka Melitzky, die mit Penelope und Gabriella zurück zu ihrem Mann gezogen war, brachte es wochenlang nicht übers Herz, sich bei ihrem alten Vater zu melden. Dass sie dann doch wieder nach Kamp-Cornell fuhr, sogar regelmäßig und mit ihrem Mann, ihren zwei Drillingen und manchmal noch mit der Lücke zwischen ihnen, hatte zunächst nur praktische Gründe: Sie wollte ihrer Schwester Rosalie beim Ausräumen des Kellers helfen. *Da muss Luft ran*, hatte Rosalie immer wieder geschrieben, und nun, da sie alle mit anpackten, kam da endlich Luft ran.

Das alte Haus begann zu heilen.

Das *ungenutzte Zimmer* blieb ungenutzt.

Und das Labyrinth genutzt.

Es war der vollkommene Ort: still und wuchernd und geschützt, im Frühjahr gelb, im Herbst rot. Es war der perfekte Ort, ein Stückchen Welt ganz ohne Weiß – ein Segen für Johnny Melitzky, der mit seiner Mutter im Haus seines Großvaters geblieben war und in dem Irrgarten immer wieder kurz zur Ruhe kam. Aber er hatte ja auch noch Inge, hatte die finstere Asservatenkammer von *Inge's Nagelstudio*, wenn die Sorgen in ihm pochten.

Wenn er die Dunkelheit brauchte.

Inge war stiller geworden, ramponierter, aber man konnte sich immer noch auf sie verlassen. Nie hatte sie jemandem von Cilliah erzählt, sie behielt dieses Geheimnis für sich und sprach auch mit Johnny nicht mehr darüber. Erzählte Christian Grabowski nichts. Kam nie wieder in Viktor Melitzkys Haus. Dafür lackierte sie jede Woche den halben Apostroph des Ladenschilds zu einem neuen Stiletto-Fingernagel um, und ab und zu übernahm auch Johnny diese Aufgabe, dann, wenn er ohnehin gerade am Ladenschild zu tun hatte.

Es gab immer etwas, in dem man sich irrte.

Die Wege in einem Irrgarten waren lang.

Das Leben war lang, wenn man jemanden verloren hatte.

Manche behaupteten, Rosalie wäre nur deshalb in Kamp-Cornell geblieben, weil sie auf die Rückkehr von Andasch wartete. Aber das stimmte nicht. Denn erstens gab es auch im Nachbarort einen passablen Klempner und zweitens waren die Zeiten, in denen Rosalie Melitzky auf die Rückkehr von wer weiß wem wartete, ein für alle Mal vorbei. Es reichte vollends, dass Rosalie selbst da war, in eigener Person und jetzt, hier, mit Johnny und mit ihrem alten Vater, der Tag für Tag damit beschäftigt war, die CGs an den Wänden mit Gips zuzuspachteln. Nur manchmal, wenn Rosalie im Treppenhaus am Fenster stand, sah es so aus, als würde sie darauf warten, dass hinten am Horizont ein stattlicher Dreimaster auftauchte, ein Großsegler aus dem härtesten Holz Europas – auf einem Meer, das es hier gar nicht gab, weil es vor lauter Kornelkirschsträuchern gar keinen Platz gehabt hätte, manchmal, da sah es so aus, als würde Rosalie auf jemanden warten, der für alle im Haus das Weinen übernahm.

Aber was, wenn die Seele *doch* ein Tanzvergnügen ist, wenigstens von Zeit zu Zeit? Und was, wenn selbst der hartgesottenste Türsteher irgendwann mal Pause macht, um in sein Leberwurstbrot zu beißen?

Gelb flimmerte der Tag, als ein Mensch entschied, einen ganz bestimmten Weg ein zweites Mal zu gehen. Es war ein Oktobertag aus Birke und Platane und Ginkgo, aus dem Duft entlegener Herbstfeuer und der Gnade der kühlen Luft, und der Mensch, der einen Fuß vor den anderen setzte, einen Herzschlag vor den nächsten, dieser Mensch roch nach Minze. Er hatte den Weg schon einmal genommen: vor neun Monaten, drei Jahreszeiten und genau einer Tragödie, und ein Kuvert mit einem Zettel drin hatte dieser Mensch damals dabeigehabt, von einem richtigen Brief konnte wirklich keine Rede sein, ein Brief war etwas Gepflegtes, Ausführliches, und Soscha hatte schon damals gedacht, dass es alles war, aber kein Brief.

Sie hatte den alten Viktor Melitzky anfangs auch gar nicht verstanden, hatte sich nur an sein Krankenbett verirrt, als ihre Großmutter in der Küche beschäftigt gewesen war. Es war nicht das erste Mal gewesen, dass Gret Torrina ihre Enkelin mit ins Haus genommen hatte, fünf- oder sechsmal war Soscha schon dort gewesen und hatte das Haus erkundet gehabt. Aber es war das erste Mal, dass sie Viktor Melitzky in seinem neuen Zustand begegnet war, ein weißer Tod in weißem Bettzeug.

Nein, es war kein Brief.

Kein Brief.

Der bleiche alte Mann hatte unerträglich langsam seinen Arm angehoben und ihn zur Schublade seines Nachttisches bewegt, er hatte am Knauf gezogen und nichts war passiert, die Schublade blieb zu – und dann war Soscha zum Nachttisch gegangen und hatte die Schublade aufgezogen: ein Röllchen Bindfaden, ein Kerzenstumpf, eine eingeschweißte Dose Kautabak. Ein scharfer, trauriger Geruch.

Viktor Melitzky hatte Soscha angefleht, ins Kissen gesunken, wortlos, nur mit seinen trüben Augen. Und Soscha hatte ein zerknülltes Blatt Papier aus der Schublade genommen und ein Kuvert, auf dem hinten schon ein Absender stand, aber vorne keine Adresse. Außerdem war da noch eine schlecht gedruckte Visitenkarte von jemandem gewesen, der auch Melitzky hieß und Delfine mochte, und nachdem alles in Soschas Hosentasche verschwunden war, hatte Viktor Melitzky seine Augen geschlossen und für Auskünfte aller Art nicht mehr zur Verfügung gelegen.

Kalt war es damals auch gewesen, dachte Soscha, als sie den blättrig nassen Weg entlangging, den sie schon im Februar entlanggegangen war. Nur dass damals eine Art Gewitter in der Luft gehangen hatte, ein Gewitter im Februar! Jetzt war Oktober, von Unwettern keine Spur. Aber kalt war es eben doch, kalt und ungemütlich, so wie an dem Nachmittag, als sie den Brief in den Briefkasten von Ann Melitzky geworfen hatte, wobei – es war nur ein welliges A4-Blatt gewesen mit zwei Wörtern drauf, reine Papierverschwendung, Postverschwendung. Soscha hatte es gefaltet und in das Kuvert mit Viktor Melitzkys Absender gesteckt. Vorn hatte sie Ann Melitzkys Adresse auf den Umschlag geschrieben, zu klein und zu schief und auch nur mit Bleistift, so wie alles, das ihr nicht geheuer war.

An Ann Melitzky.

An Ann.

Ein Glas mit stillem Wasser hatte Soscha später noch laut und versehentlich umgekippt, genau auf den tintenen Absender, und noch später hatte sie eine abgelaufene Briefmarke aus einem alten Sondermarkenheftchen ihrer Großmutter auf den Umschlag geklebt, *Hartriegelgewächse 1984*, weil der Brief sonst nicht ganz richtig gewesen wäre.

Sie hatte die Marke nicht ganz richtig aufgeklebt.

Wie irgend so ein Betrunkener.

Und kalt war es damals auch gewesen, dachte Soscha, als sie schon fast am Reihenhaus von Ann und Edin Melitzky angekommen war. Nur dass sie im Februar vieles noch nicht gewusst hatte, gar nichts hatte sie gewusst, auch nicht dass sie ihre Großmutter nicht mehr wiedersehen und sie trotzdem nicht vermissen würde, sehr selten nur. Immer wieder. Und nur eines war sicher gewesen: dass Soscha den Brief persönlich einwerfen wollte, weil die Stadt auf dem Umschlag auch ihre Stadt war.

Sie hatte sich noch einmal umgedreht, damals im Februar.

Als der Brief schon im Kasten war.

Und da hatte er gestanden, Edin, Edin Melitzky, und den Brief so weit von sich weggehalten, wie das sonst nur Menschen taten, die lange nicht mehr beim Augenarzt waren und schon lange nicht mehr jung. Er hatte entsetzt ausgesehen, erschrocken, hatte sich den Nacken krummgefürchtet, und er, der Junge, war ihr *Moment* gewesen, Soschas Moment, den sie nicht mehr losgeworden war in all den Monaten.

Sie war jetzt endlich am Haus angekommen, sie war jetzt leider am Haus angekommen und stand und stand und stand vor der grauen Tür, denn bleiben würde sie nicht, sich zeigen würde sie nicht, nur umkehren würde sie, kehrtmachen auf der Stelle, auf der Schwelle, sie wäre ja lebensmüde, wenn sie hier klingeln würde.

Und das Glück?

Kam meistens von selbst. Wenn man Glück hatte. Manchmal geigte Cäsar. Manchmal nicht. Manchmal drückte man auf einen Klingelknopf, manchmal rannte man einfach davon.

Schlug sich unterwegs noch gegen die Stirn, aber rannte, rannte, als gäbs kein Gestern mehr. Und Soscha rannte, rannte oder rannte nicht, rannte nicht, so genau war das gar nicht zu erkennen, keiner konnte es wirklich sehen, nicht mal man selbst, und noch viel ungewisser war, ob die Klingel funktionierte oder wieder einen Wackelkontakt hatte und ob überhaupt jemand zu Hause war und ob Edin noch funktionierte und ob –

Man kann ja nicht alles wissen.

MIX
Papier | Fördert gute Waldnutzung
FSC® C014496

Wir produzieren nachhaltig
• Klimaneutrales Produkt
• Papiere aus nachhaltigen und kontrollierten Quellen
• Hergestellt in Deutschland

Carlsen-Newsletter: Tolle Lesetipps kostenlos per E-Mail!
Unsere Bücher gibt es überall im Buchhandel und auf carlsen.de.

Umschlaggestaltung und -typografie: formlabor
Umschlagillustrationen: shutterstock.com © Sashko; Haus: © formlabor
Lektorat: Franziska Leuchtenberger
Satz: Pinkuin Satz und Datentechnik, Berlin
Layout und Herstellung: Derya Yildirim
ISBN 978-3-551-58546-2